CODICE ISBN: 978-1-291-95809-6

Prima edizione settembre 2011
Seconda edizione agosto 2014

Questo libro è promosso e distribuito da:

ScRiptoRama
www.scriptorama.it
Consulenze editoriali
Tel. 349.2625590
info@scriptorama.it
www.scriptorama.it

Editing, progetto grafico, impaginazione: Scriptorama

Immagine di copertina: Alessio Cisbani

Giovanni Melappioni

L'ultima offensiva

Codice ISBN: 978-1-291-95809-6

All'impegno, alla costanza e alla forza.
In pratica, ai miei genitori.

CAPITOLO I

Ardenne, 16 dicembre 1944

Se un qualche dio potesse darmi la forza di trovare un significato a tutto questo, spiegarmi le mie dita spezzate che a stento riescono a tracciare le parole, spiegarmi perché sono intriso del sangue dei miei amici, perché non riesco più a riconoscerli. Come possono degli esseri umani divenire così alieni, nel freddo della morte, a tutto ciò che li circonda, a ciò che erano poco prima?

Potrò rivedere ancora la luce, percepire i colori? Il sole abbaglia eppure non scalda, la neve mi circonda eppure non sento freddo. Sono forse sprofondato in un limbo di...

«Tenente! Tornano all'attacco!» la voce riportò Tom alla realtà. Il taccuino scivolò veloce tra le falde del cappotto, la matita in tasca, al sicuro.

Le dita coperte di fasce di lana si strinsero intorno al legno della carabina, nero per l'usura, il fumo e la terra.

Raffiche controllate di mitragliatrici si distinguevano dai lati della linea di difesa.

Si unì a un'unità che si stava velocemente dirigendo attraverso il labirinto di macerie verso le posizioni a est, al limitare del villaggio di Holzthum, ormai distrutto dopo ore di combattimenti.

«Dove sono?» chiese scrutando l'orizzonte tra due assi di legno poggiate al bordo della buca in cui era sceso.

«Laggiù Tom» disse il sergente maggiore Brat, con la solita flemmatica tranquillità; era l'unico a chiamarlo per nome, lo faceva per una sfrontata idea di superiorità derivante dagli anni di servizio – quasi trenta – piuttosto che per un qualcosa di personale nei suoi confronti. «Attaccano sempre da là, sembra che i nostri fianchi stiano tenendo, nessun segno di manovre di aggiramento.»

Leggermente indispettito per l'ennesima mancanza di rispetto, Tom non rispose, limitandosi a fissare oltre il dito puntato del sergente la direzione di arrivo dei tedeschi.

«Attaccano in massa, si sta alzando il fumo di copertura... sergente Brat!» urlò senza spostare lo sguardo dal limitare del bosco che si stava ricoprendo di una densa cortina fumogena «Iniziare il fuoco con i mortai, voglio che battano la linea di confine del bosco... e non li faccia smettere finché non avranno fuso i tubi!»

Non attese risposta.

Pur se indisciplinato Brat sapeva il fatto suo e si stava già adoperando perché l'ordine fosse eseguito immediatamente.

Tom si spostò di lato, verso il nido della 30mm a destra.

«Sono SS, vedi le uniformi?» stava urlando il servente al pezzo, al di sopra del frastuono dell'arma.

«Ti dico che sono Panzergrenadier[1]» rispose l'altro senza interrompere il suo micidiale lavoro «Hanno anche loro le mimetiche leopardate ora.»

«Tenente...» Disse il mitragliere notando Tom nei pressi della postazione. L'altro salutò afferrando con indice e pollice il bordo dell'elmetto.

«SS o meno... vedete di ammazzarli sul bordo del bosco oppure ci scuoiano il culo con le baionette» disse lugubre Tom, continuando a osservare la linea di avanzamento.

---

1. Unità d'élite tedesche, specializzate nei combattimenti in sinergia con i mezzi corazzati.

«Perkins, a ore dieci... presto, quello ha un lanciafiamme!» Tom indicò con la mano la direzione e subito il servente brandeggiò sparando senza sosta.

«Piano Keith, o fonderai la canna» mormorò l'assistente alla ricarica, il soldato scelto Hawkson, intimorito dalle parole del tenente.

«Porca puttana tenente! È dall'alba che attaccano, ma che sta succedendo?»

«Non ne ho idea, spara e basta soldato.»

Un'offensiva, ecco cos'è. Quando tutti li davano per finiti, pensò con una certa rabbia, tenendo la constatazione per sé.

Un'esplosione di colore azzurro seguita da urla disperate indicò che i colpi avevano perforato i serbatoi. L'uomo e il lanciafiamme formarono un unico globo di fiamme e l'assaltatore si contorse dal dolore, nel vano tentativo di spegnere i liquidi incendiati. Uno dei suoi compagni gli sparò una breve raffica che pose fine ai tormenti.

Era tempo di muoversi di nuovo. Con uno scatto Tom abbandonò la posizione di destra e ripercorse a ritroso la trincea fino ad arrivare alla linea centrale. Le squadre di fucilieri decimate erano supportate dagli uomini dei servizi non di linea, che stavano sparando con un misto di armi in dotazione e altre di origine tedesca, recuperate durante l'avanzata dei mesi precedenti.

Il rumore del fuoco di soppressione era assordante, i suoi soldati avevano capito ormai da tempo che non si poteva esitare, i crucchi non avrebbero lasciato loro scampo.

«Fuoco, per Dio... non lasciateli avvicinare.» Tom urlava senza sosta, nonostante il fumo denso gli stesse scorticando la gola.

Aveva il terrore di dover combattere corpo a corpo un'altra volta. Trasformarsi in una bestia, schiumare rabbia animalesca e colpire i nemici come se fossero dei fantocci di carne, sentire le loro urla, respirare il tanfo della carne straziata. I suoi nervi erano a pezzi, lo sapeva, non avrebbe retto, eppure tutti facevano affidamento su di lui.

Odiava essere al comando, odiava i suoi uomini che gli affidavano vite e speranze, non l'aveva mai voluto veramente, ma l'essere laureato equivaleva a finire nei ranghi degli ufficiali, una volta chiamati in servizio. Il peso opprimente della responsabilità rendeva i gradi sulle spalle pesanti come travi d'acciaio.

Si piegò verso il bordo di terra della fortificazione, estrasse una granata, strappò la sicura e la tirò al di là della terra di nessuno.

Non attese l'esplosione, era già ripartito per coprire, insieme a due ragazzi chiamati a gesti, uno spazio di tre metri rimasto scoperto per un colpo di mortaio.

Deflagrazioni di granate riempivano l'aria di detriti di terra e di resti umani.

Correvano carponi, i tonfi sordi dell'impatto dei proiettili sui sacchi di sabbia e sulla nuda terra avevano il sinistro potere di far dimenticare ogni altra cosa. Nessuno badava all'aria irrespirabile, al fiatone, alla pesantezza delle braccia e alle escoriazioni che le schegge provocavano su tutto il corpo. Ognuno era ormai parte attiva dello spettacolo della guerra: vittime e carnefici, coraggiosi e codardi. Stavano tutti recitando il loro ruolo, per la gioia di chissà quale crudele dio su in alto, tra le nubi colme di neve e di morte.

Sobbalzò di colpo, qualcosa aveva attirato la sua attenzione a circa una trentina di metri oltre la linea americana, proprio davanti a lui, nella terra di nessuno.

«Presto, prendi quel Thompson[2]» Tom indicò l'arma al terrorizzato soldato alla sua sinistra «Spara più che puoi. Coprimi!» Lo strattonò per riportarlo alla realtà, lanciandolo quasi sopra il mitra abbandonato a terra.

Titubante il ragazzo afferrò l'arma, mise il colpo in canna facendo saltare fuori un proiettile già incamerato. Dopo un profondo respiro, fece un cenno d'assenso: si stava riprendendo.

Tom attese la raffica, poi con un balzo uscì dalla trincea e si diresse apparentemente verso la linea nemica.

«Tenente...!» urlarono sgomenti i soldati al suo fianco, vedendolo

---

2. Mitra d'ordinanza degli Anglo-americani.

sparire tra gli spruzzi di terra e le esplosioni.

Le pallottole saettavano attorno a lui, impossibile dire da dove venissero, mentre correva a perdifiato, come un folle, muovendosi a balzi tra i pochi ripari del terreno.

Agguantò gli spallacci della buffetteria del soldato che aveva visto cadere e cominciò a tirarlo con forza, imprecando a ogni passo e maledicendo il suo fisico esile e vicino al tracollo per lo sforzo di trascinare quel corpo inerme.

«Ten... tenente, cosa fa?» disse con un filo di voce l'uomo martoriato, indebolito per le ferite. Era uno dei ragazzi del genio, quella mattina impegnato nella posa di alcune mine nella terra di nessuno: l'attacco tedesco lo aveva bloccato tra i due schieramenti.

«Sta zitto... oppure cammina, se il fiato non ti manca!» rispose Tom, allo stremo delle forze.

Una raffica di pallottole colpì il terreno alla sua sinistra, alzando spruzzi di neve e costringendolo a spostarsi lungo un fosso semi congelato che un tempo irrigava i campi, ora bagnati solo dal sangue.

«Dove ti hanno ferito?» chiese al soldato accanto a lui, tirando il fiato.

«Al fianco... tenente...» la voce si spense, il dolore doveva essere lancinante.

«Resisti» gli disse, puntando di scatto la carabina contro due tedeschi che si avvicinavano ignari al loro rifugio, anch'essi alla ricerca di riparo dal fuoco americano, sempre più intenso con l'aumentare dell'afflusso di uomini verso la prima linea.

I colpi furono imprecisi ma almeno costrinsero i nemici a gettarsi a terra.

Tom provò a mettersi in spalla il compagno ma senza successo; ottenne solo un lungo gemito come risposta al maldestro tentativo.

Riprese allora a tirare il ragazzo come prima, tenendolo per gli spallacci.

Muovendosi a fatica, tra i sibili dei proiettili e gli zampilli di neve sporca, era ormai prossimo a raggiungere le linee americane quando un'esplosione improvvisa lo sbalzò in avanti, lanciandolo contro del materiale di risulta dello scavo della trincea. Le orecchie gli fischiavano come se stessero per esplodere, decine di piccole ferite dovute alle schegge gli infuocavano la schiena, rivoli di sangue caldo gli scivolavano fin nei pantaloni.

Barcollando si rimise in piedi e si voltò a guardare il cratere.

Il soldato era stato preso in pieno, metà del suo corpo scomparso, disintegrato in una miriade di frammenti. Il volto, miracolosamente illeso, era pietrificato in una smorfia di stupore e disperazione, la bocca aperta a lanciare un silenzioso grido di aiuto, gli occhi sbarrati fissavano il tenente con un'espressione di paura che fece rivoltare lo stomaco a Tom. Stette per un tempo indefinito a guardare quegli occhi, impietrito, finché due forti braccia non lo scossero.

«Tenente! Tenente! Si riprenda signore...» Era Tuckhalbon, il sergente maggiore comandante della squadra d'assalto.

Tom si tirò in piedi, guardò il sergente e i suoi uomini: erano carichi di munizioni e granate, le baionette inastate sui fucili o infilate nelle cinture, pronte a essere utilizzate.

«Tenente, quello è andato... pensiamo ai vivi, ora.» I proiettili fischiavano ovunque, aprendo buchi, stridendo all'impatto con le strutture in ferro, facendo spruzzare terra in aria tutto intorno a loro.

Il rumore era assordante, al limite della sopportazione, eppure il sergente maggiore Tuckhalbon sembrava ignorare l'inferno che li circondava, si ergeva dritto come un albero secolare in mezzo a una tempesta. Con i suoi uomini alle spalle sembrava un antico capo celtico.

Tom sorrise amaro a quel pensiero, avrebbe voluto avere lo stesso aspetto e la stessa forza di quell'uomo.

«Ha ragione sergente. Mi segua, li prenderemo dal lato, poco dopo il fosso del frutteto.»

Dovevano contrattaccare e in fretta, non c'erano più uomini per affrontare una lunga e logorante sparatoria.

Si mosse rapidamente, cercando di non pensare allo sguardo di quel soldato di cui non ricordava neanche il nome. Maledisse la sua memoria.

Gli sovvenne quanto avesse apprezzato la capacità di certi ufficiali, incontrati in dieci anni di servizio, di ricordare i nomi di tutti i loro uomini anche in situazioni di forte stress emotivo. Era affascinato da quella capacità, la riteneva doverosa nei confronti dei subordinati, specialmente quando si ordinava loro di andare a morire in culo al mondo.

Lo sferragliare della squadra d'assalto lo riportò alla realtà, la testa gli pulsava selvaggiamente, il fumo della polvere da sparo e delle esplosioni aveva saturato il corridoio di terra, rendendo quasi impossibile respirare. D'istinto prese una manciata di neve e se la mise in bocca, in cerca di refrigerio dall'arsura provocata dai fumi.

«Sergente, siamo quasi arrivati. Disponga una linea di tiro qui...» non concluse la frase, un'enorme esplosione li scaraventò tutti a terra.

Urla e gemiti si alzarono al cielo, al centro della trincea alcuni uomini dilaniati osservavano sgomenti i brandelli dei loro corpi, altri non si muovevano affatto.

«Tenente!» sbraitò Tuckhalbon alzandosi in piedi, illeso.

Poi, con tutto il fiato che aveva in corpo urlò ai sopravvissuti «Esplosivo da trincea... Ci sono addosso!»

Tom si girò di scatto, era incolume, ma il suo equilibrio molto incerto gli fece intuire di aver subito probabili danni alle orecchie. Dal bordo della fossa fumante emersero delle figure in mimetica, con gli inconfondibili elmetti dell'esercito nazista. Erano decisi al tutto per tutto, pensò Tom: avevano lanciato esplosivi ad alto potenziale a distanze suicide prima di assaltare.

Col calcio del fucile colpì alle gambe il nemico più vicino, facendolo rotolare a terra. Si allontanò incespicando in direzione opposta, aveva bisogno di spazio... ma spazio non ce n'era, ovunque uomini si azzuffavano, si colpivano e strappavano vite urlando come bestie impazzite.

Un tedesco gli sferrò un fendente con una vanga da trincea sull'elmetto, il colpo lo mandò a terra stordito, il sangue che pulsava nelle orecchie. Il fucile gli sfuggì di mano, era disarmato.

Un altro colpo lo ferì alla spalla, urlò di dolore e paura cercando disperatamente di reagire. Il tedesco sembrava un demonio assetato di sangue, colpiva selvaggiamente con fendenti velocissimi, mentre Tom non poteva fare altro che arrancare a terra e indietreggiare, incapace di reagire a quella violenza disumana.

Spingendosi con le gambe strisciò all'indietro, evitando alla meglio la vanga roteante che il nazista utilizzava con sbalorditiva maestria.

Ruggì con furore. Non voleva morire, non in quel modo, non oggi. Istintivamente raccolse un lungo tubo di ferro, si alzò e cominciò a menare fendenti verso la punta affilatissima della vanghetta.

La sua attenzione era tutta concentrata lì, su quella lama che voleva straziargli le carni. Si scagliò contro il nemico, colpendo selvaggiamente la sua arma, senza un'idea di cosa stesse facendo, completamente perso nella follia di quegli attimi in cui nessuno era più uomo né individuo e tutti, nemici e amici, diventavano le ombre di una bolgia infernale priva di pietà. Chi esitava moriva.

Il tedesco fu sbilanciato dall'assalto selvaggio, iniziò a incespicare finché non posò un piede in fallo, scivolando a terra.

Tom lo colpì ferocemente, prima alle braccia protese in un vano tentativo di bloccare i fendenti, poi al volto, al torace, ancora al volto finché non vide svanire la vita di quell'uomo in una poltiglia rosso scuro.

Schiumando bava si alzò brandendo la clava di metallo, gli occhi sbarrati per la furia omicida che si era impossessata di lui: colpì un nemico alla schiena, facendolo contorcere dal dolore, menò fendenti sull'elmo di un altro che stava infilzando selvaggiamente con il coltello un soldato americano.

Infine, ritrovandosi con due metri di spazio libero intorno a sé, estrasse la .45[3] dalla fondina e iniziò a sparare contro quei diavoli in

---

3. Abbreviazione in gergo per Colt cal. 45, pistola d'ordinanza degli statunitensi.

mimetica vomitati dall'inferno.

In breve l'attacco fu respinto, il sergente Tuckhalbon, coperto di
sangue, tirò altre granate verso i tedeschi in ritirata, poi sistemò alcuni tra i sopravvissuti a guardia del lato di trincea squassato dal-
l'esplosivo lanciato dai nazisti.

«Tutto bene, signore?» chiese a Tom, sopraggiunto in quel momento.

«Tutto bene» rispose con un filo di voce, respirava affannosamente
mentre si riprendeva dall'eccitazione della mischia. Cercava di ricordare i particolari della lotta ma aveva solo delle visioni offuscate che
trovava molto sgradevoli.

«Sergente, non riusciremo a contrattaccare, non ora almeno» disse,
tirando il fiato con decisione.

«Ne sono consapevole. Comunque sembra che si stiano ritirando.»

Indicò le figure in mimetica che retrocedevano verso il boschetto
da cui erano partite, coperte dal fuoco delle mitragliatrici. Sembrava
un attacco d'assaggio, qualcosa di mal pianificato ma condotto con
estrema violenza, tipico dei crucchi.

I combattimenti si conclusero con le ultime raffiche delle mg a cui
risposero le 30mm americane, poi tornò la calma, se tale poteva dirsi
la situazione di devastazione e morte che li circondava. Le grida dei
feriti e dei moribondi facevano da colonna sonora alla surreale distesa di macerie e cadaveri.

«Non sparate!» tuonò all'improvviso il sergente.

L'ordine si sparse tra le fila dei soldati.

Aveva visto arrivare dei soldati tedeschi, visibilmente disarmati,
intenzionati a recuperare i feriti, nulla più.

Alcuni americani uscirono dalle trincee per fare lo stesso e nessuno ostacolò l'opera.

«Faccia vigilare questa zona, io organizzerò l'arretramento delle
nostre posizioni. Sarete la punta avanzata della linea difensiva»
guardò il sergente negli occhi, concludendo il discorso.

«Molto bene, chiedo solo una robusta dose di razioni, i ragazzi ne avranno bisogno.»

«Va bene, sergente. Provvederò io stesso ai vostri rifornimenti. Faccia identificare i caduti, manderò dei barellieri insieme al rancio.» Detto questo si allontanò verso le posizioni da cui erano partiti.

«Ritorneranno tenente, non si fermeranno finché non li avremo ammazzati tutti... o finché non avranno raggiunto Parigi» disse Tuckalbon alle sue spalle.

Tom non rispose, fissò la linea delle trincee, cercando di non pensare che le probabilità erano tutte per la seconda ipotesi. I tedeschi avevano scatenato un'improvvisa offensiva quella mattina, avevano attaccato già diverse volte.

Un'ora dopo tutta la difesa era attestata quaranta metri più indietro; il sergente e il suo plotone d'assalto avevano fortificato il loro improvvisato avamposto, piazzato nidi di mitragliatrici e ammucchiato munizioni e granate in quantità.

Tom osservava con il binocolo il fronte, temeva l'intervento dei carri armati. Alcuni esploratori avevano riportato l'avvistamento di mezzi cingolati per il trasporto truppe, poche miglia a est. Se avessero dovuto fronteggiare dei carri, senza artiglieria e con pochi bazooka, la loro posizione non avrebbe resistito che alcuni minuti.

Un brivido gli attraversò la schiena. Ogni giorno lottava per sopravvivere, quanto sarebbe durato? Quanto tempo ancora avrebbe potuto sfidare la fortuna e vincere?

Di colpo il pensiero lo portò indietro, al tempo in cui lui e gli altri ragazzini del quartiere erano soliti compiere marachelle nel retro della drogheria dello zio. Lui veniva sempre scoperto, non era mai stato fortunato quando si trattava di cavarsela. Aveva sfidato la sorte l'ennesima volta, era forse giunto alla resa dei conti? Scacciò quei pensieri, cercando di convincersi di avere il controllo delle sue emozioni, ben sapendo che ciò era lontano dall'essere vero.

«Ehi tenente!» era il sergente Brat, aveva svoltato l'angolo della trincea vicina alla postazione di osservazione e si stava avvicinando a Tom. «Tom, ho vista prima, mentre cercavi di portare McDubee in salvo...»

Tom non rispose.

Notando la sua espressione Brat si decise a chiamarlo come da regolamento, ma si capiva lontano un miglio che era una forma ancora più sfacciata di insubordinazione «Tenente, non dovresti correre simili rischi, ricorda che sei l'ultimo ufficiale ancora in vita» il tono di quella frase non aveva nulla di benevolo.

«Davvero?» chiese Tom inarcando un sopracciglio e piantandosi di fronte al sottufficiale. «Sergente. La ringrazio per aver ricordato i miei doveri, le risponderò con una formula appresa nel manuale del perfetto-ufficiale-americano: Si levi dai coglioni, immediatamente! Non mi deve chiamare mai più per nome o la ammazzerò all'istante!»

Notò lo stupore negli occhi di Brat e si compiacque di se stesso, cosa che bilanciò il senso di disagio che iniziava a provare per quella reazione istintiva e per lui inusuale.

«Siete stato molto coraggioso» riuscì a dire Brat.

Non aggiunse altro, allungò semplicemente la mano verso il tenente.

Tom lo guardò, inespressivo, sapeva benissimo quanto significato avesse quel gesto ma non ricambiò; si portò la mano all'elmetto, salutando in maniera marziale.

Un vento fresco spazzò la trincea, i due uomini si guardavano in silenzio, Tom immobile nel suo saluto. Brat sorrise, s'irrigidì come un tronco, batté vigorosamente i tacchi e ricambiò il saluto allontanandosi senza un'altra parola.

Tom sapeva che d'ora in poi sarebbe stato "il tenente" anche per Brat e si sentì pervaso da una strana carica che gli ridiede la forza ma lo rese felice e dispiaciuto allo stesso tempo; pensava sinceramente che avrebbe preferito le insubordinazioni del sergente, in cambio della vita di quel soldato che aveva provato a salvare. Ma così è la guerra, ogni azione lascia tracce profonde, indelebili e imprevedibili, e meno ci si pensa più è facile mantenere un certo controllo, almeno fino alla prossima traumatica esperienza.

McDubee. Così si chiamava il geniere; promise a se stesso che lo avrebbe ricordato per sempre.

Si affrettò verso la postazione radio, doveva fare rapporto sulla situazione e cercare di farsi inviare rinforzi e pezzi anticarro.

Lungo quella che era stata la strada principale del minuscolo paesino, addossati ai muri ridotti a pezzi, i soldati esausti riposavano coperti da teli impermeabili, alcuni stavano parlando piano tra loro, molti continuavano a fissare la linea degli alberi. Ovunque intorno a loro si udivano colpi di armi automatiche, esplosioni, artiglieria.

Tutto il reggimento era sotto attacco e Hosingen, perno della difesa, si trovava a pochi chilometri di distanza, sulla sinistra.

«E questa è Sophie, la ragazza di Parigi di cui ti parlavo…»

«Mia madre pensa che sia nelle retrovie, a contare i container dei rifornimenti…»

«Ti dico che se non fai frollare per bene la carne non avrai mai un coniglio in umido come si deve…»

Sorrise di quei discorsi, la capacità di alienarsi era fondamentale per un soldato, e rimpianse l'etichetta che gli imponeva di non abbassarsi al loro livello ma di conversare solo con altri ufficiali. Peccato che l'ultimo ufficiale era stato ammazzato proprio quella mattina.

Si strinse nel cappotto, ricambiando distrattamente i saluti che tutti gli dovevano.

Arrivato al bunker degli operatori radio chiese del caffè e si sistemò su un tronco che fungeva da sgabello, facendo segno a un soldato di passargli le cuffie e il microfono.

La radio fu sintonizzata sulla frequenza del comando, i due soldati addetti si misero in un angolo, accesero un paio di sigarette e tesero le orecchie, ansiosi di sentire cosa avevano in serbo per loro i "capoccioni".

«Base, qui posto di blocco Tre, mi ricevete?» nulla. «Posto di blocco Tre chiama campo base, mi ricevete?»

«Base da Holzthum!» il nome era ostico alla pronuncia per un anglofono. «Qui base, avanti Tre!»

«Abbiamo subito perdite consistenti, richiesta immediata di rinforzi e di artiglieria AT[4], attacchi ininterrotti da questa mattina.»

Attese alcuni secondi, regolando le valvole dell'apparecchiatura, cercando una migliore ricezione radio.

«Tre, negativo, al momento non abbiamo unità disponibili.»

Tom si irrigidì, guardò i due soldati alle sue spalle, che non potevano aver sentito ma intuivano dalla sua reazione che qualcosa non andava.

«Campo base!» fece una pausa, inspirò e poi proseguì, cercando di mantenersi calmo «Richiesta di ritiro immediato, non siamo in grado di tenere la posizione» sapeva che i tedeschi erano in ascolto e che avrebbero valutato le sue parole e poi attaccato con ancora più forza, ma non poteva fare altrimenti, l'improvvisa offensiva tedesca non aveva dato tempo al comando di sviluppare codici di comunicazione adatti alla situazione e quindi le radio venivano usate senza specifiche schermature semantiche.

«Tenente, è lei vero?» La voce era cambiata, molto più perentoria e determinata ma familiare alle orecchie di Tom.

«Figliolo, richiesta respinta, non potete cedere per nessun motivo, nessuno di noi può ritirarsi fino a domani a mezzogiorno. Predisposto fuoco di artiglieria di supporto continuo.»

Tom non rispose, aveva riconosciuto il colonnello Fuller, comandante del reggimento.

«Buona fortuna, ragazzo» la stessa voce, leggermente più comprensiva, concluse così la comunicazione.

«Ricevuto, colonnello, chiudo.»

Tom si alzò, senza guardare i soldati che invece lo fissavano ansiosi.

---

4. Anti Carro. Il pezzo più comune era da 57mm, efficace solo a corta distanza.

«Tenente…» fece uno dei due.

«Dobbiamo restare fino a domani, armatevi anche voi. Da Clervaux non arriveranno rinforzi, tutta la linea difensiva dell'Our è sotto attacco, l'intero reggimento è a mala pena sufficiente per coprire il terreno come forza di presidio. Fuller dice di non muoversi.»

Uscì deciso, non aveva voglia di continuare a parlare, quasi che la realtà potesse essere diversa se solo lui ne era a conoscenza. Come potevano resistere? Non era sicuro neanche della piccola vittoria di poco meno di un'ora prima; la notte avrebbe fermato gli attacchi forse, ma poi?

L'aria pungente lo scosse.

Doveva organizzare la difesa, sentiva nelle ossa che avrebbero attaccato con i carri, ne era sicuro. Con un gesto richiamò l'attenzione di uno dei soldati intenti a controllare i sacchi di sabbia lungo il margine est della trincea, era vestito con una divisa che subito non riconobbe.

Il ragazzo, poco più che maggiorenne, si avvicinò di corsa, fece un ampio gesto di saluto e si mise sull'attenti.

«Calma ragazzo» disse Tom, squadrandolo. «Sei nuovo, vero?»

«Signorsì signore!» rispose con fervore il giovane.

Tom strabuzzò gli occhi «Ma che ti credi? Un marine?» chiese Tom incredulo e seccato per quei gesti esagerati.

«Negativo signore! Sono bloccato qui da questa mattina, guidavo una jeep del comando con a bordo il tenente Beevor da Bastogne verso la Skyline Drive[5]. Siamo stati colti di sorpresa dal fuoco di artiglieria dei tedeschi, all'alba. Il tenente è morto sul colpo, io sono finito qui mentre cercavo di raggiungere Hosingen per mettermi a rapporto.»

Lo fissò cercando il suo sguardo ma gli occhi del ragazzo erano fissi davanti a lui, non guardavano nulla di preciso.

---

5. Nome dato alla strada che percorreva il fiume Our sul lato sinistro, confine del fronte al momento dell'offensiva nazista.

Davvero motivato, lo hanno proprio indottrinato bene, pensò amaro Tom.

«E perché non hai fatto rapporto a me?»

«Signore, in meno di tre ore sono morti tutti gli ufficiali. Mi sto attenendo agli ultimi ordini ricevuti dal capitano. Signore.»

Tom annuì, guardò l'orizzonte socchiudendo appena gli occhi, cercando di tornare concentrato; l'idea di essere l'ultimo graduato in vita gli ricordava il mito di Atlante, il gigante con tutto il peso del mondo sulle spalle.

«Come ti chiami? E vedi di non anteporre signore ogni volta che mi rispondi.»

«Soldato scelto John Martins 101° divisione paracadutisti, al momento 110/28° fanteria sig…»

Si trattenne a stento dal chiudere la frase come era stato addestrato a fare.

Il tenente conosceva i modi dei paracadutisti novelli, l'addestramento era duro come nessun altro e quel "signore" urlato era stato inculcato a forza nella testa del giovane perché così voleva la disciplina. Doveva però farlo smettere, non voleva certo beccarsi una pallottola in fronte da un cecchino in cerca di ufficiali per colpa di quel parà. Con i suoi modi lo faceva sembrare un generale piuttosto che un sottotenente.

«Va bene soldato, sarai il mio attendente, non ne ho mai avuti perciò dovrai avere pazienza se non seguiremo il protocollo alla lettera.»

John stava per rispondere ma Tom lo fermò con un gesto perentorio della mano.

«Non devi più chiamarmi signore in questo modo, usa dei modi più informali… ne va della mia e della tua sicurezza, hai capito? È un ordine!»

«Sì, tenente» il soldato rispose con minor enfasi di quanto si sarebbe aspettato. Forse la disciplina era direttamente proporzionale al timore che un superiore incuteva, pensò Tom.

«Bene, adesso vieni con me, dobbiamo organizzare la difesa di questo cesso. Prendi della carta, delle matite e...»

Stava per aggiungere di armarsi ma si trattenne, in quello non doveva certo istruirlo.

Attese che il ragazzo prendesse il materiale che aveva richiesto. «Andiamo» disse con decisione proseguendo verso la prima linea.

Passarono in rassegna le posizioni, cercando di organizzare delle unità combattenti semi-autonome. Parlarono con i caporali e gli uomini più esperti ascoltando le necessità urgenti delle loro squadre: armi, munizioni, granate e qualche razione. Alcune squadre erano composte da personale classificato come Non-Combattente, una dicitura strana per uomini di prima linea. Erano autisti, cuochi, inservienti, operai ausiliari del genio, ognuno di loro aveva dovuto sperimentare il combattimento solo con un addestramento di base, alcuni erano profondamente scossi, altri fumavano come veterani: erano quelli che probabilmente troppe volte si erano sentiti in inferiorità rispetto a chi rischiava la vita quotidianamente. Tom pensò che la mente dell'uomo era davvero strana, vedendo i volti induriti ma fieri di alcuni di quegli uomini, contenti di aver fatto la loro parte in maniera attiva, anche se estremamente pericolosa rispetto al servire il rancio nelle retrovie.

Giunsero alla postazione del sergente Tuckhalbon.

«Tenente» si affrettò a salutare il Nco[6].

«Tuckhalbon, come andiamo?»

«Per ora tutto bene. Jeremy ha beccato due osservatori, si erano affacciati da quel crinale. Il secondo non ha fatto in tempo ad accorgersi della morte del suo amico crucco che si è ritrovato una pallottola nel collo anche lui.» Un ampio sorriso si stampò sulle labbra del sergente mentre elogiava il suo cecchino del Texas.

Sorrise anche Tom, aveva sentito i due colpi sparati in rapida se-

---

6. Non-Commissioned Officer. Il termine indica la categoria dei sottufficiali dell'esercito americano.

quenza e conosceva Jeremy Rush e il suo fucile Springfield.

Il sergente squadrò il ragazzo dietro il tenente. Tom se ne accorse, non disse nulla ma aveva intuito dal quasi impercettibile segno di assenso con il capo, che il sergente valutava positivamente John, e lui aveva una capacità quasi sovrannaturale di riconoscere i guerrieri, quando li vedeva. Si sentì soddisfatto della scelta fatta, pensò che in qualche modo anche lui aveva colpito positivamente il vecchio soldato.

«Sergente» iniziò Tom, avvicinandosi al bordo della trincea «non arriveranno rinforzi, né armi anticarro.»

Il sergente lo fissava, attento.

«Non possiamo nemmeno andarcene, dobbiamo rimanere qui. La nostra posizione, come tutte quelle del settore, è al centro dell'attacco da parte dei tedeschi. Avranno la strada spianata per Bastogne se cediamo.»

«Con tutto il rispetto, tenente, raggiungeranno Bastogne in ogni caso, se attaccano» con un gesto eloquente della mano indicò la linea difensiva coperta di neve, la strada sconquassata e le case del piccolo villaggio distrutte dalle esplosioni dei precedenti attacchi, includendo anche i suoi uomini, i loro volti duri e determinati ma anche visibilmente spossati.

«Gli ordini sono chiari e abbiamo due sole possibilità: resistiamo oppure speriamo che trovino almeno i nostri corpi, in primavera.»

Tuckhalbon fissò le colonne di fumo che si alzavano davanti a loro e sulla destra, lungo tutto il perimetro difensivo del reggimento.

Alla loro sinistra si udivano i combattimenti accaniti, intorno ai capisaldi di Hosingen e Marnach, ma anche dal villaggio di Weiler, l'ultimo caposaldo alla loro destra, provenivano echi degli scontri.

«Stanno attaccando lungo tutta la valle dell'Our...»

«Signore, con tutto il rispetto... Ma come hanno fatto a sorprenderci così?»

«Errori di valutazione, già a Market-Garden pensavamo che le forze occidentali dei tedeschi fossero in rotta definitiva e non devo certo ricordarle come andò a finire.»

Il sergente guardò pensoso il limitare del bosco che li separava dalle linee tedesche.

«Se continuano a bombardare così, dalle retrovie, forse li bloccheremo. Benedetta sia la nostra artiglieria» abbozzò un sorriso reso grottesco dal marciume terrificante dei denti.

«Sergente, siamo al centro dell'avanzata di una divisione Panzer. Arriveranno i carri, non posso mentirle. Entro domani li avremo addosso, ora stanno attraversando il fiume: a Gemund, per quello che riguarda il nostro settore» spiegò Tom.

«Ho capito. Bè tenente, è stato un piacere combattere con lei. So che non ci ritireremo neanche se avessimo contro dieci armate» gli rispose Tuckhalbon con la pacatezza che lo contraddistingueva.

Si strinsero la mano, vigorosamente, per quello che poteva essere l'ultimo saluto.

Tom e John uscirono dalla postazione, dopo aver fatto mente locale sulle capacità difensive delle loro postazioni.

«Fammi vedere gli appunti, Martins» disse Tom fermandosi davanti a una spaccatura naturale del terreno che tagliava la linea difensiva fino agli alberi da cui i tedeschi attaccavano da due giorni.

«Metteremo due squadre bazooka lungo questa trincea naturale. Colpiranno i carri d'infilata. Ma cosa succederà se i tedeschi useranno la fossa per infiltrarsi?» Domandò Tom più a se stesso che all'attendente. John infatti non disse nulla, si limitò a guardarlo in attesa di ordini.

«Tu cosa suggerisci?» chiese alzando gli occhi verso il ragazzo dopo alcuni minuti di silenzio; sapeva che lo stava mettendo in difficoltà chiedendo il suo parere.

«Signore» si bloccò per mettere insieme un concetto sensato «credo che l'idea sia buona ma dovremo coprire i bazooka a tutti i costi, forse spostando una 30mm che ho visto vicino alla postazione radio.»

«Giusto. Ma ne piazzeremo due di 30mm, ai lati. Una a destra, tra quei massi, l'altra defilata sulla sinistra, in quel punto...» indicò una zona quaranta metri davanti a loro, all'estremità del sistema difensivo che stavano pianificando.

«Fuoco di artiglieria!» l'urlo arrivo dalle linee avanzate e si sparse in breve per tutto il sistema difensivo.

«A terra!» gridò Tom portandosi le mani sull'elmetto e gettandosi a ridosso dell'unica parete ancora in piedi nelle vicinanze, subito imitato da John.

I colpi caddero poco lontano dalla postazione di Tuckhalbon, scatenando un frastornante boato a ogni impatto.

«Cazzo, cazzo, cazzo!» urlò John senza che potesse essere udito.

Lo spostamento d'aria faceva volare detriti e schegge sopra le loro teste e la terra tremava come se si fossero stesi accanto ai binari durante il passaggio di un pesantissimo treno merci.

Venti, trenta secondi d'inferno, poi il silenzio.

La soffice neve e la terra polverizzata scesero dal cielo con estrema lentezza, si posarono sopra gli uomini ancora accucciati, coprendoli dolcemente, come se una premurosa mamma dall'alto delle nubi stesse stendendo una coperta sui suoi bambini impauriti.

John riprese a poco a poco il controllo di sé. Non era per nulla facile rimanere fermi e non alzarsi per darsela a gambe levate. Questa volta sembrava essere solo una salva di opportunità. Attesero altri dieci minuti finché fu certo che non sarebbero giunti tedeschi.

«Sono...» Tom deglutì a secco, aveva la bocca asciutta come se non bevesse da giorni «È la nostra artiglieria, l'unico rinforzo che ci arriverà da Wiltz» disse a John aiutandolo ad alzarsi.

«Speriamo che non tirino più corto di così o i crucchi dovranno inviare loro delle bottiglie a Natale, per ringraziarli.»

Ritornò ai suoi appunti e annotò le ultime disposizioni. Annuì fissando i punti designati, con un muto cenno di approvazione. «Saremo sottoposti a una serie di violenti attacchi, la determinazione dei tedeschi indica che questa è la chiave di volta dei loro piani, e non solo. Dal momento che non aggirano la nostra posizione nonostante sia tutto il giorno che li blocchiamo, significa che sono intenzionati a sfondare qui. O che anche gli altri resistono come noi» aggiunse con un sussurro cercando di risollevarsi il morale. Quanto avrebbero insistito i tedeschi? Perché non si arrendevano all'ineluttabile? «Quanti ragazzi devono morire perché le vittorie su carta diventino realtà nel fango in cui strisciano?» chiese alle mappe.

John non disse nulla, né fece alcun gesto che potesse far intendere una comunanza di pensiero; se ne stava in piedi, in leggero imbarazzo, a fissare senza guardare nulla in particolare.

«Hai pulito il tuo fucile? È l'unica cosa che può tirarti fuori di qui, lo sai?» domandò Tom guardando il Garand[7] del suo aiutante. John annuì ma appariva freddo e distaccato, quasi insensibile alla situazione. Tom capì che non avrebbe certo impressionato il ragazzo, si pentì persino di aver parlato con quel tono da veterano che suonava alquanto fasullo sulle sue labbra.

Probabilmente il parà ardeva dal desiderio di combattere. Era naturale che fosse così, per mesi lo avevano addestrato alla guerra, non a scrivere su taccuini di carta.

«Hai esperienza di scontri a fuoco?»

«No, signore. Qui da voi ero addetto al controllo delle linee telefoniche, fino a che lei non mi ha trovato un nuovo incarico. Mi trovavo qualche chilometro verso l'interno al momento dell'ultimo attacco, con l'operatore radio Sam Mullins» non aggiunse altro.

«Non posso dirti molto, sono sensazioni che non si spiegano a parole... una cosa però dovrai tenerla a mente: dal momento in cui ti ho chiamato sei diventato parte del mio corredo di biancheria, sei una delle mie mutande, non dovrai staccarti da me per nessun motivo.»

John si irrigidì «Ricevuto tenente» disse con un po' di enfasi.

Tom pensò che forse un poco iniziava a piacere al parà, cosa alla quale teneva più del necessario, ammise a se stesso. Ripresero a muoversi e si diressero verso la buca degli esploratori.

---

7. Fucile d'ordinanza della fanteria statunitense.

Erano sistemati in modo molto approssimativo in un giardino che nulla aveva dell'ordine e della pulizia che i proprietari avevano imposto. Il muro di cinta sembrava la dentatura di un vecchio cavallo e delle piante non rimanevano che arbusti e radici sporgenti. Tra sacchi di sabbia e casse di legno i pathfinder[8] della compagnia cercavano riparo dal freddo, posizionando i teli impermeabili sul terreno ghiacciato. In latte di gasolio forate bruciavano stoppa e stracci e tutti si stringevano attorno a quelle stufe improvvisate.

«Sergente Gordon, come andiamo?» chiese Tom saltando dentro attraverso un'apertura nel muro provocata da una granata.

«Tenente! Siamo operativi nei limiti che la situazione permette» rispose il sergente andandogli incontro.

«Marsh e Sarlick sono lievemente feriti, Hotrow, Marlowe e Agnetti non ce l'hanno fatta; gli altri si sono ripresi e dopo il pasto caldo di poco fa direi che siamo pronti.»

Tom guardò la squadra pathfinder, erano rimasti in sette in grado di muoversi per svolgere il loro compito.

«Ho bisogno di due uomini per una ricognizione verso Gemund.»

«Vado io» disse il sergente deciso, senza un attimo di esitazione. Tom annuì.

«Un volontario?» chiese poi Gordon guardando i suoi ragazzi.

«Vengo io sergente, sono l'unico a non essere stato di pattuglia questi giorni.»

«Va bene Darman, preparati.»

Il sergente tornò a guardare Tom, in attesa di istruzioni più dettagliate.

«Allora sergente, prenderete il sentiero che costeggia il canale di irrigazione, verso est» fece un cenno a John, il quale si affrettò a srotolare una carta topografica davanti a loro. «Dopo quattrocento metri arriverete in vista di un piccolo villaggio, poco più di un agglomerato di case» il suo dito si mosse sulla mappa, seguendo il percorso che

---

8. Esploratori, truppe specializzate nelle ricognizioni.

stava proponendo.

«Dopo starà a voi trovare il modo per raggiungere questa altura» il dito si fermò su un rilievo a circa seicento metri dalle loro posizioni.

«Non ho idea delle trasformazioni che il terreno può aver subito in questi giorni, a causa dei combattimenti. A ogni modo, è necessario che vi portiate a una quota sufficientemente alta da permettervi di scorgere nel complesso l'entità delle forze nemiche.»

«Cosa dobbiamo cercare di preciso?» Chiese il sergente Gordon studiando la carta.

«Cerchiamo la conferma della presenza di carri armati. Marlowe e Sanetti avevano riportato dalla ricognizione di questa mattina, poco prima dell'attacco, il movimento di uomini e semicingolati; ora voglio sapere se arriveranno anche i Panzer e quanti» rispose Tom facendo trapelare un velo d'ansia.

«Bene tenente, se non c'è altro mi preparerei, conto di partire immediatamente, per sfruttare un po' di luce del tramonto, almeno fino alla svolta» disse segnando con un mozzicone di matita dei punti sulla cartina.

«Ci rivediamo domani in mattinata, non esitate ad abortire la missione se la situazione si dovesse scaldare… potreste rimanere isolati in caso di attacco nemico e sono convinto che un'intera armata si stia muovendo al di là dell'Our.»

Gordon salutò con la mano, stancamente gli altri uomini si alzarono imitando il gesto.

Tom ricambiò e si allontanò seguito da John.

Fecero a ritroso il percorso verso i bunker comando, posizionati vicino ai ruderi di una fattoria, distrutta probabilmente dal tempo più che dalla guerra.

Considerata pericolante, anche per i bassi standard dell'esercito, il capitano Keegan aveva vietato di utilizzare il perimetro interno della costruzione, perciò erano stati scavati due bunker, uno dei quali sconfinava nei locali della cantina del villino.

Tom aveva preso posto proprio lì, preferendo la vista di una parete di mattoni, anche se pericolante, alla nuda terra costellata di radici della trincea.

Si appoggiò vicino all'ingresso del suo alloggio, si tolse il berretto di lana che calzava sotto l'elmetto e lasciò che per qualche minuto il freddo pungente gli lambisse il volto, il collo e la testa, nel tentativo di riprendersi dal torpore che lo stava cogliendo.

«Per ora abbiamo finito» disse Tom accendendosi una sigaretta. «Fammi vedere gli appunti. Allora, trentasette uomini in grado di combattere, un numero imprecisato di feriti e almeno due terzi della compagnia fuori combattimento dall'inizio degli attacchi...» respirò una profonda boccata di fumo.

John stava al suo fianco, rigido e silenzioso, in attesa di ordini; Tom lo guardò abbassando i fogli all'altezza della coscia.

«Di dove sei?» chiese diretto ma con tono pacato.

Il soldato era visibilmente imbarazzato dai modi confidenziali del tenente, e rispose con malcelata freddezza: «Texas, tenente.»

«Houston? No... aspetta, probabilmente sei di qualche fattoria dell'ovest, poco lavoro e poi l'idea di arruolarsi. Nel Texas credete nella patria, no?»

John si irrigidì, stava ancora decidendo se ritenersi offeso o meno dalla schiettezza delle supposizioni del tenente. «Houston. Sono figlio di un mandriano. E sì, mi sono arruolato per combattere per il mio paese, tenente.»

Tom lo fissava con occhi stanchi, non sapeva neanche lui dove volesse arrivare, probabilmente stava solo cercando di conversare ma capì subito che non avrebbe ottenuto molto, il soldato lo vedeva solo come un superiore di grado, e forse pensava anche che non essendo un parà valesse meno degli ufficiali del suo corpo.

Voltò lo sguardo verso l'orizzonte, era sempre più convinto che stesse per morire, sentiva una strana sensazione, quasi fosse in ansia per un evento desiderato ma che tardava a verificarsi. Come alla vigilia dei suoi compleanni, da bambino, quando aspettava vicino alla porta di casa l'arrivo dei nonni materni, sempre generosi di regali e complimenti per l'unico maschietto di casa. Un'attesa carica di gioia. Poteva dire lo stesso ora? Forse era solo troppo stanco per andare avanti ma desiderare di morire, questo no!

Tornò a guardare John. Era davvero molto giovane, quasi un bambino, ma con lo sguardo fiero dell'uomo dedito anima e corpo a una causa. Sarebbe stato responsabile della morte di quel ragazzo, condannato a seguirlo in prima linea e, nonostante sembrasse smanioso di combattere, non meritava di passare quei giorni meravigliosi – quali sono quelli di un diciottenne – desiderando di mettere a repentaglio la propria vita per un governo negligente, per uomini rinchiusi al caldo al Congresso che avevano mancato di spirito quando serviva e che ora proclamavano a gran voce la "giusta guerra" contro il malefico Hitler. Un uomo al quale però avevano guardato compiaciuti quando arginava i bolscevichi e ridava vita alla Germania post-imperiale.

«Vai pure a riposare, sei dispensato da turni di guardia. Trasferisciti vicino al mio bunker. Anzi, prendi posto all'interno.»

«Signorsì tenente» John fece il saluto e si allontanò.

Tom si immaginò che un cecchino, visto il pomposo gesto di John, stesse già aggiustando la mira per fargli schizzare il cervello fuori dal cranio. Ma non successe nulla, un silenzio innaturale era sceso sul terreno devastato.

Si scostò dal muro e iniziò un nuovo giro di controllo, questa volta passando dietro alla linea di difesa delle postazioni di comando.

Non si accorse nemmeno della granata inesplosa sulla quale mise il piede.

CAPITOLO II

Con il Garand pronto a far fuoco John corse verso la zona del-l'esplosione. Insieme a lui correvano anche tutti gli uomini della postazione radio. Ogni tanto sbirciava di là dei sacchi di sabbia e dei cumuli di terra. Si domandava dove fossero i tedeschi, non riusciva a vederne nemmeno uno.

«Era una granata da mortaio, ne sono sicuro!» urlò uno dei ragazzi al suo fianco, mentre cercava di sistemare gli spallacci che aveva infilato correndo.

Nei pressi della curva, poco distante da dove aveva lasciato il tenente, si erano radunati anche altri soldati e se ne stavano in circolo vicino a un piccolo cratere ancora fumante.

John si fece largo.

«Tenente» urlò cercando con lo sguardo, sapeva che il suo compito era affiancare Tom durante il combattimento e al momento sembrava che stesse proprio per arrivare un attacco. Chiamò ancora senza ottenere risposta, mentre sempre più uomini si assiepavano intorno a loro. «Largo dannazione!» disse astioso facendosi spazio tra la piccola folla che gli ostruiva il passo.

«Calmo figliolo» Il sergente Brat lo afferrò per una manica.

«Non c'è nessun attacco in corso... e non credo che il tenente avrà più bisogno di te» la frase finì con un eloquente gesto della mano, a indicare un corpo maciullato a sinistra del sentiero.

John rimase a fissare il tronco senza più arti del tenente, cercava il viso, ma non trovò altro che una massa sanguinolenta. Solo i gradi sulla spalla destra indicavano che quel corpo devastato un tempo era stato il tenente Gream.

«Una granata da mortaio inesplosa» disse pacato Keith mostrando a tutti un frammento dell'ordigno raccolto poco distante.

«Cristo Santo che fine orribile» Hawkson sembrava sul punto di piangere.

«Non ce ne saranno altre?» chiese cinicamente qualcuno pensando già al futuro.

«Dovremmo effettuare un'accurata bonifica» disse Brat ma non diede ordini in merito, la situazione era già abbastanza compromessa e non c'erano uomini e mezzi per quel compito.

«Avanti, tu» indicò John che era rimasto ammutolito a fissare il cadavere «fatti aiutare da qualcuno e porta quei resti via da qui. Cercate di trovare più parti possibile del corpo e buttatelo nei fossi dietro la villa dopo averlo messo in un telo impermeabile.»

Un conato di vomito fece riprendere John. Non seppe spiegarsene il motivo ma le frasi del sergente erano state più rivoltanti della vista di quell'uomo fatto a pezzi.

Gli uomini si dispersero, alcuni seguirono Brat in un rapido giro d'ispezione lungo tutta la zona, gli altri tornarono alle loro postazioni mesti e taciturni. John e Sam, l'operatore radio con cui aveva controllato i cavi quella mattina, iniziarono a cercare le parti del corpo che l'esplosione aveva strappato. L'avambraccio destro era a poca distanza, ebbero più problemi con la gamba destra, non riuscivano a trovarla.

«Non possiamo andare fuori dalla trincea» disse John, scrutando la terra di nessuno alla ricerca dell'arto.

«Probabilmente tutti questi frammenti d'osso erano la gamba, deve essersi disintegrata» disse di rimando Sam.

«Già... deve essere andata così» rispose John.

Non aveva un'idea precisa di come sentirsi, conosceva appena Tom. Non gli era sembrato male ma non aveva trovato in lui i tratti del leader. Lo aveva visto impegnarsi anima e corpo nell'opera di organizzazione della difesa, però sentiva nei suoi confronti gli stessi sentimenti di diffidenza che aveva provato un pomeriggio di qualche estate prima, quando insieme ad alcuni amici era andato giocare a football nel campus dell'università di Houston. Aveva trovato molto diversi da lui quei ragazzi istruiti e di buona famiglia; anche quelli più alla mano sembravano parlargli dall'alto di un piedistallo. Aveva avuto la sensazione che Tom fosse laureato o qualcosa di simile e che, nonostante avesse provato a non mostrarsi altezzoso, quando parlava con lui e con gli altri sembrava farlo da una distanza invalicabile. John concluse che era tipico di chi ha sempre trovato la minestra pronta.

La gente povera come lui, come i soldati semplici che lo circondavano in quel buco dimenticato da Dio, non dava questa sensazione. Smise presto di pensarci, non ne aveva voglia, ora cercava solo di completare il suo macabro compito.

«Dammi una mano con quel lato» disse a Sam stendendo il telo.

L'operazione risultò semplice dato che il corpo era poco pesante; il tenente non era stato un uomo imponente.

Portarono i resti nel retro del bunker di comando, dove alcuni bastoni piantati nel terreno, con elmetti in cima, indicavano il cimitero provvisorio della compagnia.

C'erano dei canali d'irrigazione in quel punto, non dovevano fare altro che ricoprire di terra la parte occupata dal cadavere di turno, non si scavava e quindi non si perdevano energie lavorando sul terreno ghiacciato.

«Davvero comodo, non credi?» disse Sam con un accenno di sorriso.

John non rispose, non aveva trovato Sam molto simpatico sin da quando l'aveva conosciuto. In verità non trovava quasi nessuno di suo gradimento.

Ripensò alla frase che aveva detto al tenente, riguardo al motivo del suo arruolamento e al fatto che servire la patria era l'ultima delle sue motivazioni. Di colpo sentì il bisogno di guardare la foto di Isabell, la portava sempre con sé, in una tasca interna, dentro una bustina di plastica. Sorrise nel rivederla per la centesima volta: i capelli neri lisci, gli occhi da cerbiatta, quel sorriso un po' sfacciato che lo aveva fatto innamorare.

Temendo di perdere il controllo mise subito via la fotografia. Avrebbe sposato Isabell, dopo aver pagato il suo debito con la giustizia.

Diventare un paracadutista o farsi diversi anni in carcere. Sbuffò ironico pensando a quanto gli fosse sembrata logica la scelta, all'epoca. E ora era in prima linea, in Europa, a sognare le strade assolate del Texas e i poliziotti di granito con i fucili imbracciati che controllano i condannati ai lavori forzati.

«Ehi! Sei ancora dei nostri?» chiese ironico Sam gettando della terra sopra il telo con i resti del tenente.

«Come?» domandò John riprendendosi dai suoi pensieri «Ah... sì.» Afferrò la pala e si mise a coprire anche lui la tomba improvvisata.

Finirono in pochi minuti.

«Forse dovremmo dire una preghiera?» Sam si era fatto improvvisamente serio.

«Forse.»

Fissarono il cumulo di terra e neve, nessuno dei due parlò.

«Bè... io non ne conosco molte.»

«Pace all'anima sua... ma soprattutto alle nostre, lui tanto ha chiuso con questa merda» disse John con durezza. Ora erano loro ad aver bisogno di preghiere, in abbondanza.

Li raggiunse il sergente Brat.

«Abbiamo finito, sergente!» disse Sam, riponendo la pala nella custodia appesa alla cintura.

«Sì, bene» rispose distrattamente.

Il suo sguardo andò su John.

«Hai i documenti del tenente, vero?»

John estrasse da una tasca del giaccone gli incartamenti che custodiva e li passò al sergente. Brat iniziò a leggerli e i tre rimasero in silenzio per diversi minuti.

Colpi di artiglieria, distanti, continui, riempivano l'aria.

Il sergente ripiegò i fogli, senza aver nemmeno terminato di esaminarli.

«Bene, dobbiamo resistere eh?» domandò retorico Brat.

I due ragazzi non risposero; Sam si stava grattando via la terra dagli stivali, John lo fissava, senza nessuna espressione in particolare. Voleva capire le intenzioni di Brat, anche se in fondo non era veramente interessato; iniziava a sentire la mancanza del tenente.

«I tedeschi attaccheranno entro poche ore, il mio istinto mi dice che proveranno di notte.»

Il suo istinto! Sbuffò dentro di sé John.

Sam sembrava preoccupato. «Come faremo a cavarcela, sergente?» chiese ansioso il giovane marconista.

«Sparando e uccidendoli! Se conosci altri metodi accomodati pure alle latrine, lì le stronzate sono di casa.»

Sam fece una smorfia ma non disse nulla.

John invece abbozzò un sorrisetto, forse Brat non era poi così male come aveva pensato.

«Soldato» Brat si rivolse a John «Vai a cercare il caporale Cooper, gli dirai che deve installare la 30mm nel canale a difesa degli anticarro e ti metterai al pezzo con lui... non ho bisogno di nessun aiutante, io!» si girò senza attendere risposta e se ne andò da dove era arrivato.

Qualcosa allora aveva letto, l'idea della 30mm era di Tom.

Sam aspettò che il sergente fosse lontano, poi si girò verso John che stava controllando l'otturatore del suo Garand.

«Praticamente ti ha condannato a morte... in prima linea. Da dove attaccheranno i carri!» terminò la frase con un tono che infastidì John.

«Pensi di essere al sicuro vicino alla radio?» chiese senza alzare lo sguardo dal suo fucile.

Sam non rispose, il suo volto si rabbuiò. «Ti chiedi mai perché dobbiamo stare qui ad aspettare che del piombo nazista ci spedisca all'inferno?»

John fece una smorfia, infastidito dal linguaggio da finto duro dell'operatore radio. «A cosa serve? Pensi che avrai delle risposte che ti faranno affrontare la morte con più serenità?» Lo guardò fisso, con i suoi profondi occhi neri. «E smettila poi, non ho voglia di sprecare il fiato per simili cazzate!» disse con disprezzo; sputò a terra e tornò al lavoro sull'otturatore.

«Sei uno stronzo» rispose Sam andandosene lungo il vialetto di pietra che costeggiava quello che un tempo era stato il laboratorio di un falegname.

John non badò alla discussione. Non era interessato a stringere sodalizi marziali con i ragazzi della compagnia, aveva sempre rifiutato ogni contatto con loro; l'addestramento da paracadutista aveva accentuato il suo carattere introverso.

Pensò con un certo divertimento che, in effetti, aveva simpatia solo per i suoi "veri" compagni d'armi, i parà della compagnia accasermati ancora nelle retrovie in attesa di intervenire.

Quel pensiero gli fece tornare alla mente il gelo del terreno dove era seduto, che penetrava attraverso i calzoni. Cercò uno dei teli impermeabili con cui avvolgevano i cadaveri e vi si sistemò; aveva del terriccio nell'otturatore e doveva assolutamente rimuoverlo o avrebbe rischiato di inceppare l'arma.

In patria, durante l'addestramento, uno dei suoi compagni si era staccato la falange del pollice nel tentativo di disinceppare il fucile durante un'azione simulata. Quel cretino si trovò congedato a pochi giorni dalla fine dell'addestramento. Aveva sudato e resistito insieme a loro per tutti quei mesi, e a un passo dalla fine veniva rispedito a casa, mutilato per sempre. Ricordava ancora le lacrime di quel ragazzo.

Con lo scovolino di ferro ripulì di tutti i residui i meccanismi di innesco, poi si accese una sigaretta. Si trovò a guardare il cumulo di terra che adesso era la tomba del tenente. Forse avrebbe dovuto sentire dispiacere per Tom ma non ne era sinceramente capace, faceva parte della macchina da guerra americana solo ed esclusivamente per evitare il carcere.

Avrebbe ammazzato i nemici così come aveva ucciso il mandriano capo, al ranch dei suoi vecchi. Li avrebbe compianti giusto il tempo di prendere di nuovo la mira, ma non per amor patrio, né perché odiasse i tedeschi. Lui voleva solo sopravvivere e tornare dalla sua Isabell, nient'altro.

Suo padre lo aspettava alla fattoria, lui sapeva che non era un vero assassino ma solo un uomo messo alle strette dal destino e dalla malvagità di altri uomini. Anche il giudice fu benevolo, rischiava davvero grosso all'inizio del processo.

Strinse forte i pugni ripensando a quella notte, a casa sua, alle urla di Isabell, alle risate sguaiate dei *vaccheros* del ranch che l'avevano spinta tra i cespugli dietro le stalle.

Improvvisamente fu colto dal furore, avrebbe voluto uccidere tutti, soprattutto quel bastardo di Elia, il vecchio violento e ubriacone che da anni causava problemi a non finire.

Si consolò pensando al fatto che li aveva conciati davvero male con il forcone per il fieno; se non fossero sopraggiunti gli altri del ranch e lo sceriffo, probabilmente la condanna sarebbe stata per omicidio plurimo.

Passò alcuni minuti a rievocare l'episodio, volti e parole si aggrovigliavano in un turbine feroce, il passato tornava a volte a ricordargli la tragedia della sua situazione e la totale illogicità della vita.

Si alzò di scatto, stupito dalla spossatezza che lo aveva colto, non aveva mai amato pensare al passato, a ciò che ormai era compiuto, ma da qualche mese si era scoperto suo malgrado molto più introspettivo del solito.

Sistemando le bombe a mano che portava ai lati della cintura, scivolate troppo dietro, si mosse verso la buca del caporale Cooper per avvertirlo delle disposizioni di Brat.

Lungo la strada qualcuno cercava ancora granate inesplose.

Scavalcò alcuni soldati accovacciati e proseguì dritto senza badare agli avvertimenti dei compagni: che vadano al diavolo, entro domani nutriranno i vermi comunque, perché scalmanarsi per qualche ora di angoscia in più?

Entrò nel piano seminterrato di una casa ridotta a un cumulo di macerie, come gli era stato indicato da un autista a cui aveva chiesto informazioni.

«Cooper?» chiese a un ometto con i capelli lisci e neri come la pece incollati da strati di brillantina nello stile dei gangster. Aveva i gradi di caporale e, seduto su un armadio ribaltato, giocava a carte con altri tre soldati.

«Se sei venuto per il furto di liquore dalle casse degli aquilotti del 101° sei in ritardo» disse sardonico il tipo, provocando le risate dei suoi compagni.

«Che ci fa un parà da queste parti?» chiese l'uomo alla destra del caporale.

«Sono arrivati i rinforzi» gli rispose un altro. «Uno di loro vale quanto cento di noi!» l'allegria aumentò rumorosamente.

«Non a letto, di sicuro» aggiunse il caporale. «Una volta ho visto un'intera squadra di questi uccelletti senza ali scappare via da una puttana in calore che pretendeva di essere soddisfatta sessualmente, visto il largo sconto che aveva concesso. Erano in dieci ma non c'era un solo cazzo che avesse centrato il bersaglio!»

Le risate si trasformarono in colpi di tosse convulsa e qualcuno aveva addirittura le lacrime agli occhi mentre cercava di riprendere fiato.

John non replicò, sopprimendo la rabbia e disse solo «Se sei Cooper alzati che dobbiamo andare con la 30mm a prendere posizione.»

I tre soldati posarono le carte per godersi la scena.

«Se fossi Cooper, dovrei farti ingoiare i coglioni, perché Cooper è un caporale a cui bisogna portare rispetto» rispose appoggiando i gomiti sulle cosce.

John era stanco di chiacchierare, fece per prendere la 30mm ma con un gesto perentorio il caporale lo fermò. «Adesso mi hai proprio stancato! Chi cazzo ti credi di essere per interrompere così dei galantuomini che giocano a poker?» chiese mimando un'esagerata costernazione.

«Dobbiamo andare in postazione, fra poco attaccheranno» disse John leggermente più disponibile.

«Aggiungi *caporale* alla fine della frase e forse potrei perdonarti.»

«Attento figliolo, non sai con chi stai cercando rogna!» s'intromise uno dei soldati ridacchiando.

John si zittì, rimase impalato sull'uscio a guardare i quattro giocatori. L'impomatato lo fissava a sua volta, con un sorrisetto strano, aveva qualcosa di viscido nei modi e sembrava saperne una più del diavolo.

«Il silenzio va già meglio, è anch'esso una forma di rispetto» iniziò il caporale.

«Ora, se vuoi farmi la cortesia di sederti e aspettare la fine della mano, particolarmente fortunata per me – non potrebbe essere altrimenti d'altronde – vedrai che poi dedicherò tutte le mie attenzioni allo svolgimento del nostro compito, del quale sono già stato avvertito perché vedi» tirò profondamente il fiato «i caporali sono sempre i primi a sapere cosa c'è da fare e scoprirai presto che ora hai il tuo biglietto di ritorno a casa timbrato: il caporale Cooper è una garanzia di sopravvivenza!»

John non riusciva a crederci, quel tipo era una specie di pazzo, parlava da forsennato e a getto continuo.

I suoi compagni ora ridevano sommessamente guardandosi a vicenda, probabilmente erano ormai avvezzi ai modi del caporale.

«Bene» sospirò John, non trovando niente di meglio da aggiungere.

«Signori...» Cooper si girò verso il tavolo, due assi di legno appoggiate tra le casse di munizioni.

Il gioco riprese ma, mentre i tre soldati semplici osservavano un profondo silenzio meditativo, il piccolo caporale parlava senza sosta, innervosendo tutti, soprattutto John.

Stava iniziando a odiare tutta la compagnia in cui si trovava.

«Allora soldato. Come ti trovi a strisciare nella merda delle vacche europee con noi semplici fanti?» gli chiese senza alzare gli occhi dalle carte. Aveva tre assi e due figure, notò John.

«Che importa dove si combatte, l'importante è vincere» rispose John senza troppa convinzione.

«Ma che cazzata!» Cooper cambiò una figura e ricevette un altro asso.

«L'importante è portare a casa le chiappe, possibilmente senza cuciture!» gli altri annuirono.

John abbozzò un sorrisetto, ma non rispose, condivideva il pensiero di Cooper, ma non lo avrebbe mai ammesso, preferiva la parte del soldatino ligio al dovere.

«Senti cazzone, ora mi hai proprio stancato!» sbottò l'uomo di fronte a Cooper quando vide il poker di assi del caporale.

«Puoi sempre andartene. Anzi, te lo consiglio o mi dovrai lasciare l'atto di proprietà di casa entro i prossimi due giri» ridacchiò Cooper mentre con le piccole mani coperte da delicati guanti di camoscio – roba da ufficiali superiori – avvicinava il piatto di dollari e sigarette al suo già consistente mucchio.

«Basta, mi hai ripulito» disse un altro.

I tre si alzarono indispettiti e, raccolto l'equipaggiamento, si diressero verso le loro postazioni.

John si alzò a sua volta. «Ora possiamo andare?»

«Quanta fretta figliolo! Sono sicuro che i tedeschi ci faranno la cortesia di lasciarci preparare il ricevimento per loro, non credi?»

John non rispose, si limitò a imbracciare la 30mm e si diresse fuori dalla sala giochi improvvisata. Cooper affrettò il passo e lo sorpassò.

Arrivarono alla postazione fissata dal tenente, mettendosi all'opera per cercare di fortificare alla meglio il cratere loro assegnato.

Dal lato del bosco, da dove sarebbero giunti i tedeschi, sistemarono dei sacchi riempiti con materiale reperito nei dintorni: terra, sassi e quant'altro riuscirono a procurarsi dal terreno ghiacciato.

John ansimava per la fatica mentre Cooper sembrava sempre riposato, la sua unica preoccupazione erano i capelli, che sistemava con la mano ogni volta che un ciuffo scivolava via dall'impasto di brillantina.

«Però... che fatica eh?» disse al parà senza apparire convincente. John decise di non assecondarlo.

«Prendi la trenta e sistemala come meglio credi» disse il caporale.

John lo fissò titubante, avrebbe dovuto essere il capo sezione a scegliere la migliore posizione della mitragliatrice; fece spallucce notando che Cooper non gli badava nemmeno e iniziò a fare calcoli per avere il maggior arco di tiro senza esporsi a eccessivi pericoli.

«Credo che così possa andare» disse infine, mentre sistemava i piedini del treppiede.

«Se lo dici te, soldatino» rispose semplicemente il caporale, scavando una specie di scansia per le cassette delle munizioni.

«Comunque avremo bisogno di un servente al pezzo» replicò professionalmente John.

«Tranquillo, te lo ricarico io il pistolone. Il pezzo lo brandeggi te e tanti saluti. Io baderò solo che finché non ti pianteranno del piombo in fronte tu possa sparare» rispose con un sorriso irritante Cooper.

John iniziava a non poterne più del caporale. Si sedette a terra, spalle alla trincea, sperando in cuor suo che una granata facesse sparire quel tipetto unto così come era successo al tenente.

Il tenente.

Più frequentava gli uomini della compagnia e più sentiva che l'unico veramente degno di rispetto era Tom, ma dato che lui era morto non gli restò che accettare il fatto che non sempre la prima impressione basta a inquadrare una persona. Promise a se stesso che, non appena ne avesse avuto il modo, sarebbe andato a dire la preghiera che prima non gli era venuta.

Al tramonto Cooper stava sorseggiando rumorosamente del tè caldo dalla gavetta. Lo aveva appena preparato, secondo una ricetta insegnatagli da una prostituta giapponese con cui aveva trascorso del tempo alcuni anni prima, diceva lui. Aveva parlato sempre, ininterrottamente, continuando anche quando John si era tirato il telo impermeabile fino alla testa, facendo finta di addormentarsi.

«... E quindi la portarono via, dopo Pearl Harbor. Sai, le prostitute sono notoriamente viste come potenziali custodi dei segreti dei maschietti che intrattengono, perciò la mia giapponesina venne arrestata e spedita in un carcere femminile; dal momento che sapeva anche come soddisfare clienti femminili credo che stia facendo una fortuna in gattabuia... buon per lei no?» terminò con un sonoro rutto, posando la gavetta. Poi aprì il taschino della giacca tirando fuori un lungo sigaro perfettamente conservato che accese con un gesto platealmente lento.

«Smettila di fare finta, non potresti dormire neanche se ti drogassi: sei troppo impegnato a pensare al modo di eliminarmi!» disse verso John, sbuffando una nuvola di fumo denso e puzzolente.

John tirò giù il telo e gli rivolse uno sguardo torvo, con l'espressione di chi è al limite della sopportazione.

«Vedi, ragazzo, la divergenza dei nostri caratteri è talmente acuta da non potermi trattenere dal prenderti in giro. Io amo parlare, tu invece fai il ragazzotto di campagna, Texas o Montana, credo. Tutto burbero e taciturno, educato così da un padre severo e una madre con i coglioni quadrati...»

«Smettila, non sono argomenti che ti riguardano» disse John tra i denti, stava sinceramente valutando l'idea di sferrargli un colpo di vanga su quella faccia da stronzetto presuntuoso.

«Benissimo, allora rimaniamo in silenzio a pensare al momento in cui verremo colpiti – perché succederà stanne certo – scambiandoci solo imprecazioni e bestemmie, come tutte le scimmie ammaestrate della compagnia D. Anzi no, di tutto il circo chiamato U.S. Army.»

John si alzò cercando di recuperare sensibilità agli arti, intorpiditi dal freddo. «Non ho detto che non dobbiamo parlare, solo che tu sei insopportabile con tutto questo vociare di continuo, sembri una vecchia zia rincitrullita che vuol sapere tutto dai suoi nipoti e non si stanca mai di raccontare le chiacchiere ascoltate in qualche fottuto salone per donne.»

Cooper rise di cuore. «Vedi, alla fine sei stato costretto ad aprirti un poco e a dirmi per inciso cosa pensi, è un notevole passo avanti! Finora non avevi usato mai tante parole tutte insieme.»

John non rispose, improvvisamente gli venne da ridere. Cercò di controllarsi ma la risata era ormai irrefrenabile; pensò a quanto aveva detto e alla faccia da demente di Cooper.

«Quanto tempo era che non ridevi?» chiese il caporale, ma il parà non rispose, la risata era diventata convulsa, si accasciò nel suo angolo e, piegandosi su se stesso, iniziò a singhiozzare.

Cooper non disse nulla, gli si accostò allungandogli la gavetta con il tè.

John si riprese quasi subito, provava vergogna per quel crollo emotivo, le lacrime si gelavano lungo le guance, si graffiò nell'asciugarle.

Prese un sorso di tè e fece per parlare ma Cooper lo anticipò «Capita di strozzarsi dalle risate, a volte erompono tanto violente che l'unica cosa da fare per fermarle è mettersi a piangere» disse il caporale con inaspettata dolcezza.

«Non mi era mai successo, non so cosa mi sia capitato.»

Il caporale sorrideva benevolo, sembrava provare una certa tenerezza per la situazione.

John fece girare il tè nella gavetta, lentamente la bevanda calda stava ristorando le sue membra, e il suo animo.

«Ragazzo, ogni volta che pensi che io stia esagerando nel parlare immaginami in lacrime o a ridere senza freni. È una valvola di sfogo, tutti ne hanno bisogno. Non sempre puoi attivarla coscientemente ma devi appropriartene non appena ti rendi conto di averla tra le mani, altrimenti la tua testa andrà in pezzi e non in maniera accettabile per le nostre forze armate, come può essere la mia follia. Peggio... ti dovranno portare via e allora sì che inizieranno i casini per te!»

John rabbrividì all'idea di diventare pazzo. Aveva visto una volta, in un ospedale militare, alcuni ragazzi che avevano perso il lume dalla ragione. Vivevano in un mondo tutto loro, anche quelli che all'apparenza sembravano normali avevano dei momenti di completa follia.

«Ma non ho mai combattuto» obiettò riprendendo il controllo di sé. «Dev'essere stata una reazione momentanea, probabilmente il sonno scarso di questi giorni» mormorò John fissando il terreno.

«Mettila come vuoi, ma prima o poi succede a tutti... e il fatto che dormiamo poco credo che possa solo amplificare la cosa... mi ricordo una volta...» John alzò gli occhi ma non disse nulla, aveva capito quello che voleva dirgli il caporale e lo lasciò parlare; se non avesse fatto domande personali avrebbe tollerato la parlantina di Cooper, ora.

Una figura accovacciata si affacciò dal fossetto che collegava la postazione alla stradina principale del villaggio, era il sergente Brat.

«Sergente, finalmente ha assunto il comando! Complimenti... ha dovuto solo aspettare la morte di tutti gli ufficiali e di metà degli inservienti delle cucine. Come ci si sente a comandare una compagnia del Maledetto Secchio Rosso?» continuò Cooper fingendosi serio.

«Sta' zitto coglione!» tagliò corto Brat. «Gordon è rientrato. Stanno arrivando i Panzer, domani mattina ci sarà l'inferno qui!»

John strinse istintivamente il Garand a sé.

«Bene, prima la facciamo finita, meglio è» disse il caporale passando il sigaro al sergente.

Brat fumò avidamente poi tornò a parlare.

«Dalla vostra sinistra per circa quaranta metri fino alla postazione di Tuckhalbon ci sarà la squadra bazooka. Si muoveranno di continuo, perciò copriteli quanto più potete, se non fermano i carri che usciranno dal bosco ci troveremo mescolati al fango da qui all'eternità» sputò a terra con vigore.

«Sergente, lei dove trascorrerà la licenza premio che riceveremo domani pomeriggio?» chiese Cooper allegro.

Brat sorrise, aveva i denti storti e rovinati e con quella barba ispida e il naso da pugile sembrava una specie di galeotto di San Quintino piuttosto che il comandante di compagnia.

«Penso che due settimane tra le gambe di tua sorella potrebbero bastare a farmi riprendere.»

«Gentiluomo come sempre. Comunque credo che quella baldracca avrà parecchio da fare, ormai la voce della sua attività si è sparsa per tutta la fottuta divisione.» Risero.

Anche John accennò un sorriso. Se serviva ad allentare la tensione perché non farlo, pensò.

Brat si allontanò con il sigaro del caporale. «Grazie per il pensiero» disse guardandolo di sottecchi.

«Figurati... cazzone» l'ultima parola la sibilò tra i denti. «Bene soldatino, dovremmo sistemarci per cercare di passare la notte al meglio» detto questo liberò il terreno al centro della trincea, stese un pezzo di telo impermeabile e, tirato fuori il mazzo da poker, fece un cenno a John.

«Ci sto. Ma non dovremmo essere più di due?»

«Mio caro ragazzo, le vie del signore delle carte sono infinite! Se hai soldi da perdere conosco tanti giochi quante sono le cartucce che spareremo domani» ridacchiò distribuendo la prima mano.

John sospirò sedendosi di fronte a quel tipetto pieno di sorprese. Aveva degli spiccioli in tasca. Anche se stava risparmiando fino all'ultimo centesimo per la sua Isabell, pensò che non avrebbe resistito a quella notte se non si fosse distratto un poco.

Diedero fuoco a degli stracci imbevuti di alcol sistemati all'interno di un bossolo da 200mm e lo posizionarono al centro del tavolo, ottenendo una luce fioca ma più che sufficiente.

Giocarono per diverso tempo con alterna fortuna, Cooper era un vero esperto di giochi d'azzardo ma John aveva una buona elasticità mentale, riuscì perciò a tenergli testa in varie manche.

Altri soldati, allertati dal vociare continuo che Cooper era nei paraggi, si avvicinarono, consapevoli che lì si giocava a carte. In breve la loro fossa fu gremita, con giocatori e spettatori che fumando e chiacchierando creavano per l'ennesima volta quel clima cameratesco di fratellanza dettato dalla disperazione di una situazione non voluta ma subita, dalla consapevolezza che tutti loro si trovavano nella merda fino al collo alla stessa maniera.

Più volte udirono i rumori dei combattimenti intorno a loro e ogni volta lasciavano tutto e si mettevano in posizione difensiva.

«Non hanno proprio intenzione di smetterla» disse Jackson vicino a John.

«Non dormono, non mangiano, non vanno nemmeno a cagare... attaccano e basta!» replicò l'aiuto cuoco Devis, scrutando febbrilmente il buio di fronte a loro.

«Per noi hanno in serbo qualcos'altro» mormorò cupo Cooper dopo mezz'ora di attesa, rimettendosi seduto vicino alle carte.

«Che intendi?» gli chiese Jackson.

«Carri. Attaccheranno domani mattina, e puoi scommetterci che vorranno recuperare il tempo che gli abbiamo fatto perdere... devono essersi dimenticati qualcosa a Parigi, non si spiega altrimenti tutto questo casino» la conclusione strappò qualche sorriso ma la parola carri armati aveva raggelato tutti.

Poco dopo le quattro il piatto di Cooper era colmo, a turno tutti avevano lasciato buona parte delle loro disponibilità al piccolo caporale impomatato. Piano piano si ritirarono verso le postazioni assegnate, silenziosi e angosciati per il giorno che stava per sorgere.

«Non riusciremo a dormire» disse John, cercando una posizione comoda vicino alla mitragliatrice.

«Nessuno riesce mai a dormire in questi casi e noi neanche possiamo... forse solo Tuckhalbon riuscirebbe a ronfare come se stesse in veranda» rispose Cooper, mentre contava le numerose vincite della serata.

«Sei mai riuscito a spendere i dollari che hai vinto, qui in Europa?» gli chiese John guardandolo.

«No.»

Il caporale ripose i soldi in una tasca impermeabile, ammucchiò le carte e si mise a fumare una delle sigarette di buona marca che aveva vinto.

Dopo alcuni tiri ne allungò una a John; fumarono in silenzio, per poi perdersi nei propri pensieri per un tempo che non avrebbero saputo quantificare.

All'improvviso Cooper si infilò l'elmetto, indicò a John la linea dell'orizzonte che si stava rischiarando, poi con l'indice puntò la 30mm.

John si alzò, uno strano fremito lo percorse, doveva svuotare la vescica, improvvisamente gonfia e dolorante, ma si trattenne.

Il battesimo del fuoco. Pensò rabbuiandosi.

Istintivamente si portò una mano sul cuore, sentì la foto di Isabell nel taschino, la strinse forte, fin quasi ad accartocciarla.

Scrutavano la linea del bosco, da cui i tedeschi sarebbero piombati loro addosso, respirando piano, senza parlare.

Un suono lontano attirò la sua attenzione.

Sembrava lo stridere di ferro contro ferro, come se un'auto sbandando andasse a strisciare contro il guardrail a bordo strada.

Guardò Cooper «Cosa diavolo pensi...» non riuscì a finire la frase. La terra esplose in un fragore apocalittico. Enormi colonne di fumo e detriti si alzarono tutto intorno a loro. Il rumore era frastornante, riuscirono solo ad acquattarsi, mani sugli elmetti, ginocchia al petto.

Dieci, dodici, forse venti devastanti esplosioni, poi un innaturale silenzio, le orecchie pulsavano di sangue e adrenalina.

«Artiglieria a razzo, sono i nebelwerfer[9]!» disse Cooper alzandosi di scatto per scrutare oltre il bordo della trincea alcuni secondi dopo

---

9. Batteria di lanciarazzi.

l'ultima, squassante deflagrazione.

«Arrivano?» chiese John ancora un po' scosso, ma il caporale non gli rispose, si limitò a sistemarsi meglio l'elmetto troppo grande per la sua testa.

«Una volta ero di servizio nei paraggi di... oh cazzo! Giù!» e si ributtò a terra.

Altre fortissime esplosioni colpirono la linea americana modificando la fisionomia della già devastata valle.

Rimasero immobili sul terreno ghiacciato anche dopo la fine della terribile salva. Non riuscivano a sentire nulla intorno a loro, solo un continuo ronzio nelle orecchie, come il rumore lungo la scia del passaggio di un treno. Furono le urla di qualche loro compagno delle retrovie a scuoterli.

«In piedi soldatino!» disse Cooper. Era coperto di terra e neve, faticava a recuperare l'equilibrio ma sembrava risoluto.

John invece dovette lottare con tutte le sue forze per impedire alle gambe di iniziare a correre verso ovest, verso le retrovie. Ne aveva già avuto abbastanza della guerra. Con uno sforzo sovraumano afferrò la mitragliatrice e tirò su la testa.

«Sono tedeschi quelli, se vuoi cortesemente iniziare a sparare» gli disse Cooper piantandogli un gomito nelle costole.

John inquadrò le figure che si avvicinavano basse, avanzando a sbalzi tra i crateri delle granate, tirò il fiato e iniziò a martellare le fila nemiche. Anche dalle altre postazioni il fuoco si stava facendo più continuo ed efficace.

«Dai, dai!» urlava il caporale.

I suoi primi bersagli erano dei mitraglieri, si stavano piazzando per coprire il grosso della forza d'assalto. Alcune delle figure in mimetica bianca o leopardata vennero colpite, ma altre passarono e, appena piazzate, le mg42 risposero al fuoco americano con inaudita violenza.

Spruzzi di terra si alzavano intorno al perimetro della loro postazione. Il fischio dei proiettili era sinistramente diabolico e lo schiocco dell'impatto con il terreno terrorizzante.

Cazzo mi hanno inquadrato. Pensò John, abbassandosi di scatto.

Cooper lo colpì con un calcio, non disse nulla, il suo sguardo era eloquente.

John si morse le labbra, afferrò nuovamente l'arma e riprese a sparare.

«Cambio nastro!» urlò Cooper, alzando la parte superiore della 30mm. «Coprimi» aggiunse mentre inseriva le munizioni.

John prese il Garand e vuotò il caricatore. Cercava di colpire quelle figure in movimento ma con scarso successo, ogni colpo che partiva era frenetico e impreciso, non riusciva a controllare i suoi muscoli, respirare e prendere la mira. Sapeva che in quel caso avrebbe avuto maggior successo, ma era più forte di lui. Colto dal terrore di venire colpito, il solo pensare di seguire la procedura per un tiro da manuale gli appariva assurda.

«Pronta!» Il caporale colpì con il palmo della mano sull'elmetto di John e tornò a sparare con il Thompson.

John afferrò nuovamente l'arma sul treppiede e riprese a mitragliare battendo la zona, senza mirare a nessuno in particolare.

Un sibilo alla sua sinistra lo distrasse, guardò la scia di fumo che si distendeva tra loro e un punto non ben visibile, coperto dal fitto bosco. Era un colpo di bazooka e si augurò che il servente avesse mirato a una postazione di mg, invece che a un carro.

Ma proprio in quel momento dalla sinistra del boschetto spuntò la terrificante figura di uno Sturmgeschütz, un corazzato senza torretta, con il cannone coassiale, che i tedeschi utilizzavano in appoggio alla fanteria e in configurazione cacciacarri con eguale efficacia. L'assordante frastuono della battaglia aveva coperto fino a quel momento il rombo del motore e il cigolio dei cingoli.

Gli alberi si piegarono sotto il peso di quel mostro di metallo.

Un'altra granata a propulsione partì diretta verso il muso del cingolato. Il colpo di bazooka impattò su una piastra di ferro aggiunta come corazza extra e schizzò verso l'alto, senza arrecare alcun danno.

«Merda!» imprecò Cooper che per una manciata di secondi aveva smesso di sparare, convinto di poter esultare di fronte all'esplosione.

John sentì le gambe farsi molli, temeva che non avrebbe trattenuto le sue funzioni fisiologiche.

Un soldato tedesco con un poncho mimetico sopra la divisa si arrampicò sul bordo del carro, sprezzante dei colpi di bazooka e di armi di piccolo calibro che investivano il mezzo.

Disse qualcosa affacciandosi al portello superiore, indicando un punto lungo la trincea americana, poi scese di corsa dirigendosi verso la prima linea.

«Non t'imbambolare, continua a sparare! Non possiamo fare nulla se non sperare che quei coglioni con i tubi di stufa lo fermino.»

John ricominciò il suo mortale lavoro contro la linea d'avanzamento tedesca.

Qualcuno fu colpito dalle sue raffiche, ma non si mise certo a tenerne il conto. Che ne colpisse uno o cento non aveva nessuna importanza, voleva solo che tutto finisse al più presto.

Il cannone del veicolo tuonò di nuovo, e il suo ruggito fu come l'ira di un dio malvagio.

Il colpo cadde nella postazione di Tuckhalbon: uomini, armi e una quantità enorme di terra vennero proiettati verso il cielo e dispersi nella zona circostante. Delle figure in mimetica leopardata balzarono nella trincea, tra loro anche quel tedesco che aveva indicato ai carristi dove sparare: urlavano come posseduti, vomitando fuoco con le armi automatiche, aggrovigliandosi con i soldati della prima sezione, facendo a pezzi i pochi sopravvissuti all'esplosione.

Cooper guardava a bocca aperta, come John e come tutti gli altri forse. Tuckhalbon e i suoi erano spacciati.

«Dobbiamo ripiegare, il vecchio Tuck non riuscirà a fermarli!» urlò sopra il fragore della battaglia.

Vedere il sergente veterano sopraffatto scosse John; si girò verso Cooper indicandogli i nastri, poi spostò la mitragliatrice verso altri tedeschi che, carponi, stavano andando a dare man forte ai loro assaltatori impegnati contro la sezione di Tuckhalbon.

Sparò quasi tutto un nastro, colpendo diversi uomini. Si era anche alzato un poco per avere migliore visuale, incurante della sua incolumità, colto da una furia belluina.

Cooper faceva del suo meglio per coprire il loro lato frontale, da dove veniva l'attacco nemico, ora che la 30mm era puntata verso sinistra.

Lo Sturmgeschütz aveva iniziato a muoversi, e dalla voragine nella boscaglia aperta dagli altri corazzati, entrò in scena sparando un colpo che attraversò la prima linea difensiva e andò a distruggere il cortile dove erano sepolti i caduti della compagnia.

«Cambio nastro!» urlò John.

Cooper si abbassò a prenderne un altro ma venne urtato dal parà che si era gettato a terra per coprirsi dalla gragnuola di colpi che proveniva dalla postazione di Tuckhalbon. Le truppe d'assalto tedesche avevano conquistato la trincea e ora facevano da perno all'avanzata del resto dei loro camerati.

«Tirati su, è pronta!» gli urlò il caporale richiudendo la culatta della mitragliatrice, ma John non riusciva a muoversi. Paralizzato, lo fissava con il viso contratto in una smorfia di terrore.

Cooper provò ad affacciarsi per riposizionare l'arma ma il fuoco di sbarramento era troppo intenso e fu costretto a rinunciare; si accovacciò vicino al ragazzo.

Una granata piombò nella buca, John urlò con quanto più fiato aveva in corpo spingendosi con le gambe contro la parete di terra, in un convulso quanto inutile gesto di fuga.

Cooper con un balzo afferrò il manico di legno dell'ordigno e lo lanciò via come se si fosse trattato di un tizzone ardente. Una frazione di secondo dopo ci fu un'esplosione a mezz'aria, abbastanza lontano da non colpirli.

«Via di qui! Corri parà!» urlò Cooper strattonandolo.

Non c'era nessuna possibilità di continuare a combattere, i panzer li avevano superati, le loro difese erano state disintegrate. Una fortissima deflagrazione li investì mentre John, aiutato dal compagno, si stava rialzando. Si ritrovò sepolto fino alla cintola da una tonnellata di terra, tutta la parte frontale della loro trincea era schizzata in aria rovinando poi su di lui.

Cooper era stato sbalzato verso il bordo opposto, il torace orribilmente squarciato. Aveva le costole frantumate che sporgevano dalla giacca stracciata, lasciando intravedere, in un lago di sangue, gli organi interni, palpitanti della vita che dolorosamente scivolava via.

John allungò una mano verso di lui, era frastornato, il furibondo pulsare delle vene nella testa gli impediva di ragionare. Allungò la mano e nient'altro, senza parlare.

Vide il caporale ansimare come in preda al panico, il corpo scosso da raccapriccianti convulsioni; un fiotto di sangue gli sgorgò dalla bocca, lo sentì rantolare, mentre la morte vinceva l'ultima resistenza. Fu atroce fissare quella sofferenza.

Abbassò la testa, nulla importava più ormai, i tedeschi avevano sfondato e tutti erano destinati a morire, tanto valeva fermarsi lì, con le gambe sepolte dal terriccio.

Pensò che forse stava morendo anche lui, non aveva idea di cosa si provi negli ultimi istanti, forse con lui la Nera Signora sarebbe stata misericordiosa e non lo avrebbe fatto soffrire.

Probabilmente stava perdendo la vita ma era troppo scioccato per accorgersene, il pensiero lo accompagnò nell'oblio. Si adagiò svenuto, insensibile al mondo esterno che ardeva intorno a lui.

CAPITOLO III

Hans aveva notato la figura coperta di terra e di neve che si muoveva nel cratere della mitragliatrice americana che aveva causato tanti problemi all'assalto tedesco; fortunatamente erano riusciti a sfondare, questa volta.

L'americano aveva alzato la testa per fissare il compagno con il torace squarciato.

Con calma Hans aggiustò la telemetria del mirino; era un tiro semplice, quasi da poligono: ottima visibilità, vento scarso, bersaglio entro i duecento metri, non poteva mancarlo.

Avrebbe dovuto farli fuori prima, ma era stato impegnato a eliminare una pattuglia nemica sul lato opposto. Dodici tiri, otto centri, un altro record per la Nera Signora che gestiva i giochi.

Portò l'indice sul grilletto e attese che il collo del soldato nemico fosse visibile oltre il bordo della trincea.

Ecco il momento!

La pressione del dito aumentò, inspirò profondamente e s'irrigidì, secondo una procedura interiorizzata da tempo e automaticamente messa in atto ogni volta.

Un movimento improvviso ai margini della linea difensiva americana lo distrasse, spostò il fucile per guardare in quella direzione: qualcuno dei suoi aveva notato il soldato americano e lo stava circondando tra urla e armi spianate.

Non riusciva a distinguerne i volti ma era certo che fossero del plotone d'assalto.

Uno di loro, con il poncho leopardato tenuto stretto dagli spallacci, urlò un secco comando in inglese: «Alt Yankee!» udì attraverso la piccola valle devastata.

«Merda» imprecò, stava per tirare e invece fu costretto a fermarsi.

Non era cosa facile riprendersi dalla concentrazione prima dello sparo, riportare respiro e pulsazioni a ritmi regolari. Intimamente odiava quella volontà di ammazzare che lo irretiva ogni volta, non era un assassino, non aveva mai provato piacere nell'uccidere, ma questo gli era stato insegnato, e dover rinunciare all'ultimo lo irritava.

«Buon per lui» disse infine, rivolto a Pockok che, disteso lì vicino, gli aveva coperto le spalle dall'inizio dell'attacco.

O buon per me. Pensò, riflettendo che stava per finire un uomo ferito. Gli venne la nausea, davvero avrebbe ammazzato quel soldato ormai inerme? Stava perdendo l'autocontrollo che sempre si era imposto di mantenere. *Hans... un ferito! Volevi uccidere un uomo ferito. Fanculo!*

«Lo catturano?» chiese Max interrompendo il corso dei suoi pensieri.

«Sì... no, aspetta» tornò a inquadrare la zona, qualcosa aveva nuovamente attirato la sua attenzione.

Il tedesco con il poncho mimetico aveva tirato fuori il soldato dal cumulo di terra, strattonandolo con violenza, e ora gli puntava la pistola in faccia, gli altri si erano fatti leggermente indietro.

«È la squadra di Grosky!» disse Hans.

«Allora lo ammazzano» rispose Max con un sospiro.

«Infatti! Jurgen ha tirato fuori la Nagant[10]» aggiunse Hans osservando la scena attraverso il mirino telescopico.

Grosky stava puntando il revolver di fabbricazione russa, ricordo

---

10. Revolver di produzione russa.

del fronte orientale, dritto alla croce degli occhi del prigioniero. L'americano si irrigidì.

Max si affacciò per guardare la scena; da lontano vide i quattro soldati tedeschi e la loro vittima. Sembrava una rappresentazione wagneriana: tre di loro, un poco scostati, erano le comparse, leggermente in ombra. Grosky in piedi al centro del palco con la pistola puntata e lo sguardo glaciale. L'americano disteso a terra, sconfitto ma fiero, appoggiato al braccio sinistro, quasi a voler fissare la morte in faccia, in attesa della conclusione dell'atto.

«Gotterdammerung!» bisbigliò con enfasi Max.

Hans non rispose ma sorrise per la coincidenza dei suoi pensieri con quelli dal camerata. Continuò a guardare, senza giudicare il crimine che stava per essere compiuto.

Grosky parlava. Il cecchino non riusciva a sentire cosa stesse dicendo ma di sicuro non erano parole di conforto.

Si chiese se avrebbe mai potuto uccidere con tanta freddezza: quando inquadrava un bersaglio isolava la sua mente, nessuna domanda, nessun dubbio, nulla di personale. Erano in guerra, non si aspettava certo che i nemici agissero diversamente nei suoi confronti.

Ma uccidere un uomo a terra, probabilmente in lacrime e implorante pietà, fissandolo negli occhi... si rese conto che stava per fare la stessa cosa, poco prima.

«Merda» mormorò.

«Che c'è?» chiese Max girandosi verso di lui.

«Niente, sono un fottuto ipocrita, tutto qui.»

Max fece spallucce, non aveva idea di cosa il suo amico volesse dire. Tornarono a guardare Grosky.

Il caposezione tardava a sparare, poi un impercettibile movimento dell'arma, pochi centimetri verso il terreno, stupì Hans; non aveva mai visto Grosky esitare. Si chiese cosa stesse succedendo.

Improvvisamente una quinta figura entrò in scena, saltando nella buca dal lato sinistro. Con un balzo fu addosso a Grosky facendogli abbassare la mano che reggeva la pistola.

«Chi cazzo è quello? Vuole farsi ammazzare da Jurgen?» chiese Max quasi infastidito da quell'interruzione.

«Aspetta» disse Hans puntando l'ottica verso il nuovo arrivato. Grosky non reagiva, doveva essere un ufficiale.

«È l'Obersturmführer Heuler. Ha fermato Grosky.»

«Immagino che il macellaio si sia alterato» ridacchiò Max.

«È incazzato come non mai. Se ne va con i suoi al seguito» disse Hans con l'occhio sempre sul mirino.

«Com'è strano, no? Sono due bastardi nazisti eppure non si sopportano.»

«Grosky non è nazista, è un mastino rabbioso e Heuler non lo tollera perché non lo controlla con la paura, come fa con gli altri» concluse la spiegazione sospirando le ultime parole.

Heuler era davvero un prodotto della nuova Germania: spietato, preciso, determinato a vincere a costo di assaltare Times Square con un cucchiaio arrugginito. E nazista come solo la razza ariana lo aveva potuto generare.

«Bah! Così impara a sparare subito invece di perdersi nei suoi assurdi monologhi del cazzo» affermò Max girandosi sulla schiena, ormai non c'era più nulla da vedere.

Il cecchino lo imitò, poggiando il fucile al suo fianco, sulla neve candida al lato del telo impermeabile su cui era disteso.

«Direi che possiamo andarcene, Hans.»

«Sì, qui abbiamo concluso. Heuler sta ispezionando le posizioni americane per prendere i prigionieri. Se ne trova, farà rimpiangere loro di essere sopravvissuti» disse con serietà.

Torturare prigionieri per ottenere informazioni, ucciderli sommariamente se non erano ritenuti utili, e al contempo compiere un'azione eroica come quella volta che salvò uno dei suoi dall'essere schiacciato da un cingolato russo. Heuler era un capo valoroso e adorato, quanto crudele e temuto. I due aspetti stridevano come l'idea di un filantropo pedofilo. In passato aveva addirittura rischiato la corte marziale per aver scelto di ritirare la sua unità invece di obbedire a un ordine folle.»

«Ti scoccia che un membro del partito sia coraggioso oltre che fanaticamente attaccato alla sua magica svastica?»

«Sarebbe tutto più facile vederli come dovrebbero essere, codardi ripieni di boria cui il potere ha dato alla testa.»

«Per simili parole potrebbero strapparti le unghie dei piedi, lo sai?» disse Max dandogli un colpetto con il gomito.

«Tranquillo camerata. Heil Hitler a ogni respiro è il mio motto. Chi non vorrebbe essere qui? Chi mai penserebbe che la guerra sia persa?»

«Hans basta! Sul serio, potrebbero sentirci.» Max gli poggiò una mano sul braccio.

Seguì un silenzio teso, denso di pensieri così come il cielo plumbeo lo era di nuvole.

Fu Hans ad alzarsi per primo, seguito da Max che si stirò le membra doloranti per la scomoda posizione in cui si era sistemato.

Discesero dalla piccola collina dirigendosi verso la villa sottostante. Il cortile era invaso da corazzati, camion e blindo semicingolate: conquistato l'obiettivo, il punto di raccolta era stato stabilito lì. Entro poche ore sarebbero ripartiti tutti, senza lasciare nessun presidio, ogni uomo disponibile avrebbe ripreso la folle corsa verso la Mosa, come ordinato da Hitler in persona.

Entrarono attraverso una spaccatura nel muro ovest.

«Dove hai dormito ieri?» domandò Hans al compagno.

«Nel 251[11] di Grosky... i suoi uomini erano già in prossimità delle linee americane quando sono arrivato» e con un gesto indicò un semicingolato parcheggiato vicino alla porta d'ingresso della villa; era verniciato con un efficace mimetismo a strisce bianche, con sacchi di sabbia sul cofano e due mg, una frontale e l'altra nel retro, in funzione antiaerea; i segni lasciati dai colpi ricevuti indicavano l'alta operatività del veicolo e davano un'idea molto precisa dell'esperienza accumulata dai suoi occupanti.

---

11. Si riferisce al cingolato Sdkfz/251

«Si dice che avrò posto anche questa notte... la sezione è stata decimata dall'inizio degli attacchi e non ci sono rimpiazzi» parlava a tratti, era finito nell'intrico di rami secchi di un cespuglio nascosto dalla neve e ogni movimento lo faceva impigliare sempre di più.

«Merda, aiutami.» Il tono era volutamente piagnucoloso.

Hans lo aiutò a raggiungere la terra battuta ridendo sommessamente mentre lo strattonava.

Max Pockok era poco più di un bambino, aveva diciotto anni; il volto imberbe e i lineamenti delicati lo facevano sembrare ancora più piccolo. Si erano conosciuti nei giorni in cui la divisione panzer Lehr veniva preparata per l'operazione. Faceva parte di un gruppo di rimpiazzi arrivati dagli uffici e dai comandi di reparto, spediti in prima linea a causa della scarsità di uomini in cui versava la Germania.

Aveva combattuto poco, l'attacco del giorno precedente era stato il suo battesimo del fuoco, ma dovendosi occupare di portare le munizioni per una sezione mortai si trovava lontano dal fuoco.

Oggi aveva coperto Hans con il suo Kar98[12]. Il cecchino stesso lo aveva voluto al suo fianco e si era trovato subito in sintonia con lui, prendendolo sotto la sua ala. Pur avendo sparato diversi caricatori, difficilmente qualche colpo era andato a bersaglio e Max non ci badava poi tanto, combattere in quel modo era decisamente meno scioccante di quanto potesse sembrare. «Comunque non ci penso proprio a dormire con gli uomini di Grosky, stanotte, preferisco rimanere al gelo piuttosto» disse Max serio tagliando con il coltello un ramo attorcigliatosi intorno alla gamba.

«Magari ti unirai a loro, faranno sicuramente degli incorporamenti nel pomeriggio» disse Hans con una risatina di scherno.

Max sbuffò, il solo pensiero di finire con Grosky gli faceva tremare le gambe.

La sezione comandata da Grosky era sempre stata la punta di diamante in ogni assalto. Formata da veterani del fronte orientale, ve-

---

12. Fucile semi-automatico d'ordinanza dell'esercito tedesco.

niva utilizzata negli scontri più duri: Grosky la guidava da mesi con micidiale efficacia; il tasso di mortalità estremamente alto l'aveva resa sinistramente famosa, temuta e rispettata al tempo stesso.

«In quel caso ti affiderò le lettere che non sono riuscito a inviare» disse con un sorriso, quasi a esorcizzare quell'eventualità.

«Eh no Pockok. Niente ultime volontà, lo sai che porta male» replicò Hans con un gesto perentorio della mano.

Per tutta risposta Max gli tirò una manciata di neve facendo leva con il coltello che stava riponendo nel fodero.

Risero entrambi e si mossero verso il pergolato su un lato della villetta. Trovarono Heide Klinger seduto su una cassa di legno.

«Quanti ne hai presi, Hans?» chiese Heide quando gli furono davanti.

«Otto» rispose Hans sedendosi.

Quella domanda ricorreva dopo ogni azione. Sembrava quasi che il numero di nemici da lui uccisi fosse il termometro per valutare i risultati. Come al solito Heide era intento a pulire la sua mg42. Erano due anni che utilizzava la stessa arma, la stessa fottuta mitragliatrice che gli consegnarono il primo giorno dopo l'addestramento: un record!

Quel vecchio ferro era sopravvissuto, insieme a Heide, a decine di operazioni, anche alla tremenda tragedia di Cherkassy, nel febbraio di quell'anno.

L'intera divisione parlava ancora di Heide che in ritirata si era accollato il peso dell'arma fino alla salvezza, nonostante tutti quanti cercassero di alleggerirsi durante la marcia per fuggire dall'accerchiamento russo.

«Oggi non li ho contati, ma penso di poter aggiungere qualche yankee al saldo» disse il mitragliere richiudendo la camera di sparo perfettamente oliata.

Max tirò fuori il pacchetto di sigarette offrendone ai suoi camerati.

Si misero a fumare in silenzio, lo stress post-combattimento provocava apatia, anche a quelli ormai abituati alla guerra.

Hans combatteva dal 1940, aveva partecipato all'invasione della Francia come semplice fuciliere, successivamente aveva accettato l'offerta per il corso di specializzazione come franco tiratore. Non sapeva ancora dire se alla base della sua scelta ci fosse stato amore patrio o solo la possibilità di un rancio migliore, doveva ancora trovare una risposta che lo convincesse; in ogni caso come spietato cecchino faceva pena, pieno di sensi di colpa e fin troppo cerebrale.

La sezione di Grosky entrò nel cortile, avevano le facce stanche e cupe, sembravano rattristarsi alla fine dei combattimenti. Tutti quanti stavano fumando e non parlavano. Avevano un aspetto belluino e il loro equipaggiamento logoro e consunto rafforzava l'idea che fossero ormai non più il frutto della politica nazista, ma figli stessi della guerra, elementi del paesaggio di morte che circondava l'esercito tedesco. Sarebbe stata innaturale la loro presenza in un mondo di pace.

Grosky notò i tre sotto il pergolato e fermò con un gesto deciso del braccio i suoi ragazzi.

«Heide?» chiese Potsche guardando nella stessa direzione del suo comandante.

«No, non ce lo concederanno. Prenderò Pockok.»

«Chi è?»

«Quello con la pistola mitragliatrice» rispose Grosky.

«È un coglione» sentenziò Potsche.

«Forse» tagliò corto Grosky.

L'altro scrollò le spalle, non aveva più nulla da aggiungere. La decisione era stata presa.

«Riposatevi signori, liberi fino alla mia prossima chiamata» disse poi rivolto al resto della sezione.

Rimasto solo, si mosse verso Hans. «Allora, assassino, quanti ne hai presi?» gli chiese con un sorriso beffardo.

«Otto Jurgen, il nono l'hai salvato tu» rispose stancamente. Si domandò se non ci fossero scommesse tra i suoi commilitoni sui suoi centri accreditati.

«Il ragazzetto alla 30mm?» chiese sedendogli vicino, il fucile d'assalto sempre a portata di mano.

«Sì. Lo avevo inquadrato quanto siete usciti fuori voi mastini.»

Grosky rise forte ma non trasmise allegria, anche la sua risata era crudele. «Stavo per mandarlo all'altro mondo, quello stronzo!» disse rivolto anche agli altri.

Tutti sapevano quanto fosse vero.

Max tirò fuori il mazzo di carte che aveva sempre con sé.

Si accorse che Grosky lo fissava, sembrava studiarlo.

Girò lo sguardo e impiegò più tempo del necessario per richiudere la tasca da cui aveva preso le carte.

Senza dire nulla si sistemarono in circolo, tirando fuori marchi, dollari e sigarette all'oppio o di buona marca da utilizzare come posta. Il gioco proseguì per una buona mezz'ora, non parlavano, ognuno perso nei suoi pensieri. Fu Heide a rompere il silenzio.

«Domani avanzeremo di altre trenta miglia, dicono» disse esagerando palesemente.

«Perché?» chiese Grosky rilanciando con un pacchetto di Lucky Strike pieno «Non ci sono più pezzi di merda targati U.S. Army da qui a Bastogne?»

«Sembra di no» rispose Heide, serio.

«Li odi proprio questi americani» disse Max accaparrandosi il piatto. Si morse il labbro per aver riportato l'attenzione del rude soldato su di lui. Non avevano mai parlato molto lui a Grosky, e se non fosse stato per la comune amicizia con Hans, forse non lo avrebbero mai fatto.

Grosky non rispose, tutti però notarono la contrazione delle mani con cui fece cadere il discorso.

Hans intanto stava fischiettando una canzoncina le cui parole gli sfuggivano.

Grosky lo guardò «Dove hai imparato a sparare in quel modo, Schuul?» gli chiese.

«Al centro addestramento dicevano che non sarei stato capace di colpire un muro a cinque metri di distanza» disse con un sorriso, abbassando le carte, non aveva punti perciò passò la mano. «In realtà vado a caccia sin da bambino e ho imparato grazie a mio padre e ai miei fratelli. Semplicemente allora non volevo diventare un cecchino, perciò tiravo come un vecchio ubriaco... sono tutti dei gran bastardi i tiratori scelti!» La conclusione scatenò una risata generale.

Max gli diede una manata sulla spalla «Già, davvero, sei un bastardo con i contro coglioni» gli disse provocando altre risate sguaiate.

Hans sorrise ma dentro di lui sapeva che la contraddizione tra la battuta e il suo attuale ruolo di cecchino non era così ironica come appariva agli altri.

«Poi però un Hoberst del cazzo mi beccò a caccia nei boschi, durante una licenza... ed eccomi qui con il mio g43 a seminare morte.» L'ultima frase la disse più a stesso, gli altri si erano girati per guardare la formazione che stava varcando il perimetro del campo.

Era Heuler, con i prigionieri americani rastrellati dal posto di blocco conquistato. Fra loro c'era il ragazzo a cui sia lui che Jurgen stavano per far saltare le cervella.

Grosky sputò a terra al loro passaggio, voltandosi dall'altra parte sprezzante.

Hans invece cercò di incrociare lo sguardo del soldato americano che stava per colpire poco prima. Ora che non lo considerava più una minaccia voleva osservarlo. Per timore di bloccarsi non guardava mai il volto dei suoi bersagli per più di qualche secondo. Non aveva mai colpito nessuno in faccia, mirava sempre al cuore, o alla nuca, a seconda delle angolazioni.

Fissò gli occhi del ragazzo. Quello notandolo si fermò, solo per essere colpito dal calcio del fucile di uno dei soldati che lo stava scortando.

Hans allora si alzò, con calma. Grosky si spostò per farlo passare, posando le carte. Anche gli altri smisero di giocare e si voltarono per seguire con lo sguardo il loro camerata.

«Dove vai?» chiese Heuler parandosi davanti ad Hans. Si stava rollando una sigaretta con indifferenza, non lo guardò nemmeno. Era giovane ma aveva i modi di un uomo deciso, la stessa disinvolta determinazione lo aveva portato al comando di una compagnia nel giro di pochi mesi sul fronte orientale, nonostante fosse di pochi anni più grande di Max.

«Chiedo un minuto, Obersturmführer.»

Il giovane ufficiale scrollò le spalle e si scansò, approfittando della pausa per accendersi la sigaretta.

Hans si piantò di fronte al prigioniero, la fila si arrestò, i due soldati che li sorvegliavano aspettarono in silenzio.

«Come ti chiami?» gli chiese nel suo ottimo inglese.

«John» rispose semplicemente il ragazzo, fissando a sua volta Hans.

«Salverai il mondo, John. Diverrai presidente del tuo Paese, finita la guerra» disse il tedesco, senza particolare enfasi, quasi si trattasse di una constatazione scontata.

John non rispose ma inarcò un sopracciglio.

«Avanti. Portateli via» urlò Heuler.

La fila fu spinta nuovamente avanti, i prigionieri superarono Hans che rimase fermo a fissare nel vuoto, nella direzione da cui erano venuti. Si stava chiedendo da dove gli fossero giunte quelle parole; ridacchiò concludendo che erano troppi anni che combatteva, avrebbe dovuto prendersi un periodo di pausa.

Tornò dagli altri.

«Parli inglese?» domandò Grosky, scuro in volto.

«Sì, ho viaggiato molto» rispose Hans, non capiva il tono serio con cui l'amico gli aveva posto la domanda.

«Non ti ha chiamato nessuno dal comando, tempo fa, presumendo che tu parlassi inglese?» insistette Grosky.

Hans si fece serio a sua volta, fissò Grosky tentando di penetrare i suoi freddi occhi grigi. «Sì, infatti» non aveva parlato con nessuno del motivo della convocazione, si stupì della precisione della domanda dell'amico. «Negai tutto, dissi che nei viaggi che ho fatto in passato pensava a tutto mio padre. Anche se non ho idea di come volessero sfruttare la mia conoscenza. Non mi fidai, ecco tutto.»

«Non farlo mai più allora.»

«Cosa?» chiese Hans cercando di apparire tranquillo anche se iniziava a sentirsi a disagio.

«Non parlare più inglese di fronte a Heuler o agli altri. Anzi non parlare quella lingua, punto e basta!»

Il cecchino annuì, evitando di chiedere spiegazioni. Grosky aveva tagliato il discorso girandosi verso Heide. Con un cenno del capo indicò il mazzo per far riprendere la partita.

«Cosa gli hai detto?» chiese Heide studiando le sue carte.

«Nulla di particolare» rispose Hans. «Quel tipo oggi ha rischiato di essere ucciso sia da me che da Grosky... volevo solo guardarlo in faccia.»

Grosky fece una smorfia, sembrava disapprovare.

«Invece tu cosa gli stavi dicendo? Perché non gli hai sparato subito quando lo hai inquadrato?» gli domandò Hans notando il gesto del compagno.

Grosky si fece serio, la profonda cicatrice che gli deturpava la guancia destra si contrasse. «Gli stavo spiegando con calma che stava per crepare» concluse accendendosi un'altra sigaretta.

«Deve essere un piacere tirare le cuoia guardandoti in faccia!» disse Heide ridacchiando.

«Lui cosa ti ha risposto?»

Grosky esitò un attimo poi però rispose pacato «Nulla, stava in silenzio ad aspettare la fine. Nessun piagnisteo come loro solito... strano.»

«Questa poi! Grosky che prova rispetto per un americano» disse Hans alzando il tono della voce, sinceramente stupito.

Gli altri sorrisero continuando a guardare le loro carte. Il capo assaltatore sbuffò con sufficienza. «Non provo rispetto, dico solo quello che ho visto. Forse era ancora sotto choc e non capiva cosa stava per succedere.»

Hans stava per ribattere ma si trattenne, qualcosa aveva bloccato il dito sul grilletto di Grosky ma non sapeva cosa. Comunque era sicuro di aver notato un'esitazione davanti a quell'americano, ma non aveva modo di scoprirlo. Si accontentò di pensare che in fondo anche Grosky potesse provare, a volte, un dubbio o un'incertezza nell'uccidere a sangue freddo.

In ogni caso lo reputava un ottimo soldato, al di là della profonda crudeltà del suo modo di combattere. E un amico.

Improvvisamente si ricordò che doveva chiedere ancora una cosa. «L'hai preso l'identificativo di quel sergente, poi?»

Grosky si sistemò la sigaretta sul lato sinistro della bocca e con calma tirò fuori dalla tasca della giacca, sotto il poncho mimetico, una fettuccia di cuoio di una decina di centimetri, di quelle che venivano utilizzate nell'esercito degli Stati Uniti per scrivere il cognome dei soldati. Gettò il pezzo di stoffa sul tavolo. Nel ritagliarlo un po' della divisa era rimasta penzolante sul bordo inferiore. Era intriso di sangue.

A turno si passarono la mostrina di mano in mano.

«Tuck... Tuckhal... come cazzo si legge?» chiese Max rigirandoselo tra le mani.

«Tuckhalbon» rispose secco Hans quando arrivò a lui.

«Questo stronzo» esordì Jurgen infilandola di nuovo in tasca «d'altra mattina ha praticamente fermato il nostro assalto da solo con i suoi pochi uomini. Hanno addirittura respinto l'attacco del pomeriggio di ieri.»

«Oggi però gliel'hai fatta pagare» gli disse Heide pragmatico.

«Non si tratta di saldare conti» gli rispose Grosky «Ognuno di noi fa il proprio dovere. Comunque è un peccato che combattesse dall'altra parte. Uno come lui è raro trovarlo, soprattutto in mezzo a quella feccia.»

Lo lasciarono parlare ed evitarono di guardarlo; l'odio era molto comune tra gli opposti schieramenti sul fronte orientale, contro i russi. Ma contro gli americani era raro, non vi era un confronto razziale o ideologico così viscerale come quello contro i comunisti, e Hans non riusciva a spiegarsi da dove Grosky traesse quel rancore.

Non molto tempo prima si era sparsa la voce che avesse ricevuto una licenza straordinaria di tre giorni per recarsi a casa, ma lui l'aveva rifiutata. Da quel giorno però si era trasformato in un'implacabile macchina da guerra: in poche settimane divenne caposezione. Trasferito in Francia a seguito dello sbarco in Normandia, aveva combattuto decine di scontri con un coraggio e una determinazione tale da ricevere diverse decorazioni al merito, alcune di altissimo valore, manifestando però un odio feroce nei confronti dei soldati americani che a volte adombrava i suoi successi.

Era uno degli uomini più rispettati della divisione Das Reich. Quell'inverno fu assegnato, con la sua compagnia, alla Panzer Lehr, ora ridotta a unità mista da combattimento più simile a un Kampfgruppe[13], a seguito degli scontri degli ultimi mesi contro l'armata di Patton, in Lorena. Della compagnia originale rimanevano solo gli uomini della sua sezione, il resto erano stati uccisi o presi prigionieri.

Finita la partita Grosky fu il primo ad alzarsi, si sistemò il fucile di traverso poi, rivolto a Max, disse «Stai con me ora, raggiungi gli altri nell'Opel Blitz. A domani.»

Max lo guardò senza parlare, si limitò a gettare con rabbia le carte quando il suo nuovo caposezione gli voltò le spalle.

Hans si sentì responsabile, la battuta di poco prima era divenuta triste realtà; si alzò anche lui e appoggiò una mano sulla spalla del giovane.

«Coraggio» gli mormorò per poi allontanarsi nella stessa direzione di Grosky, lasciando Max e Heide a fumare nel cupo silenzio che era sceso intorno al tavolino.

---

13. Gruppo da combattimento organizzato come una divisione ma con organico inferiore allo standard.

«Jurgen! Jurgen!» chiamò ad alta voce correndo verso Grosky.

Quando lo raggiunse erano nei pressi del semicingolato della sezione.

«Che c'è?» chiese Grosky voltandosi.

«Perché? Perché Max, Jurgen?»

«Ma che cazzo vuoi, Hans? Cosa ti importa? Vuoi forse insinuare qualcosa?» gli chiese di rimando con durezza.

«No, non voglio insinuare nulla» rispose Hans pacato, poi guardandolo dritto in viso aggiunse «Solo che Max è ancora inesperto» fece una pausa «e non anela alla morte come te e i tuoi macellai.»

Grosky storse la bocca, si portò a pochi centimetri da Hans, quasi a sfiorargli il volto con il suo.

«Nessuno anela alla morte, ci limitiamo a portarla dove vuole essere portata» sibilò tra i denti.

Rimasero a fissarsi in silenzio per diversi istanti, alla fine Grosky si voltò ed entrò nel retro del veicolo, senza dire nulla. Si girò verso il cecchino, che ancora non si era mosso.

«Siamo in guerra Hans! Prima o poi anche tu dovrai ammazzare qualcuno guardandolo in faccia! Pensi che non sappia quanto ti costi uccidere? Che non abbia esaminato i risultati dei tuoi tiri strepitosi?» Non attese risposta, si mosse verso il fondo del cassone.

«Buonanotte Jurgen!» Grosky sentì le parole di Hans e poi un rumore di passi gli confermò che l'amico si stava allontanando.

Allora si distese, a disagio per essersi alterato: provava una stima profonda per Hans, lo considerava un ottimo tiratore e un soldato assennato ma, cosa ancora più importante, riconosceva in lui un'inattaccabile bontà di cuore.

Qualcosa che lui, al contrario, aveva perso da tempo. Quella specie di istintiva misericordia, presente in Hans anche quando uccideva, che gli avrebbe permesso di ritornare alla vita di tutti i giorni, alla fine di questa follia.

Il pensiero lo portò al soldato americano che voleva ammazzare come un cane. Gli sovvenne la parola che stava mormorando, di fronte alla canna della sua pistola: «Isabell» ripeteva stringendo la giacca all'altezza del cuore.

Istintivamente portò la mano sul cuore anche lui. Sentì il frusciare della pellicola che avvolgeva la foto, tutto ciò che rimaneva della sua famiglia e della sua casa, forse di tutta la sua città devastata dai bombardieri.

L'aveva scattata nel loro piccolo giardino: sua moglie, raggiante, era accovacciata vicino a Rolf, il bastardino che avevano adottato; seduti scompostamente davanti a lei i loro tre bambini sorridevano felici. Una calda lacrima gli solcò il viso ma non provò nessuna vergogna, non fermò la corsa di quella minuscola goccia, ultima manifestazione di un'umanità che tutti ritenevano avesse perduto per sempre.

«Hangela, amore mio, mio piccolo fiore» mormorò commosso «Cosa ti ha fatto questo mondo impazzito?»

Accarezzò con il dito il volto della moglie, poi lo passò uno ad uno sui visi dei suoi figlioletti: «Miei piccoli tesori...» non riuscì a resistere alla commozione, le mani gli scivolarono lungo i fianchi. Inspirò profondamente, aspettò qualche secondo, poi ripose la foto.

Allungò un braccio verso il suo mp44, lo smontò e iniziò a pulirlo con cura in ogni sua parte, ignaro che il soldato scelto Max Pockok, la mano destra premuta sulla bocca, aveva osservato tutta la scena da un lato del portellone del semicingolato. Cercava Grosky per chiarire il motivo del suo inserimento nella sezione. Era stato testimone dell'intera scena e non ebbe il coraggio di palesarsi.

Si allontanò non visto.

CAPITOLO IV

Sam allungò la mano verso John, erano rimasti seduti per ore sul fondo ricoperto di paglia di una stalla distrutta, diversi tedeschi si erano avvicendati a far loro la guardia. Doveva essere più o meno l'ora del tramonto.

John si girò a guardarlo. «Cosa voleva quel tedesco di prima?» chiese bisbigliando.

«Non l'hai sentito? Voleva prendermi in giro, tutto qui» rispose il parà stancamente.

«A me era sembrato serio invece, non pensi che...» la frase fu interrotta dall'ingresso dell'Obersturmführer Heuler.

«Chi è il più alto in grado tra di voi?» chiese ad alta voce, parlava inglese quasi senza accento.

Brat si guardò intorno, un riflesso incondizionato perché sapeva benissimo di essere lui quello che stavano cercando. Si alzò in piedi pronunciando ad alta voce nome cognome grado e matricola.

«Bene, sergente! Lei verrà con me.» Poi rivolto ai suoi attendenti disse qualcosa in tedesco indicando gli altri cinque prigionieri.

Li guardò anche John: oltre a lui, Brat e Sam erano stati catturati anche Keith, Hawkson e il pathfinder Mark Daquin, anche quest'ultimo del Texas ma per metà Apache.

Brat fu agguantato da due soldati con i giacconi bianchi e i pantaloni grigioverdi d'ordinanza. Prima di uscire guardò gli altri, c'era rassegnazione nel suo sguardo.

«Cercate di rimanere uniti» disse.

«Qualcuno ha capito cosa ci succederà?» chiese Sam dopo qualche minuto, visibilmente preoccupato. Nessuno rispose, non conoscevano il tedesco, non avevano capito cosa avesse detto l'ufficiale ai suoi uomini.

Tornarono perciò a stendersi tra le balle di fieno marce. Almeno avevano un tetto sopra la testa, loro unica e amara consolazione.

«È un'offensiva su vasta scala, avete visto quanti mezzi sono parcheggiati qui fuori?» disse Keith rompendo il silenzio.

«Ma non era finita la guerra?» chiese piagnucoloso Sam. Non aveva fatto che lamentarsi da quando lo aveva conosciuto, pensò John con disprezzo.

«Finita un cazzo, a me sembra che sia appena ricominciata» disse Hakwson.

«Certo che se almeno ci fosse Cooper con noi sapremmo come passare il tempo» provò a scherzare Keith.

«Che fine ha fatto?» chiese Sam. «Non era con te, John?»

Non rispose subito, gli vennero in mente quegli ultimi istanti dello scontro, il corpo ferito del caporale, il gorgogliare che proveniva dalla sua bocca, mentre soffocava nel suo stesso sangue. Rabbrividì rivedendo l'atroce discesa verso il buio eterno di quel poveretto.

«È morto» rispose con distacco, la sua mente un turbine di immagini ed emozioni; quella mattina aveva creduto di essere arrivato anche lui al capolinea. Rivide la canna del revolver puntato alla fronte. Si era pisciato addosso mentre il nazista gli mormorava in tedesco parole incomprensibili ma cariche di odio; il fatto di non aver trattenuto la vescica era qualcosa che a raccontarlo avrebbe provocato ilarità generale, ma in quel momento terribile non se ne era nemmeno accorto, il corpo era senza controllo e non riusciva proprio a vederci qualcosa di ridicolo.

Anche se non aveva alcuna intenzione di morire per il suo Paese e tutte le cazzate della propaganda non lo avevano mai impressionato, provava disagio per la paura incredibile che si era preso, mai come in quel momento si era sentito così attaccato alla vita.

«Ho sentito dire che le SS uccidono i prigionieri, se non possono fornire informazioni» fu Daquin a pronunciare quelle sinistre parole.

«Dobbiamo inventarci qualcosa allora!» disse Sam tirandosi su dalla trave di legno su cui stava seduto.

«Mettiti giù e smettila di dire stronzate!» gli ordinò Keith, anticipando John che stava per dire la stessa cosa.

«Ma sei matto? Avanti, inventiamoci una storia credibile, oppure diamo informazioni sulle retrovie...»

Hawkson scattò, afferrò Sam per il bavero della giacca: «Smettila! Che cazzo hai in testa? Vuoi dare le coordinate per far loro bombardare i nostri compagni?»

«Piuttosto ti strappo la lingua seduta stante, coglione!» aggiunse John con livore. Odiava Sam, lo riteneva codardo e infido.

«Sei uno stronzo Sam, non meriti di essere ancora in vita» disse Keith.

Sam tornò a sedere nel suo angolo, stringendo le ginocchia a sé, mormorando imprecazioni sconnesse verso il mondo e la sua sfortuna.

Scese nuovamente il silenzio nella stalla, la disperazione della loro situazione era evidente, ognuno si perse nei propri pensieri.

«Senti John» era Hawkson che lo scuoteva per una spalla, doveva essersi addormentato.

«Cosa... dimmi» bofonchiò aprendo gli occhi.

«Ci ho riflettuto parecchio» la sua voce era quasi un bisbiglio, gli altri, vinti dal sonno, si erano tutti addormentati.

«Dobbiamo fuggire. Qui finisce per davvero che ci sparano un colpo in testa» continuò Hawkson. Nella penombra sembrava ancora più magro e smunto, come allo stadio terminale di una malattia, gli occhi erano cerchiati di nero quasi fosse stato pestato.

«Non vedo come, siamo praticamente nelle mani di un'intera divisione panzer» cercò di tagliare corto John, anche se effettivamente era dell'idea di fare qualcosa, dato che odiava aspettare e ancora di più essere alla mercé dell'altrui volontà, come quel giorno in tribunale, a Houston.

«Ora non possiamo di certo. Ma pensaci, se avessero voluto ucciderci lo avrebbero fatto subito, no?» gli disse sistemandosi meglio vicino a lui.

John annuì, Hawkson aveva ragione, almeno in parte: ripensò al tedesco che voleva ucciderlo invece di catturarlo. Un caso isolato?

«Quindi probabilmente ci trasferiranno ma non durerà a lungo, quando scopriranno che abbiamo poco da dire...» il soldato mimò un colpo di pistola alla tempia.

«Cosa proponi?» chiese John, ormai si era completamente svegliato, tanto valeva arrivare al sodo.

«Ci organizziamo in maniera da essere tutti pronti, se dovesse capitare l'occasione» Hawkson sembrava sicuro di potercela fare.

«Qualcosa tipo sopraffare le guardie e via di corsa verso un rifugio di partigiani» disse John con un leggero sarcasmo.

«Sì, qualcosa di simile... magari limitiamoci a mettere a tacere le guardie per prima cosa» disse Hawkson con un sorriso «Poi vedremo come muoverci una volta liberi.»

«Per me va bene» rispose John poco convinto, pensava che il tentativo sarebbe stato un suicidio, ma almeno avrebbero agito.

«Avverto gli altri» concluse Hawkson scivolando sul terreno battuto verso gli altri compagni.

Sentì il bisbigliare del soldato e vide i cenni di assenso del resto dei prigionieri, in fondo era l'unica cosa sensata a cui pensare, finché fossero rimasti nella stalla, sotto chiave. Sam in particolare annuiva con ampi cenni, qualsiasi piano era un buon piano per quell'idiota, se proposto con ottimismo.

Verso le dieci di sera la maggior parte dei veicoli parcheggiati all'esterno ripartirono, diretti verso ovest.

Erano tutti svegli, il rumore dei mezzi in movimento era così assordante che non avrebbero comunque potuto sperare di dormire.

«Mamma mia quanti sono» mormorò Keith appena ritornò il silenzio.

«Se non ho capito male si tratta di una specie di battaglione speciale, in tedesco li chiamano kampfgruppe, composto da elementi misti, Waffen SS e della divisione panzer Lehr» disse Sam, che era stato l'operatore radio della compagnia fino a quella mattina. «Ho sentito che tutta la zona è sotto attacco, noi abbiamo creato più problemi ai tedeschi che tutto il Quattordicesimo cavalleria a nord.»

«Vuoi dire che da altre parti hanno sfondato il primo giorno?» chiese John.

Sam annuì, Hawkson e il parà si guardarono, avevano pensato entrambe alla stessa cosa: erano circondati, dal momento che la loro postazione, al contrario del resto del fronte, aveva resistito ai primi assalti, quasi due giorni fa.

«Perché? Che significa?» domandò Sam con preoccupazione.

«Sei un idiota!»

«Significa che siamo in mezzo a una marea di tedeschi e che non abbiamo più le nostre linee a portata di gambe» rispose Hawkson, anche se l'aveva detto più per fare il punto della situazione che per rispondere alla domanda di Sam.

«Puntano verso Bastogne, è certo» disse Keith.

«Dove vanno importa poco, dobbiamo pensare a noi ora» Hawkson stava riflettendo sulla situazione.

«Siamo nella mani delle SS, non dimentichiamolo...» aggiunse poi, continuando a fissare un punto imprecisato nella penombra della stalla.

Non avevano altro da dirsi, tornarono a riposare.

Li svegliarono con brutalità, appena sorto il sole.

John fu colpito con il calcio di un fucile, non era stato abbastanza rapido ad alzarsi.

«In piedi, cani!» ordinò uno dei tedeschi in un inglese stentato pieno di parole incomprensibili.

«In fila, o tutti kaputt!» continuò a urlare, mentre alcuni soldati li allontanarono l'uno dall'altro di qualche metro, perquisendoli per l'ennesima volta. L'operazione fu rapida, gli americani indossavano solamente i cappotti sopra le divise, non avevano cinturoni e le tasche erano già state svuotate al momento della cattura. Quindi legarono loro le mani dietro la schiena, ferendoli con le corde di canapa grezza.

«Voi muovere, ora» disse il tedesco che sembrava comandare gli altri.

Non risposero, si misero solo in attesa di essere spinti all'esterno.

«Buona fortuna, John!» gli sussurrò all'orecchio Hawkson, lasciando intendere che a momenti avrebbero avuto la loro ultima possibilità.

«Al momento ci sarò!» rispose John bisbigliando.

Il nazista che parlava un poco di inglese si girò verso di loro, aveva il mitra spianato, lo stava puntando verso le loro pance. Smisero di parlare, il gesto era fin troppo eloquente.

Furono condotti all'esterno, in fila indiana.

La maggior parte dei tedeschi si allontanò dal gruppo, rimasero solo in tre oltre al tizio brutale che doveva essere il capo: un uomo alto almeno una testa più di John, magro e con il volto scavato, lo sguardo freddo accentuato dagli occhi chiari, spenti come il colore della divisa che indossava; sul berretto floscio brillava un teschio con ossa incrociate, simbolo delle SS.

Anche gli altri soldati sembravano molto più crudeli, nello sguardo e nei modi, rispetto a quelli che avevano portato via il sergente Brat; John cercò di non pensarci, ma non riusciva a togliersi dalla testa che questi erano proprio i tedeschi malvagi che la propaganda americana descriveva per motivare la popolazione: si sentiva come le vacche del ranch che venivano allontanate dalle altre e portate nel retro della stalla, nel laboratorio di macellazione. Deglutì con un leggero sforzo, gli si era formato un nodo in gola.

Un ufficiale scese da una Kubelwagen[14] e si mosse verso di loro, fermandosi a parlare con il sottufficiale nazista che li guidava. Gesticolò in maniera decisa, dettando ordini al sottoposto che non rispose e si limitò a eseguire il saluto quando il graduato risalì a bordo del veicolo, fece un gesto all'autista e partì verso ovest.

Il caposezione sembrò contrariato dagli ordini del suo comandante. Al contrario, gli altri tre soldati di scorta sorrisero crudelmente. Uno di loro diede un colpetto a Keith per attirare la sua attenzione, poi si passò l'indice sulla gola. «Kaputt» disse con sguardo serio.

«Che significa?» provò a chiedere Keith, solo per essere colpito da un violento pugno al fianco che lo fece piegare sulle ginocchia.

Gli altri non si mossero, ma avevano tutti capito che la situazione stava precipitando. Mentre il caposezione parlava con l'ufficiale, John si era guardato intorno: praticamente non c'era più nessuno, erano rimasti solo alcuni meccanici che osservavano dubbiosi un Sdkfz/251 danneggiato e alcuni soldati palesemente di seconda scelta, intenti a caricare un camion con il motore acceso.

La fila fu sospinta in avanti con dei gesti perentori, ma invece di uscire dal cortile si diressero verso il retro della casa. Si trovavano in un piccolo spiazzo tra il muro ovest della villa e il muretto che la circondava, un capanno sul lato opposto chiudeva quella specie di retro giardino. Doveva trattarsi di una sorta di serra a cielo aperto, numerosi arbusti ora secchi e semi-coperti di neve crescevano da aiuole definite da fini piastrelle di coccio, alcune rotonde, altre rettangolari.

«Lì!» ordinò il caposezione indicando il muro della casa, perentorio ma senza il tono duro di poco prima.

Gli americani si mossero, piano, stringendosi tra loro, consapevoli che i tedeschi avevano stabilito la loro inutilità come prigionieri. Sam piangeva, le lacrime gli solcavano il volto sporco di terra; non parlava, si limitava a fissare il terreno gelato.

---

14. Equivalente tedesco della Jeep americana.

Hawkson e Keith si fermarono per primi, John subito dietro, le spalle contro il muro color panna.

Il caposezione si avvicinò a loro, li guardò con intensità.

«Perdono» mormorò allontanandosi subito dopo.

John lo fissò con stupore. Quello non aveva intenzione di ucciderli, proprio lui che sembrava il più desideroso di farlo: ancora una volta si meravigliò della complessità della vita ma non riuscì a pensare ad altro, le raffiche delle mp40 degli altri tre li investirono.

Gli americani si strinsero fra loro, come per accucciarsi, istintivamente; le loro grida di paura divennero in pochi istanti grida di morte. La fitta che sentì al fianco, i corpi dei compagni che gli franarono addosso, l'alt gridato dal caposezione, lo scricchiolare degli stivali dei tedeschi sulla neve mentre si allontanavano, lo stupore nell'accorgersi che ancora respirava, tutto fu troppo rapido e così intenso che John, rialzando la testa, pensò fosse passato solo qualche minuto, quando in realtà era rimasto per almeno mezz'ora sepolto sotto i suoi compagni, ormai nulla più che cadaveri coperti di neve. Era solo in mezzo alla morte.

Era coperto di sangue, ma si accorse subito che non poteva essere tutto suo: aveva una ferita al fianco sinistro e un'altra, a giudicare del dolore, sull'avambraccio, ma di minore entità.

Dio! E se avessi lo stomaco forato? pensò con un brivido, non aveva nessuna idea di quanto grave potesse essere; si chiese quanto gli fosse rimasto da vivere, dato che dubitava che qualcuno lo avrebbe curato. Di tedeschi non c'era l'ombra e tutta la zona era sinistramente silenziosa.

Aveva le braccia ancora legate, perciò spinse forte con i piedi e con uno sforzo minore di quello che avrebbe immaginato, riuscì ad appoggiare la schiena contro il muro. Si guardò la ferita: un graffio! Era stato colpito di striscio, non c'era nessuna inarrestabile emorragia. Si piegò e strinse con l'interno del braccio la parte dolente.

I suoi amici avevano involontariamente impedito che altre pallottole lo centrassero, doveva la sua vita a quello scudo umano e al fatto che non li avevano finiti con un colpo in testa, come avrebbero dovuto. Non riusciva a crederci, era la seconda volta che sopravviveva contro ogni reale possibilità.

Si mise a ridere, una strana sensazione di invincibilità lo attraversò. Era seduto tra i cadaveri dei suoi compagni, alcuni dei quali lo fissavano con occhi vitrei, le bocche aperte e scomposte, orribilmente placidi nelle loro strane pose, eppure si sentiva al settimo cielo. Era ancora vivo, cos'altro contava?

Cercò di liberarsi dai legacci che aveva ai polsi, ma più insisteva allargando le braccia, più li sentiva stretti. Non li avrebbe mai spezzati in quel modo. Decise allora di alzarsi in piedi e di sfruttare l'angolo del muro della casa. Prima però si affacciò con cautela, cercando di esporsi il meno possibile: il cortile era vuoto, non c'era più nessuno, il semicingolato da riparare era stato abbandonato, se ne stava vuoto e scheletrico, come il teschio di un animale morto da tempo.

Muovendosi su e giù con le mani addossate lungo le due pareti d'angolo spezzò finalmente la corda; la circolazione che tornava a scorrere lo fece sussultare, le mani gli pulsavano con tale violenza che si piegò a terra per il dolore. Fu costretto a infilarle nella neve alta per attenuare la sgradevole sensazione.

Quando riprese la sensibilità alle dita si mise a sedere, tirando il fiato, per decidere come muoversi ora che era libero. Per prima cosa doveva mangiare. Non avendo nulla addosso l'unica possibilità era frugare nella villa, sempre che i tedeschi avessero lasciato qualcosa; si alzò con decisione e si diresse zoppicando verso l'ingresso.

Il portone era aperto, non provenivano suoni dall'interno. In ogni caso decise di farsi più cauto, non era escluso che fosse rimasto qualche crucco.

Si ritrovò in un piccolo ingresso, con due porte ai lati. Sulla parete di fronte campeggiava il ritratto di un uomo in abito da sera, in piedi in mezzo a due grandi cani. Qualcuno gli aveva sporcato il volto con dei baffetti simili a quelli di Hitler e aveva scritto frasi in tedesco, probabilmente inneggianti al nazismo. C'era pure una svastica nera che imbrattava lo stemma della famiglia.

Affacciandosi alla porta di destra vide un salotto: i mobili erano stati accostati alle pareti, il pavimento ricoperto di paglia per isolarlo dal freddo, la stanza era molto scarna, forse i proprietari erano riusciti a svuotarla o forse non erano così abbienti come le dimensioni della tenuta lasciavano supporre.

Provò l'altra apertura: notò alla sua destra le scale per il piano superiore e, di fronte a lui, una porta che conduceva verso quella che doveva essere la sala da pranzo; si affacciò e ne ebbe conferma: un lungo tavolo in legno massiccio occupava quasi tutto lo spazio centrale del salone, sedie e poltrone erano disposte disordinatamente lungo tutta la sua lunghezza. Piatti e posate sparsi ovunque, ma di cibo neanche l'ombra. Anche la cucina, attigua alla stanza in cui si trovava, era in disordine ma apparentemente vuota.

John non si perse d'animo, iniziò a perlustrare ogni centimetro della dispensa, era così affamato che qualunque cosa fosse sfuggita al saccheggio sarebbe andata bene.

Riuscì a trovare, dietro un mobile di legno sotto una dispensa a muro, un barattolo di marmellata, alcune cipolle ridotte a pezzetti e dei biscotti salati ancora non del tutto ammuffiti; divorò tutto con avidità.

C'era una specie di armadio-cambusa abbastanza grande per poterci stare disteso, raccolse perciò quanta più paglia possibile dalla stanza in cui era entrato prima e la distese sul pavimento di pietra, creandosi un giaciglio modesto ma sufficientemente comodo per passare le ore che lo separavano dal tramonto.

Una volta dentro si coprì con alcuni sacchi di patate che i tedeschi avevano svuotato; progettava di andarsene con il favore delle tenebre, direzione sud: forse sarebbe riuscito a raggiungere la Francia.

Non si era mai interessato alla geografia e poteva solo sperare che i ricordi che aveva delle mappe dell'Europa fossero corretti; ad ogni modo non poteva certo andare verso est, in Germania, e nemmeno l'ovest era da considerare sicuro, dato che la linea del fronte si era spostata là e, se non ricordava male, pochi chilometri a nord c'era il mare.

La ferita al fianco gli faceva male ma non sanguinava più, si limitò perciò a fasciarla con uno straccio trovato in cucina, sperando di riuscire a evitare un'infezione.

Applicò una benda di fortuna, più piccola, anche sull'avambraccio.

Appoggiato alla parete di mattoni si ritrovò a riflettere sulla sua situazione e sugli eventi terribili ma al contempo straordinari degli ultimi giorni. Una profonda malinconia lo colse, cercò di trattenersi ma le lacrime furono impossibili da arrestare. Lo stress e i tanti pensieri che aveva maturato ebbero la meglio sul suo orgoglio; l'euforia per essere ancora vivo sparì di colpo e, contrariamente a quanto si sarebbe aspettato, cominciò a sentire la fragilità del suo carattere nella disperata situazione in cui si trovava. Come spesso capita ai giovani della sua età, aveva sopravvalutato le proprie capacità di resistenza. Nelle retrovie aveva mascherato il disagio provato nelle occasioni di incertezza dietro un'apparente quanto falsa freddezza. In combattimento però tutto crolla come un castello di carte, non c'è nulla che possa far sembrare diversa la realtà di morte che circonda i soldati in uno scontro a fuoco.

Sarebbe stata una vera sfortuna non poter raccontare tutta questa avventura, pensò cercando di rallegrarsi. Ma non c'era nulla per cui essere allegri. Così come avevano dimostrato quella mattina, era chiaro che i tedeschi non volevano prigionieri e una seconda cattura non si sarebbe conclusa con tanta fortuna come la prima.

Sospirò, scivolando senza accorgersene in un sonno profondo e agitato.

CAPITOLO V

Mancava poco meno di un'ora all'alba quando la voce di Grosky svegliò gli uomini della sezione. «In piedi. Preparatevi. Dieci minuti!»

Max si stropicciò gli occhi, non poteva certo dirsi riposato. Anche gli altri intorno a lui sembravano frastornati, iniziarono a stirare le membra doloranti con larghi sbadigli.

L'altra notte aveva dormito da solo, nel semicingolato della sezione che era rimasta nei boschi in attesa dell'alba.

Dal primo giorno dell'offensiva avevano assaltato il posto di blocco americano almeno dieci volte subendo pesanti perdite, e solo nel pomeriggio di ieri erano riusciti ad averne ragione. Pur essendo stati colti di sorpresa, gli americani avevano resistito più tenacemente del previsto. A nord, rispetto alla loro zona di operazione, c'era stato persino un contrattacco di alcuni carri Sherman che aveva creato ulteriore ritardo all'avanzata dell'armata verso Bastogne.

Gli uomini di Grosky si erano accampati tutti nel cassone di un camion da trasporto, decisamente più spazioso dell'angusto vano passeggeri di un Sdkfz/251.

Era la sua prima giornata con loro. Di persona conosceva solo Grosky, ma gli altri erano noti per la sinistra fama di guerrieri spietati che si erano violentemente guadagnati sui vari fronti di guerra.

La sera prima era entrato per ultimo, quando tutti già dormivano e ne fu lieto: non aveva voglia di parlare con nessuno dal momento che era ancora scosso per la famiglia di Grosky.

Lui non aveva nessuno da piangere, per sua fortuna; i suoi genitori vivevano nelle campagne della Baviera, lontani da qualsiasi obiettivo bellico, nessuna bomba sarebbe caduta sulla loro casa.

Decise che era giunto il momento di vedere i suoi nuovi compagni di sezione, cercò i loro volti nella fioca luce di una lampada da campo che penetrava all'interno dal cassone.

Vicino a lui c'era un ragazzo della sua età, Deier gli sembrava si chiamasse, lo aveva sentito da Hans. Era di Berlino, un tipo cresciuto in strada tra la malavita urbana. Si era acceso una sigaretta prima ancora di scostare del tutto la coperta di lana che si era calato sul viso, offrendo poi agli altri il pacchetto, allungando la mano, senza scostare il lembo dagli occhi. A Max non arrivò, in fondo non era che una semplice presenza senza valore per quei veterani.

Seduto di fronte stava Pernass, il nome lo ricordava bene: era stato ferito sul fronte orientale in innumerevoli occasioni, addirittura tre volte nel corso dello stesso scontro.

Non aveva quasi più le orecchie, accartocciate dal fuoco di un lanciafiamme sovietico, il viso un mosaico di cicatrici e pelle raggrinzita. I capelli erano solo una massa di ciuffi sparsi sul cranio ferito. La vista di quel soldato era ormai divenuta usuale nell'unità, ma agli esterni faceva impressione. Come se l'aspetto non bastasse c'era anche la sua fama di esperto torturatore di prigionieri a completare il quadro di un uomo senza umanità. Come vittime preferiva soprattutto i russi ma non si tirava certo indietro per questioni di razza; chi finiva tra le sue mani spifferava sempre tutto, il comando lo sapeva bene. Più di una volta Pernass era stato fatto chiamare da qualche ufficiale per "chiedere" informazioni durante gli interrogatori.

Lo sfigurato si accorse dello sguardo e sorrise a Max «Cosa c'è? Non hai mai visto un uomo bello come me?» gli chiese continuando a sorridere.

«Scusami» disse farfugliando Max, abbassando lo sguardo.

«E di cosa? Non sei mica una puttana francese con cui voglio passare la notte... per me puoi anche vomitare qui dentro, se ti faccio questo effetto» disse, senza levarsi quel sorriso crudele dalla faccia.

Max si concentrò sul suo equipaggiamento, cercando di mostrarsi tranquillo, ma un caricatore gli sfuggì di mano, cadendo rumorosamente tra le cassette di munizioni delle mg.

«Te la fai sotto perché devi combattere o perché lo devi fare insieme a noi?» chiese dal lato opposto l'Obergefreiter Potsche mentre controllava i caricatori del suo fucile mp44.

Gli altri risero. Fischer, il mitragliere della sezione, dall'aspetto brutale con braccia forti e spalle larghissime, gli lanciò un nastro di munizioni per la sua mg42.

«Legatelo intorno!» gli ordinò perentorio.

Max non rispose, scansò il nastro iniziando a vestirsi, sempre più a disagio. La brutalità di quegli uomini lo intimoriva.

«Che cazzo vogliono da noi oggi?» chiese il fuciliere Grulhe sputando di fuori. Si alzò in piedi per scostare uno dei teli impermeabili che fungevano da tetto, rivelando un fornelletto da campo di fabbricazione americana. Gli Opel Blitz erano predisposti con un'intelaiatura per la sistemazione del telone che permetteva di scostarlo a strati, senza perdere del tutto la copertura. Sistemò il fornelletto sul tettuccio della cabina.

La debole luce dell'alba rischiarò appena l'interno dell'Opel. Max si sentì ancora più osservato.

«Grulhe, pezzo di merda, metti il pentolino grande!» biascicò Potsche allacciandosi la buffetteria.

Fischer si stirò lanciando un urlo: «Che merda di lavoro che mi sono scelto!» disse massaggiandosi il collo. Teneva ancora la sigaretta accesa di Deier in mano e se la prendeva comoda. Guardò Max: «Non scordarti il nastro, ometto» gli disse con freddezza.

Max fece uno sforzo per non balbettare e riuscì a rispondergli: «Non ti preoccupare, quando ti occorrerà lo troverai addosso a me.»

Potsche rise forte «Che modi da signorino, t'infilerai la cravatta per l'azione di stamattina?» chiese provocando sguaiate risate negli altri.

«Combatto anch'io da diverso tempo» provò a difendersi Max.

«Non l'hai mai fatto se non sei stato con noi, ficcatelo bene in testa, stronzo!» era Potsche, si colpì la tempia con l'indice per rendere più incisiva l'affermazione.

Pernass lo sfregiato gli si avvicinò, Max alzò lo sguardo cercando di non mostrarsi a disagio. «Sei nei guai amico» gli sibilò in faccia. «Nessuno di noi tornerà a casa, lo sai?»

«Combatterò con... con coraggio» rispose, maledicendosi dentro per aver farfugliato la frase.

«Non hai un coltello?» lo incalzò.

«No... l'ho perduto giorni fa...»

«Pezzo di coglione, con tutti gli americani che abbiamo ammazzato non si è preso un coltello!» urlò Potsche fuori di sé.

«È solo un cacasotto, ammazzalo Pernass» propose distrattamente Fischer, senza badare molto alla scena.

Pernass si portò la mano alla cintura, tirò fuori un coltello della gioventù hitleriana e glielo puntò alla gola. Sembrava essersi acceso un fuoco nei suoi occhi obliqui, senza sopracciglia.

Max si irrigidì, incapace di muoversi. Sarebbe arrivato a tanto? Lo avrebbe sgozzato come un maiale, in mezzo agli altri? Nessuno di loro sarebbe intervenuto. Possibile che fosse giunta sul serio la sua fine, per mano di un tedesco oltretutto?

«Prendilo!» gli disse secco, con lo stesso tono di voce basso. Max cercò di non tremare, ma la paura traspirava dai suoi gesti, dai suoi sguardi. Pernass rise come un folle quando alla fine Max mise la mano sull'impugnatura.

«Quello a cui l'ho preso è tornato a casa in una cassetta di munizioni, non trovammo neanche la testa nel cratere, solo il coltello era intero.»

Max lo prese, infilandolo nella cintura senza dire nulla, pensava che il tono di voce avrebbe tradito ulteriormente la sua emozione: era terrorizzato dai suoi compagni di sezione, aveva paura come la prima volta che era arrivato al fronte. Aveva più paura di loro che degli americani.

«Ovviamente non appena schiatterai lo riprenderò. Ritornerà da me entro poche ore, sono sicuro!»

Max deglutì e tornò a guardare il suo equipaggiamento.

Non gli badarono più. Ora tutti erano intenti a prepararsi. Grulhe fece girare il pentolino del caffé tra i suoi compagni. Anche questa volta saltò il giro, evitando accuratamente Max. Pernass ne bevve avidamente lunghe sorsate; il freddo era molto intenso e ne avevano bisogno per riprendersi dalla rigidità della notte di sonno. Il nuovo arrivato ovviamente poteva anche farne a meno, secondo il crudele codice non scritto con cui venivano trattati i rincalzi.

«Scommetto che sei ebreo» disse convinto Fischer, stringendo il pugno destro con la mano sinistra, come se volesse picchiarlo.

Max deglutì, pensò che una battuta forse avrebbe smorzato gli animi: «Certo! Così come Grosky è russo, con quel cognome...» e abbozzò un sorriso.

Il silenzio che scese lo colpì come una fucilata.

«Figlio di puttana!» urlò Deier afferrandolo per il bavero.

«Lo ammazzo io, lasciamelo!» gridò Fischer fuori di sé, gettando l'equipaggiamento che aveva in mano, con ferocia. Pernass rise, sibilando come un vecchio asmatico.

«Coglione» disse Potsche, calpestando coperte e gibernaggi mentre gli si avvicinava; gli altri si scansarono.

«Credi in Dio?» gli chiese l'Obergefreiter, il naso gli sfiorava la faccia, tanto gli era addosso.

Max, terrorizzato, mormorò un «Sì» talmente flebile che fu quasi impercettibile.

«Allora dimenticalo! Qui è Grosky il tuo dio, offendere l'uomo che ha guidato tutti noi tante volte quanti sono i peli che hai in culo equivale a chiedere di morire.»

Estrasse il coltello appoggiandoglielo sulla guancia, la punta a sfiorare l'occhio destro.

Max rimase paralizzato. Era amico di Grosky, voleva gridarlo ma non riuscì a dire nulla.

Potsche lo spinse via con violenza, facendolo sbattere contro il bordo del camion.

«Avanti cazzoni, giù dal veicolo!» urlò poi agli altri, riponendo il coltello nel fodero, con uno scatto secco. In qualità di secondo in comando spettava a lui organizzare la sezione in assenza del comandante. Max si riprese, tirò il fiato e cercò di mostrarsi in grado di controllare la paura.

Si ritrovò a guardare il vice di Grosky: doveva avere almeno dieci anni più di lui ma il biondo quasi splendente dei capelli e i lineamenti morbidi li facevano sembrare coetanei. Gli occhi tradivano un carattere ben più duro e inflessibile del suo; il braccio destro ideale per Grosky, il quale ne apprezzava i modi.

Max decise di non aprire più la bocca, aveva il sentore che se fosse stato catturato dai russi sarebbe stato un regalo del cielo in confronto a quell'inizio di giornata.

I sei si radunarono sul selciato della villa, in attesa del ritorno del comandante. Rimasero in silenzio, fumando le sigarette americane di Deier senza fermarsi mai.

Dal portone principale uscì finalmente Grosky che li raggiunse, completamente equipaggiato, al centro del cortile. «Dobbiamo muoverci verso sud-ovest, lungo la strada principale fino a un incrocio dove ci aspettano due del posto» disse guardandoli dritto negli occhi. Le istruzioni venivano date una sola volta e ognuno doveva sapere cosa lo aspettava ed eseguire senza tentennamenti.

«Ci porteranno verso una postazione radio americana, faremo tacere le loro comunicazioni e poi ritorneremo sulla strada per unirci al resto della divisione. Ci sono domande?»

Nessuno rispose.

«Bene. Svegliate quello stronzo di Hans e andiamo.»

Max si rassicurò, il fatto che il suo miglior amico si sarebbe unito a loro rendeva un po' più facile affrontare l'azione con i suoi nuovi compagni.

«Vado io» disse Grulhe allontanandosi verso un gruppo di tende montate a ridosso del muretto di recinzione della fattoria.

«Il nuovo che hai scelto è un coglione» disse Potsche rivolto a Grosky, indicando Max leggermente scostato dal gruppo.

«Rimpiazzo, si dice rimpiazzo» tagliò corto il capo sezione, non aveva nessuna voglia di affrontare il tema dei novellini inadatti che puntualmente si ripresentava ogni volta.

«Avanti mastini, a bordo!» aggiunse poi alzando la voce.

Gli uomini presero posizione, Potsche fece partire i motori e posizionò il semicingolato davanti all'ingresso del complesso, in attesa di Grulhe e del cecchino.

Max si mise a sedere in fondo al cassone, vicino al portellone posteriore, Deier e Fischer presero posizione alle mg fisse. Pochi minuti dopo erano pronti per partire, Hans si sistemò vicino a Max.

«Dormito bene?» chiese sorridendogli.

«Sì» rispose, facendo però trapelare il disagio.

«Ehi killer, di nuovo in azione!» disse Deier rivolgendosi ad Hans.

«Già, non c'è proprio verso di passare una notte tranquilla» rispose il tiratore aggiustando il mirino sopra il fucile.

Gli altri risero, sembravano andare d'accordo con Hans.

«Non preoccuparti se non hanno modi gentili» disse sottovoce, tornando a parlare con Max.

«Grazie del consiglio» rispose freddamente, sperava in cuor suo che tutto fosse solo un incubo.

Hans non disse nulla, poteva immaginare il disagio del suo amico, succedeva quando si era gli ultimi arrivati in un'unità di veterani, di essere considerati alla stregua di un nemico. L'ostilità era poi accentuata quando si rimpiazzava qualcuno il cui valore era ormai assodato.

Il veicolo procedeva a velocità sostenuta, la copertura delle pesanti nubi rendeva impossibile agli alleati l'utilizzo della forza aerea, preponderante in confronto alla decimata Luftwaffe. Viaggiare lungo le strade era perciò sicuro, e questo aveva diminuito notevolmente i problemi logistici di spostamento che avevano vissuto negli ultimi mesi.

«Stronzi maledetti!» sibilò Fischer armando, subito dopo, la mg anteriore.

«Che cazzo fai?» chiese Grosky. Era seduto di fianco a Potsche che guidava e aveva la stessa visuale anteriore di Fischer ma non aveva notato nulla di anomalo, tranne un gruppo di cani vicino a una costruzione di legno.

«Smettila, coglione, non sono cani sovietici» urlò poi il caposezione rendendosi conto di cosa avesse allertato il mitragliere «Prova a sparare anche solo un colpo e ti taglio i coglioni con una lametta da barba.»

Fischer si trattenne ma continuò a puntare i cani, la sua precedente unità era stata distrutta da un cane imbottito di esplosivo sul fronte orientale, e da quel giorno aveva sparato a ogni bestia che gli capitava a tiro.

«Cazzone» mormorò Potsche con evidente disappunto.

«Niente cani né ebrei... a chi sparerai oggi?» chiese Grulhe con un sorrisetto. Si era alzato in piedi vicino a Fischer, per osservare la strada.

«Di ebrei non ne troveremo» disse con ostentata serietà Pernass «Li abbiamo già presi tutti, qui!»

Max guardò Hans, avevano parlato più volte degli ebrei, entrambe erano stati d'accordo con le leggi razziali, mostrandosi però più moderati di altri rispetto ai ghetti. Le voci che circolavano da un paio d'anni erano talmente esagerate che non ci volevano nemmeno credere. Gli ebrei erano stati chiusi nelle fabbriche così da permettere a quanti più tedeschi possibile di combattere al fronte, questa era la cosa più logica da pensare.

Come se gli avesse letto nel pensiero, Deier disse rivolto a Pernass

«Non vorresti essere al caldo, a controllare quei porci che fabbricano armi per noi?»

«Sì certo, fabbricano armi» rispose con un sorriso maligno lo sfigurato.

Nessuno rispose, avevano però capito a cosa si riferisse.

«A me non importa un cazzo, se è vero quel che si dice tanto meglio, non possiamo mica sfamarli per l'eternità. E poi le armi che fanno loro sono quelle che non funzionano mai quando serve» disse Fischer senza alzare la testa dal mirino della mitragliatrice.

«Bah... per me lavorano e se la spassano, quei bastardi. Certo, a volte bombardano le fabbriche, ma almeno non stanno qui al gelo come noi» disse Grulhe come per concludere.

«Ah sì, al caldo ci stanno» questa volta Pernass non riuscì a trattenere una risata maligna.

Il discorso finì lì, Pernass non parlava mai a vanvera; Max ebbe un brivido ma non volle pensarci, per lui i campi di concentramento erano solo un'invenzione della propaganda alleata.

Hans diede un colpetto alle gambe di Deier, in piedi vicino a lui alla mitragliatrice posteriore.

«Cosa?» fece il soldato senza girarsi.

«Dove andiamo?»

«Ovest, postazione radio all'interno di una fattoria, tagliamo qualche gola e ci ricongiungiamo al resto dell'armata.»

Il cecchino allora si alzò e, muovendosi aggrappato alle paratie, si affiancò a Grosky, nel vano di guida.

«Jurgen, cosa dovrei fare con i tuoi tagliagole?»

Grosky si girò per parlargli: «Vorrei prendere quella stazione radio senza allarmare eventuali unità americane. Con la confusione della nostra offensiva si sono molto dispersi, perciò potremmo anche avere la sfortuna di incappare in qualche sezione sbandata ma ancora volenterosa di combattere. E non è escluso che il presidio presso Wiltz resista anche questa mattina all'assalto.»

Hans annuì, aveva senso.

«Perciò invece di Fischer con la mg sarai te a coprirci, con il tuo g43. Noi lavoreremo di coltello, intendi?»

«Bene» rispose Hans, battendogli la mano sulla spalla. Tornò vicino a Max.

«Corpo a corpo» gli sussurrò nelle orecchie.

Max portò istintivamente la mano al coltello che aveva ricevuto quella mattina, stringendo l'impugnatura decorata con emblemi del partito nazista.

Dentro di lui sapeva che avrebbe fatto il suo dovere, come sempre, ma la sensazione di disagio provata al risveglio non lo aveva ancora abbandonato; abbozzò un sorriso a Hans, facendogli capire che apprezzava il sostegno che gli dimostrava.

Potsche rallentò vicino all'incrocio indicato nei piani come il punto d'incontro con i due paesani. Si fermò a lato della strada, con il motore al minimo.

«Tenete gli occhi aperti, se ci sono partigiani in cerca d'emozioni, sbudellateli senza pensarci due volte» disse Grosky rivolto ai suoi.

Pernass balzò da un lato infilandosi nel boschetto alla loro sinistra, Hans si alzò, iniziando a scandagliare la zona con il fucile. Lo stesso fece Max.

Attesero alcuni minuti, poi dal lato opposto uscirono due uomini, uno anziano l'altro più giovane, in abiti civili. Avanzarono con le mani alzate, a passo regolare.

«Sieg Heil!» disse Grosky, con una leggera sfumatura interrogativa.

«Le aquile di Goering volano alto» rispose il ragazzo, in tedesco perfetto.

«Salite» tagliò corto il capo sezione.

Fu aperto lo sportello posteriore per permettere ai due di montare.

«Salve» disse il vecchio, stringendo la mano di Grosky.

«Allora, siamo tutto orecchi» fu la risposta del caposezione.

Il vecchio fece cenno al ragazzo che iniziò a parlare «Come ho avuto già modo di dire ai vostri, la mia fattoria è stata sequestrata diversi giorni fa da un gruppo di americani. Hanno installato in fretta delle antenne...»

«Quanti sono?» lo interruppe Grosky.

«Se sono gli stessi che ho visto io, quando si sono presi casa mia, non più di dieci» rispose sicuro.

Potsche e Grosky si guardarono complici, annuendo impercettibilmente, non occorreva altro.

«Bene, portateci là» ordinò poi rivolto ai due.

«A piedi. Siamo già troppo vicini» disse il vecchio, notando che Potsche si era rimesso alla guida.

«Pezzo di merda» bofonchiò Fischer che odiava camminare.

Pernass si affacciò dal portellone posteriore annuendo verso Grosky, sembrava che non ci fosse nessun altro nei paraggi oltre ai due civili.

Il veicolo venne lasciato dietro la linea del bosco, poco oltre il bordo strada e camuffato alla meglio con rami e cespugli.

Si incamminarono lungo uno stretto sentiero che costeggiava un ruscello ghiacciato. La neve copriva quasi tutta la vegetazione, lasciando solo qualche scuro vuoto sparso qua e là.

Avevano indossato le mimetiche bianche sopra il grigioverde delle loro uniformi, qualcuno alternava pantaloni leopardati con giacche color panna o viceversa, per creare un effetto meno omogeneo.

Max indossava un lenzuolo reperito nella fattoria piegato a poncho. Aveva infilato la buffetteria sopra, così da assicurare la stoffa alla divisa ed evitare che gli fosse d'impaccio; raffazzonato ma funzionale, aveva imparato a fare così dai racconti dei veterani del fronte russo, per adattare le divise alle distese innevate.

Camminarono silenziosi per circa venti minuti, poi il giovane contadino che li guidava li fece fermare e conferì sottovoce con Grosky. Questi, dopo aver ascoltato con attenzione, diede la mano ai due e li congedò; chiamò poi a raccolta la squadra.

«Trenta metri, in quella direzione» indicò con la mano oltre il greto del ruscello. Da lì non avevano ancora visuale dell'obiettivo.

«Ci avviciniamo il più possibile, ma non escludo che potremmo dover usare le sputafuoco fin da subito» bisbigliò.

Erano tutti intorno a lui, in silenzio, in attesa di entrare in azione.

«Hans!» si voltò puntando con l'indice un costone di roccia che si alzava dall'argine sinistro del ruscello «Cinque minuti, prendi posizione là sopra e coprici, guardali in faccia e se ci notano, spara!»

«Bene, basteranno... ci si ritrova dopo» rispose Hans.

Diede un colpetto sul braccio a Max strizzando l'occhio, poi si allontanò per raggiungere il punto che gli aveva indicato Grosky.

«Avanti» sussurrò Grosky quando furono passati i cinque minuti.

Si allargarono a ventaglio, strisciando carponi, Grosky, Potsche e Pernass leggermente più avanti degli altri, una granata nella sinistra e il coltello nella destra.

Max copriva il lato destro, la pistola mitragliatrice pronta all'uso.

Superato il dislivello si ritrovarono nella neve alta, in mezzo a un campo circondato da siepi rade e anch'esse coperte di neve. In fondo, sul lato opposto, dietro un filare di alberi, si intravedeva la sagoma di un edificio con il tetto imbiancato, le pareti di nudi mattoni e le finestre piccole, tipiche della zona.

Ancora nessun contatto con gli americani.

«Maledizione» bisbigliò Grosky a Potsche notando che stavano lasciando delle scie più visibili di quanto si fosse aspettato nel manto innevato; dovevano essere finiti in una specie di orto, ripulito dai padroni di casa e successivamente coperto solo dalle leggere nevicate dei giorni precedenti. Se qualcuno si fosse affacciato alle finestre li avrebbe sicuramente individuati e dato l'allarme. E il grido d'allarme arrivò effettivamente quando si trovavano a dieci metri dalla casa.

Il colpo di fucile che seguì era del g43 di Hans.

«Granate!» urlò Grosky.

Tre violente deflagrazioni seguirono al grido d'avvertimento.

Grulhe, Fischer e Deier avanzarono correndo, coprendosi a vicenda con raffiche controllate.

Dall'alto del greto Hans tirava con micidiale precisione.

Max si alzò unendosi ai compagni in avanzamento, ancora non aveva nessun contatto visivo con i nemici perciò si limitò a qualche raffica attraverso la siepe che lo separava dalla casa.

«Granate!» ordinò il caposezione.

Si acquattarono, nell'attesa delle esplosioni.

«Avanti bastardi, muovetevi!» urlò poi Grosky alzandosi in piedi e correndo all'assalto.

Si mossero in avanti, cercando di stare il più bassi possibile.

Max si portò a ridosso di un cumulo di terra. Ora poteva vedere la fattoria, nel cortile c'erano solo i corpi degli americani uccisi dalle esplosioni. I sopravvissuti si erano trincerati all'interno, sparando dalle finestre attraverso il denso fumo che ora circondava l'edificio.

Fischer e Grulhe presero posizione dietro un trattore, sparando raffiche in tutte le direzioni per coprire i movimenti dei compagni.

Max approfittò del fuoco di soppressione per correre verso il muro est della casa, vicino a una finestra da cui spuntavano varie armi corte dei difensori. Appoggiò con forza la schiena alla parete di mattoni, estrasse una granata con il manico di legno dalla cintura, l'armò e la lanciò attraverso l'apertura. Detriti e schegge di mobili proruppero dalla stanza, un lungo grido di dolore gli confermò di aver centrato l'obiettivo.

Si affacciò con l'arma spianata: a terra sul pavimento diversi corpi in pose scomposte occupavano quasi tutto lo spazio. Notò un movimento: qualcuno strisciava verso una porta interna. Con una raffica pose fine al tentativo di fuga dell'americano liberando la stanza.

«Dai dai!» gli urlò Potsche nel raggiungerlo.

«Dobbiamo entrare, gira l'angolo» aggiunse spingendolo bruscamente avanti.

Strisciando con la spalla contro il muro si portò dal lato dell'ingresso principale. Il crepitio delle armi automatiche continuava incessante dai piani alti. Dovevano bonificare tutta la villa prima che i difensori potessero riorganizzarsi.

«Prendi!» disse Grosky, alle sue spalle, in fila con gli altri lungo il muro.

Max afferrò la granata, diede un calcio alla porta e la lanciò dentro, accucciandosi poi sul lato opposto dell'ingresso. Anche Grulhe lanciò la sua granata.

Le due esplosioni squassarono le mura della casa.

«Dentro, cazzo!» gridò Potsche avanzando e sparando contemporaneamente.

Sparavano a ogni angolo, dentro ogni stanza, attraverso il soffitto di legno; in breve la casa fu devastata, non c'era una sola parete che non fosse crivellata dai colpi o dalle schegge.

«Sopra!» ordinò Grosky spingendo avanti Deier.

Max si affrettò lungo la stretta scala di legno, dietro a Potsche.

La mitragliatrice da 30mm che aveva aperto il fuoco contro di loro all'esterno era stata riposizionata di fronte all'apertura nel pavimento da cui si accedeva al fienile, che occupava l'intero primo piano. Cominciò a sparare quando il primo soldato tedesco apparve a tiro.

Grulhe cadde indietro, urlante. Diversi colpi lo avevano attraversato; rotolò sopra i compagni accalcati dietro di lui lungo la scala, privo di vita. Tutti insieme lo spinsero verso il pianerottolo, lasciandolo cadere. Atterrò in una posa innaturale. In breve il pavimento sotto di lui divenne un lago di sangue, aveva fori in tutto il corpo.

«Bastardi! Figli di puttana!» urlò Potsche strappando le spolette di due granate.

Lanciò gli ordigni in direzione della mitragliatrice, un grido smorzato si levò pochi istanti prima delle esplosioni.

Il soffitto sembrò quasi sul punto di crollare.

«Dentrooo!» gridarono contemporaneamente Grosky e Potsche.

Salirono sparando come indemoniati, sventagliando a destra e sinistra senza mirare a nulla in particolare.

Pochi secondi di fuoco automatico riempirono il locale di fumo e le loro orecchie di un ronzio persistente.

«Mi arrendo! Mi arrendo!» gridò in tedesco un ragazzo in divisa verde, da dietro un cumulo di sacchi che lo aveva protetto dalla furia dei tedeschi.

Si alzò con le mani in alto, visibilmente terrorizzato.

Era sotto tiro quando improvvisamente Fischer scavalcò Max e Potsche, afferrò il giovane e con un urlo terrificante lo scaraventò fuori, attraverso l'ampia apertura che fungeva da zona di carico, facendolo sfracellare al suolo, nel cortile sottostante.

«Bastardo!» sibilò poi il mitragliere osservando il corpo immobile.

«Bene, niente prigionieri da accollarsi» ridacchiò Deier.

Fu l'unico commento, nessuno trovò da ridire, la sete di sangue provocata dallo scontro li aveva alienati dalla pietà e forse anche dalla logica, perché uccidere un prigioniero senza interrogatorio poteva risultare controproducente.

Max si accese una sigaretta ma Potsche lo colpì con il rovescio della mano, schizzandola in terra. «Che cazzo fai?» gli chiese urlandogli in faccia con rabbia.

Grosky intervenne «Prima controlliamo il perimetro, poi rilassiamo le chiappe, Max» disse bloccando sul nascere qualsiasi discussione.

Meno di dieci minuti dopo erano tutti nel cortile, intenti a fumare.

Nessun americano era sopravvissuto all'attacco e la distruzione della radio non fu certo un problema: Fischer sradicò il traliccio dal tetto mentre Pernass riduceva in mille pezzi le apparecchiature elettroniche.

Grosky osservava la scena di morte, ovunque cadaveri e sangue. Avevano letteralmente demolito il posto.

«Avanti, via di qui.»

Il cecchino li aspettava vicino al torrente. «Com'è andata?» chiese a Max, prendendo posto dietro di lui mentre procedevano a ritroso verso il loro mezzo parcheggiato lungo la strada.

«Estremamente violenti! Ma abbiamo vinto, no?» si sforzò di sorridere nel rispondergli, in realtà era un po' scosso per l'assassinio brutale del prigioniero.

«Niente prigionieri, lo sapevi questo» replicò Hans, intuendo il turbamento del suo amico. Anche lui aveva visto la scena, dal mirino del suo fucile. «Sarebbe stato ammazzato lo stesso, forse dopo un interrogatorio sommario.»

«Già ma un conto è vederlo da lontano, un conto è esserne protagonisti» mormorò Max, anche se iniziava a sentire una certa indifferenza nei confronti dell'atrocità commessa a quel giovane americano. Fu una sensazione strana, simile all'intorpidirsi di un arto; la sua mente si adattava ogni volta di più all'orrore, per non soccombervi.

Camminarono spediti, in meno di mezz'ora giunsero nei pressi dell'incrocio stradale dove avevano lasciato il semicingolato.

Erano in perfetto orario, avrebbero raggiunto il resto del Kampfgruppe in avanzata oltre il fiume Our, dove avevano sfondato la mattina precedente.

Pernass che li guidava fece un gesto repentino con la mano e tutti si abbassarono silenziosi. Grosky si avvicinò con cautela. Udirono la bestemmia che sibilò tra i denti, qualcosa non andava.

Un passaparola rese tutti consapevoli che alcuni americani si erano avvicinati al loro veicolo e lo stavano ispezionando.

«Stanno raccattando l'equipaggiamento» mormorò Potsche a Grosky.

«Ma da dove vengono? Non erano stati schiacciati ovunque?» chiese Max.

Nessuno rispose.

«Cazzo... allarghiamoci. Al mio ordine li sistemiamo» mormorò Grosky facendo dei cenni per disporre i suoi uomini in linea, larghi.

C'era anche una jeep, parcheggiata al centro della stradina. Grosky prese l'ultima granata e con precisione la lanciò sotto il veicolo americano.

L'improvvisa esplosione colse i nemici del tutto impreparati. Gli uomini della sezione balzarono fuori dal boschetto. Furono sufficienti poche raffiche per sistemare la faccenda.

Circondarono il mezzo ma ormai non c'era più nessuno in grado di opporre resistenza.

Uno degli americani, ansimando ferito in diverse parti del corpo, alzò una mano verso Grosky quando gli si parò di fronte.

Questi lo osservò con freddezza «Dovrei lasciarti lì a marcire lentamente, pezzo di merda!» gli disse. Puntò il suo mp44 alla fronte del nemico.

Lo sparo mise fine alle sofferenze del soldato; a Max sembrò più un atto di pietà ma non disse nulla, forse lo era stato veramente. Era l'unico a conoscere la verità dietro la crudeltà del suo caposezione e da allora lo guardava con altri occhi.

«Silenzio!» sibilò Hans tra i denti, zittendo gli altri che stavano commentando la sparatoria.

«Sento anch'io, sembra un veicolo...» Pernass aveva appena rivolto lo sguardo verso ovest quando una violenta raffica colpì la fiancata del loro blindato.

«Merda! A terra!» urlò Grosky raggiungendo gli alberi a bordo strada con un balzo.

Un'altra jeep era sbucata a folle velocità da dietro una curva. La mitragliatrice sistemata nella ghiera del vano passeggeri vomitò fuoco contro di loro.

«Fischer! Vai alla mg!» gridò Potsche.

Il mitragliere non esitò, salì a bordo del 251 e iniziò a martellare la strada con la mitragliatrice anteriore.

Anche gli altri non si erano persi d'animo, distesi dietro il primo riparo trovato aprirono il fuoco, crivellando il veicolo e i suoi passeggeri.

La jeep sbandò violentemente finendo per ribaltarsi su un lato.

L'unico sopravvissuto allo schianto sgattaiolò via tra gli spruzzi di terra e neve provocati dalla gragnola di colpi delle armi tedesche.

«Altri nemici, lungo la strada!» gridò Max che dal punto in cui si era gettato aveva visuale su buona parte della strada davanti a loro.

Hans si era sistemato sul lato sinistro del blindato e stava sparando con cadenza regolare contro gli americani in avanzamento. Sembrava essere un'intera compagnia.

Potsche tirò giù una cassa di legno dal mezzo, conteneva i Panzerfaust, i micidiali lanciarazzi anticarro.

«Pernass!» gridò lanciandogliene uno.

Pernass si affrettò ad attraversare la strada raggiungendo il lato opposto.

Max sparava senza sosta, le munizioni iniziavano a scarseggiare.

«Coprimi, ho bisogno di altri caricatori!» disse a Deier con concitazione.

Deier era steso vicino a lui ma non rispose; lo colpì allora con il piede ma non ottenne nessuna reazione, era morto. Colpito in piena fronte, aveva un buco grande come una mela da cui colava sangue e materia cerebrale. Guardò oltre il cadavere in attesa del momento buono per muoversi verso il veicolo in cerca di altre munizioni.

Vide Pernass falciato da una raffica micidiale che lo attraversò.

Si voltò di nuovo verso la direzione dell'attacco.

«Cazzo!» urlò. «Sherman in movimento! Carro armato in arrivo!» era inorridito alla vista del cingolato americano che spruzzando fango e neve si muoveva verso di loro. Dietro avanzavano i fanti americani, sparando nella loro direzione con tutte le armi che avevano a disposizione.

Il carro sparò un colpo che strisciò la fiancata del Sdkfz, andando poi a impattare un centinaio di metri alle loro spalle.

Potsche saltò giù muovendosi carponi verso la copertura del bosco.

Grosky sparava brevi raffiche estremamente precise, non aveva più bisogno di urlare ordini, i suoi uomini sapevano benissimo come comportarsi.

Ma la situazione era tutt'altro che sotto controllo, gli americani erano determinati e con ogni probabilità facevano parte di un'unità inviata per un contrattacco dopo l'inizio delle operazioni dei tedeschi.

Un grido di dolore alle sue spalle lo fece sussultare, un urlo straziante, prolungato.

«Aaah! Gli occhi! Per Dio non vedo più!» era Potsche.

Le schegge del tronco dietro cui si era riparato, schizzate ovunque per l'impatto dei proiettili, lo avevano ferito al volto. Si alzò, impazzito per il dolore, incurante del pericolo che stava correndo.

«Sta' giù, maledetto coglione!» gli urlò Grosky senza smettere di sparare: fu tutto inutile, Potsche barcollò per qualche metro poi venne colpito al torace e alle gambe, il suo corpo sussultò come una marionetta a cui vengono tagliati i fili. Cadendo mostrò il volto, trasformato in una maschera di sangue; non si rialzò più.

Lo Sherman sparò un altro colpo, facendo volare in aria il corpo senza vita dell'Obergefreiter.

Max tornò a sparare ma si rese subito conto che se non fermavano il tank non avrebbero avuto scampo. Sapeva cosa doveva fare. Era terrorizzato ma qualcosa in lui gli diede la forza per agire. Scattò verso il panzerfaust che Pernass aveva imbracciato e che era rotolato verso il piccolo fosso a bordo strada.

Attraversò di corsa la distanza che lo separava dal lanciagranate, la terra veniva spruzzata ovunque dall'impatto dei colpi americani. Una violenta esplosione lo catapultò a terra, detriti infiammati e una quantità enorme di terra piovvero intorno a lui.

Lo Sherman aveva colpito in pieno il loro semicingolato, distruggendolo.

Vide la parte superiore del corpo di Fischer volare in strada, fumante come un tizzone. Pochi secondi per pensare, e l'unica cosa che gli venne in mente fu che anni di esperienza non erano serviti a nessuno di quei veterani.

Altri colpi lo sfiorarono. Non poteva fermarsi ora, si alzò e continuò la sua folle corsa. Afferrato il Panzerfaust si nascose dietro gli alberi, cercando di fermare il tremolio che lo scuoteva dalla testa ai piedi.

Con trepidazione prese la mira, facendo partire la granata a razzo verso la fiancata del carro nemico. Lo colpì sotto la fessura del pilota, uno sbuffo di fumo fuoriuscì dai portelli; tossendo e ansimando i carristi aprirono i portelli e si affacciarono, cercando di uscire, ma un'altra granata a razzo, sparata da Grosky, impattò contro lo Sherman, decretando la fine della minaccia. La torretta fu proiettata in alto dall'esplosione delle munizioni e l'equipaggio si disintegrò con il proprio mezzo.

Gli americani, già disorientati dalla tenacia dello sparuto gruppo di tedeschi, alla vista del carro armato messo fuori combattimento, iniziarono a ritirarsi sparando senza mirare, coprendosi a vicenda finché non scomparvero alla vista.

Max sparò gli ultimi colpi del caricatore in un'unica, rabbiosa raffica. Stava per inserirne uno pieno quando si accorse di averli terminati.

Decise che era il momento di raggiungere gli altri, nei pressi dei rottami del loro veicolo. Si era appena mosso quando, sollevatosi da terra, ricevette un colpo improvviso, come un pugno fortissimo nella pancia. L'attimo dopo sentì come se una parte della spalla sinistra esplodesse verso l'alto. Si accasciò con un'espressione incredula.

Era stato colpito! Un proiettile aveva terminato la corsa nel suo fianco, poco sotto il costato ed era fuoriuscito dalla spalla sinistra. Provò l'istinto di urlare per il dolore che ora era arrivato al cervello, per la paura e la frustrazione che fosse capitato proprio a lui, ma non si rese conto che non poteva farlo.

Aveva perso anche il senso dello spazio e non capiva in che posizione si trovasse. Vide il sangue scorrere via e tingere la neve intorno a lui ma non gli riuscì di vedere la ferita. Sembrava incapace di ordinare al collo di sollevare il capo per controllare.

Sgranò gli occhi in preda al panico; provò ad alzarsi per raggiungere gli altri, al centro della strada, ma con sorpresa scoprì di non essere in grado di fare nemmeno quello, era steso sulla schiena, non ricordava quando fosse caduto, era disorientato e si stupì di quella situazione, non aveva ricordi degli ultimi secondi tra la presa di coscienza della ferita e ora; a lasciarlo interdetto fu soprattutto il fatto che non sentiva più né gambe né braccia e che solo gli occhi si muovevano nelle orbite ma il resto era fuori controllo.

Cercò nuovamente di guardare la ferita ma il collo paralizzato non ubbidì. Il dolore non era fortissimo, era il non potersi muovere a terrorizzarlo... lo sguardo tornò alla chiazza di sangue che si allargava. Morirò! non ci aveva pensato subito, ora però la paura di morire gli torse le budella, non voleva crederci, non poteva crederci... stava morendo!

Il respiro si faceva sempre più difficoltoso. *No! No! Non voglio morire, ti prego... non posso. Oh Dio... no!* adesso le lacrime iniziavano ad annebbiargli la vista.

Hans! Hans! cercò di attirare l'attenzione dei suoi amici ma nonostante li vedesse, vicino al veicolo distrutto, intenti a controllare la zona momentaneamente tranquilla, loro non gli rivolgevano lo sguardo.

Non mi sentono? Perché? Provò nuovamente a gridare; a quel punto si rese conto che non poteva parlare, credeva di farlo ma non erano mai uscite parole dalla sua bocca. Era sicuro di aver urlato, ma non aveva prodotto nemmeno un flebile sussurro.

Iniziò a soffocare, sangue era salito dallo stomaco e gli aveva riempito la bocca. Cercò di sputarlo ma non aveva più neanche il controllo della lingua. Il sangue lo stava soffocando, il dolore ai polmoni era insopportabile.

Le lacrime scendevano copiose, gelando lungo le guance. Non voleva morire, come si può morire, come ci si può rendere conto che tutto sta per finire a vent'anni?

No! No! pensò, folle di paura. Forse i suoi amici potevano ancora salvarlo, doveva chiamarli, doveva riuscire a farsi vedere.

Ma la pallottola aveva colpito la spina dorsale, lo aveva reso incapace di muoversi, di parlare, di liberarsi la bocca con un colpo di tosse... rimase a fissare Grosky e Hans che lo chiamavano cercandolo con lo sguardo. Non lo avevano ancora visto.

Sono qui... provò a dire riuscendo però solo a pensarlo. Allora, stremato, alzò gli occhi al cielo con un gorgoglio e, con la forza della disperazione, emise un suono: un miracolo sarebbe stato definito da un medico, l'aver pronunciato una parola di senso compiuto nella disperata situazione in cui versava. Ma come può chiamarsi miracolo l'ultima parola pronunciata sulla terra da un ragazzo che della vita nulla ha visto se non la morte? Non fu altro che un saluto, un fiato flebile, disperato. Riuscì biascicando a pronunciare un nome, quello dell'unica persona che il cuore poteva suggerire a un ragazzino trasformato a forza in uomo, nella consapevolezza della fine: «Mamma.»

E la vista gli si appannò, per sempre.

Fu Grosky a trovarlo, pochi minuti dopo.

«È qui» disse ad Hans.

Il cecchino lo raggiunse e rimasero a fissare il loro compagno.

«Speriamo che almeno non abbia sofferto» disse pacato Grosky, chiudendogli le palpebre che si riaprirono subito.

«Cazzo Max! Mi mancherai» mormorò Hans, accasciandosi a sua volta.

Grosky fu su di lui: «Cosa c'è?» gli chiese sorreggendolo.

«Mi hanno preso, forse sono stato colpito dall'esplosione del blindato» disse cercando di rimanere lucido. Sotto la tasca destra della mimetica leopardata aveva una larga chiazza di sangue.

«Che casino di merda!» gridò Grosky calciando il terreno innevato: la sua sezione era stata distrutta e senza veicolo non avrebbero raggiunto il resto della divisione. Erano troppo vicini a Wiltz da cui – a quanto sembrava – gli americani continuavano a operare, per potersi permettere di perdere tempo.

«Andiamo Hans, forza, reggiti a me» disse sollevandolo.

«Grazie Jurgen. Forse dovrei dirti di andartene ma ti prego, non lasciarmi» rispose reggendosi a stento.

Grosky sbuffò, non aveva mai visto nessuno chiedere di essere abbandonato per non creare problemi... chi cazzo mai avrebbe potuto avere una così scarsa considerazione di sé? In guerra si pensa a sopravvivere prima ancora che a uccidere.

Abbracciò il suo amico, incamminandosi in direzione opposta a quella da cui erano giunti gli americani.

Camminarono per diverse ore, nella fitta nebbia che era calata sul finire della mattinata; ogni tanto Grosky faceva una ricognizione da solo, cercando di individuare unità tedesche a cui aggregarsi ma non trovarono nessuno, la folle corsa verso Bastogne non poteva certo essere arrestata per l'assenza della piccola sezione.

Maledicendo la loro sfortuna decise che dovevano trovare un posto dove fermarsi. Se l'operazione fosse riuscita, altre unità si sarebbe aggregate alle forze corazzate impegnate nell'offensiva, sarebbe bastato perciò attendere nascosti l'arrivo dei rinforzi.

«Ci sei amico?» chiese ad Hans sentendolo cedere, la perdita di sangue non si era arrestata e il cecchino diventava sempre più debole. Il dolore poi lo costringeva a interrompere il cammino, ogni tanto.

«Tutto bene, Jurgen!» rispose e si sforzò di reggersi in piedi per impacciare il meno possibile il suo compagno.

«Dobbiamo fermarci, non possiamo vagare alla cieca senza meta.»

Hans annuì, era stremato. Non era passata nemmeno un'ora ma il tempo per loro era sfavorevole in qualunque combinazione numerica. Al cecchino rimaneva poco, prima che la situazione divenisse irreparabile.

«Laggiù, c'è una casa con delle luci accese» disse Grosky ansimando, lo sguardo in direzione di un lungo filare di alberi.

Era una bella villa, con le pareti bianche e i balconi finemente lavorati; quasi un pezzo di antiquariato. C'erano luci alle finestre e sembrava lontana dalla zona dei combattimenti.

«Speriamo non sia occupata dagli americani» mormorò Hans avvicinandosi.

Che importanza aveva? Non erano più in grado di combattere, non avevano quasi più munizioni, tanto valeva correre il rischio di farsi catturare. O uccidere.

Grosky adagiò Hans a terra, preparando il fucile in caso di necessità.

«Non credo sia la croce rossa, però forse potranno ospitarci lo stesso» disse tirando il compagno nuovamente verso di sé, aveva le spalle indolenzite per lo sforzo di sostenerlo.

Attraversarono l'enorme cancello in ferro battuto. Nel cortile non c'era nessuno, un giardino contornato di statue bianche coperte di neve li separava dal portone. Erano a metà percorso quando l'ingresso si aprì, due anziani uomini corsero verso di loro.

Grosky puntò il fucile con un gesto improvviso, facendo sussultare Hans per il dolore.

«Vi aiuteremo» dissero senza nemmeno fermarsi.

Afferrarono Hans e lo portarono dentro, lasciando Grosky a osservarli con il fucile spianato. Stupito per non essere stato nemmeno notato si guardò intorno, non accadde nulla. Non gli rimaneva che seguirli all'interno.

Si ritrovò in un ampio salone con delle scale in marmo lungo la parete opposta, alla sua sinistra un'ampia sala da pranzo era stata trasformata in infermeria, più di una dozzina di soldati erano sistemati su letti di paglia, assistiti da alcuni civili.

Si affacciò nella stanza, illuminata da candele. Erano tutti americani, i feriti! Istintivamente si ritrasse verso l'ingresso, il fucile spianato, guardandosi intorno convinto di essere finito in un ospedale degli alleati.

«Si calmi, qui non corre nessun pericolo» la voce, femminile, proveniva dalla stanza dei feriti.

Istintivamente abbassò l'arma, la frase era stata pronunciata in tedesco, con una leggera sfumatura straniera che gli sfuggì. Tornò sull'uscio, cercando con lo sguardo chi avesse parlato.

«Qui curiamo tutti, non badiamo alle divise. Anche volendo non sapremmo distinguervi gli uni dagli altri» riprese la voce di prima. Era una donna, si trovava vicino a un ferito adagiato sul grande tavolo da banchetti del salone.

Grosky si avvicinò, notò che era ben vestita, indossava un abito bianco lungo, con pizzi e merletti, intriso però di sangue. I capelli, di un biondo leggermente sbiadito dal passare del tempo, erano legati in una semplice coda.

Aveva un volto grazioso, anche se con lineamenti decisamente marcati e gli occhi, di un azzurro cristallino, erano bordati di nero, per la stanchezza e la mancanza di sonno. La donna stava fasciando il moncherino di una gamba amputata. Vicino a lei un uomo sulla sessantina, con capelli radi e baffoni bianchi, dava istruzioni, mentre tentava di lavarsi il sangue che gli incrostava le mani; dietro di loro, sopra un tavolino da tè, diversi coltelli e una sega da falegname erano disposti con ordine, sporchi anch'essi come tutto nel raggio di due metri dal tavolo su cui operavano.

Il soldato delirava, era completamente zuppo di sudore, l'amputazione doveva essere avvenuta pochi minuti prima del loro arrivo, pensò Grosky con un certo disagio.

«Delhia per cortesia, puoi continuare tu?» chiese la signora rivolta a una ragazza in abiti da cameriera che le stava vicino. Lasciò la fasciatura e, pulendosi le mani lungo il vestito, si avvicinò ad Hans che era stato sistemato sopra un materasso logoro e sudicio di sangue, dai due uomini che lo avevano prelevato nel cortile. Con decisione strappò la giacca per scoprire la ferita. Jurgen storse la bocca nel vedere lo squarcio nel costato dell'amico.

«Holsen, può venire qui?» chiese la signora rivolta all'uomo, probabilmente un dottore.

L'uomo si chinò su Hans, osservando la ferita; senza dire nulla indicò una borsa nera, rimasta sul tavolo su cui operava.

«Dobbiamo disinfettare, poi proverò a ripulire, sembra che ci siano dei frammenti metallici nella carne... una scheggia di granata?» chiese senza rivolgersi a nessuno.

Grosky esitò un attimo, poi capì che stava parlando con lui «Credo di sì, il nostro veicolo è esploso e lui si trovava nei pressi.»

Il dottore scosse la testa e si mise al lavoro. Mentre ripuliva la ferita Hans svenne con un grido strozzato, l'infezione era già iniziata e il dolore fu insopportabile.

«Almeno riposerà qualche ora senza sedativi» disse pragmatico il dottore.

«Lei è ferito» la signora si stava rivolgendo a Grosky. Allungò una mano verso la sua fronte. Questi allontanò bruscamente il capo.

«No, sto bene. Voglio che il mio amico venga curato. Ignorate gli americani!» disse con tono imperioso, ponendo la mano sul fucile che aveva a tracolla.

Il dottore sbuffò, quasi divertito; la donna invece si fece seria in volto «Se ha nostalgia di gridare ordini torni dai suoi soldati, questa è casa mia e sono io a decidere chi sarà curato» lo investì di parole, con rigidità. «Non le ho forse detto che qui non facciamo distinzioni?»

Grosky non rispose, si limitò a fissarla senza sapere cosa dire, stupito a sua volta dall'ordine che aveva dato, sentendosi improvvisamente fuori luogo. Si impose di calmarsi, non era il modo giusto di comportarsi, quello; anche se avrebbe tirato volentieri una raffica nella stanza contro gli americani.

Quando non sono in aria, nei loro bombardieri, valgono molto poco, pensò guardandoli, sforzandosi di vederli più piagnucolosi di quel che erano in realtà.

«Se ne vada da questa stanza se non è ferito, in cucina troverà qualcosa da mangiare.»

Jurgen esitò un attimo, preso nei suoi pensieri, poi si mosse per eseguire gli ordini della padrona della villa.

«Un'altra cosa» gli urlò dietro «lasci la sua arma, qui non le occorrerà! Non devono esserci uomini armati qui dentro, ha capito?»

Grosky uscì dalla sala tornando nell'atrio.

Individuò le cucine, vi si accedeva tramite un'arcata nel sottoscala.

Crollò su una sedia di legno, esausto, in attesa che qualcuno gli portasse da mangiare. Non si sarebbe mai permesso di rovistare in casa di una così coriacea padrona.

Fu la cameriera, entrata nella cucina poco dopo, a servirgli un po' di biscotti secchi e del latte.

«Grazie» disse semplicemente Grosky.

«È tanto che combatte?» gli chiese la ragazza.

«Sì» rispose Grosky continuando a mangiare.

«Forse conosce Franz Hooter? È il mio ragazzo, combatte sul fronte orientale da più di un anno.»

Il nome non gli diceva nulla. Come avrebbe potuto essere altrimenti? Erano milioni gli uomini sul fronte orientale. Per tutta risposta scosse la testa.

«È in una divisione di fanteria, non mi ricordo il nome...»

Il tedesco non le badò nemmeno, conversare con la cameriera era l'ultima delle sue preoccupazioni.

Dal momento che Grosky non sembrava per nulla interessato, quella smise di parlargli, limitandosi a sistemare del cibo sopra un vassoio d'argento. Il tedesco notò che l'operazione veniva eseguita con particolare cura, usando piatti e posate di ottima fattura, il tutto per una sola persona. Non gli fu possibile fare a meno di pensare che nella villa ci fosse un ospite di riguardo.

«È per la signora?» le chiese improvvisamente. Lo fece perché ormai era abituato a stare sempre sul chi vive, più che per semplice curiosità.

«Oh no, è per il signor Beaufort, si tratta della sua cena» rispose con ingenuità la cameriera.

«Capisco... è il marito della signora?»

«Sì» rispose lei, con poca convinzione, probabilmente si stava chiedendo come mai il tedesco fosse interessato alla cosa.

«Dove posso trovarlo?» Grosky pensava di poter ricevere informazioni riguardo la situazione in questa zona.

«Non può incontrarlo... lui... non vuole vedere nessuno» la cameriera abbassò la testa, l'argomento sembrava turbarla.

Ma Grosky già non le badava più, continuando a mangiare fissando un punto indefinito di fronte a lui. Cosa poteva mai portare una conversazione con il proprietario di casa? Sapere da dove venivano gli americani feriti? E poi? Per un attimo spense la testa, tanto aveva a cui pensare che decise di non iniziare per niente, non prima di aver finito i biscotti, almeno.

Dopo qualche attimo di imbarazzata attesa la ragazza uscì dalla cucina, silenziosa e rapida, felice di allontanarsi da quel tedesco dall'aspetto cupo e inquietante.

CAPITOLO VI

Fu svegliato da voci provenienti dalla cucina, forse un minuto, forse un giorno dopo aver chiuso gli occhi; si destò subito, sentì l'adrenalina che gli pompava energia in tutto il corpo. Allungò l'orecchio verso la fessura tra le ante della dispensa, per cercare di cogliere qualche informazione utile, ma non capiva cosa dicessero, sembravano parlare tedesco.

Gli si gelò il sangue nelle vene, iniziò a pensare di aver commesso un errore. Se si fosse trattato di tedeschi in cerca di dispersi avrebbero sicuramente aperto la porta della dispensa; non aveva armi, né c'erano intorno a lui oggetti con cui difendersi. Si irrigidì, in attesa dell'inevitabile.

Le ante furono aperte di scatto e il ragazzo che si mostrò urlò per lo stupore quando vide John, rannicchiato sul fondo del grande armadio.

Non aveva l'aspetto di un militare, dai vestiti sembrava un semplice contadino del luogo. La reazione poi non era certo quella di chi sta cercando soldati nemici.

«Tranquilli, non sono armato!» disse John alzando le mani.

Dietro il giovane c'erano un uomo e una donna, entrambe molto anziani. I tre iniziarono a parlare animatamente, tutti insieme, la donna addirittura corse fuori con un urlo.

I due uomini alzarono a loro volta le mani, pronunciando frasi in quello che, ne era sempre più consapevole, doveva essere tedesco, ma con un accento molto particolare. John non capiva nemmeno una parola.

«Ma che cazzo dite? Non capisco... Calma, stiamo calmi» cominciò a ripetere John stupito, muovendosi dal nascondiglio verso di loro.

«America! America!» disse indicandolo il vecchio, con un ampio sorriso. L'altro abbassò le mani, continuando a fissare John che intanto si era fermato, rimanendo vicino alla dispensa, in attesa di capirci qualcosa.

Udì la voce della vecchia che si avvicinava di nuovo, e c'era qualcun altro con lei perché gli parve di sentire delle brevi risposte, date con un tono molto più contenuto e meno eccitato. Quando riapparve, insieme a lei c'era effettivamente un altro uomo che indossava con eleganza un cappotto nero e una sciarpa grigia. Un cappello con la falda circolare stretta, nero anch'esso, gli adombrava il viso.

Nel vedere John sollevò il copricapo, mostrandosi: era completamente calvo tranne che per una corona di capelli bianchi ai lati. Due lunghe basette che si univano ai baffi, anch'essi bianchi e molto folti, gli incorniciavano il viso rotondo e ben fatto. Doveva avere una sessantina d'anni, emanava un'aria di austera ma benevola severità.

«Sia gentile, perdoni i miei servi, non pensavano certo di incontrare un americano... vivo» concluse la frase con un gesto eloquente rivolto al retro della casa; John non rispose, rimase fermo a guardare il nuovo arrivato.

Parlava inglese in maniera comprensibile, anche se si sentiva un forte accento. «Sono Gunther Van Der Groff, padrone nominale di questa villa e dei campi, o meglio dei crateri, che la circondano» esordì con piglio «E la nostra presenza qui dovrebbe esserle di conforto, dal momento che avevo accordi precisi riguardo alla restituzione delle mie proprietà alla partenza dei tedeschi che le occupavano.»

«Grazie» disse incerto John, non aveva idea di come comportarsi. «Mi chiamo John Martins» aggiunse tutto d'un fiato per ricambiare la presentazione.

«Se vuole continuare a riposare nella dispensa, signor Martins, non ho nulla in contrario, ma se non ha problemi a fidarsi di me posso sistemarla in una stanza più decorosa.»

«Grazie» disse di nuovo John cominciando a sentirsi stupido.

«Molto bene, più tardi la signora Ingrid vedrà di organizzarci una cena come si deve» guardò la donna con un sopracciglio alzato e un sorriso bonario sulle labbra.

Ingrid fissava ancora John, e quando si accorse dello sguardo del padrone, sussultò esageratamente affrettandosi poi verso l'ingresso della cucina.

L'elegante signore parlò poi agli altri servitori, in francese, e dal tono sembrava impartire istruzioni per riportare ordine nella casa sconvolta dagli eventi di quei giorni.

«La mia governante le mostrerà una stanza dove potrà riposare in maniera più consona alla sua persona» disse tornando a rivolgersi a John.

Di nuovo Gunther parlò in tedesco, l'anziana sistemò le posate che stava raccogliendo e si avvicinò all'americano, facendogli segno di seguirla.

John ringraziò con un cenno del capo e tenne dietro alla donna attraverso la sala da pranzo; giunto nell'atrio notò che nel cortile c'era ora un grosso carro trainato da due possenti cavalli.

Alcuni uomini erano intenti a scaricare casse di legno e mobili di varie dimensioni, chiaramente parte dell'arredamento portato via prima dell'arrivo dei tedeschi.

L'anziana sbuffò impaziente e con un gesto perentorio della mano lo invitò a seguirla su per la rampa di scale. Il primo piano della casa era in condizioni ancora più disastrose del piano inferiore; qui i tedeschi avevano sfruttato ogni centimetro di pavimento come giaciglio, ovunque si poteva trovare paglia, tende strappate e tappeti tagliati usati come coperte.

In una delle stanze qualcuno aveva addirittura acceso un fuoco sopra dei mattoni portati dell'esterno, la parete e parte del soffitto erano diventati neri per il fumo.

Ingrid era seccata, farfugliava frasi piene d'astio ogni volta che passava di fronte ai resti della permanenza dei tedeschi.

Giunsero infine a una porta ancora chiusa, che l'anziana aprì con cautela, forse temendo di trovare qualche altro ospite indesiderato, com'era capitato con John in cucina.

La stanza risultò vuota, con grande soddisfazione dell'ansiosa Ingrid: era molto piccola, con una finestra che si affacciava verso ovest, un letto singolo a ridosso della parete opposta, una scrivania in legno senza sedia né suppellettili e un armadio con le ante aperte e i cassettoni interni gettati al centro della stanza da mani bramose di impadronirsi del contenuto; anche un lenzuolo era prezioso, in guerra.

Ingrid indicò il letto con un rapido gesto della mano, invitando John a entrare; come l'americano fece il primo passo, si girò su se stessa e se ne andò senza una parola.

John rimase a fissare la rete del letto, il materasso era stato portato via.

Era ancora in piedi, quando comparve il ragazzo con i capelli biondi spettinati che aveva scoperto il suo nascondiglio poco prima. Indossava un logoro cappotto marrone che gli arrivava fino alle caviglie; aveva in mano delle coperte di lana molto voluminose che gli porse con un sorriso sincero.

«Tu americano!» disse in uno sgangherato inglese.

«Sì» rispose John, sorridendo per il forte accento francese del giovane.

«Io piace America» continuò il giovane facendo il saluto militare con la mano sinistra.

«Sì, grazie» disse John sistemando le coperte. Erano pulite: non di recente, ma di sicuro non puzzavano come tutti i posti in cui era stato dal giorno in cui era arrivato al fronte. Gli ricordavano casa e l'odore dei panni lavati da sua madre al fiume, appena stesi nel campo di fronte al ranch.

«Io Pier» disse il ragazzo indicandosi con energia. Sembrava intenzionato a iniziare una conversazione con lui.

«Piacere, io sono John» rispose stringendogli frettolosamente la mano; si guardarono sorridendo. John non aveva proprio nulla da dirgli ma si sforzò di apparire gentile, in fondo era loro ospite.

«Lavori qui?» domandò incerto.

Il giovane sembrò non capire, rise come se invece di una domanda gli fosse stata raccontata una barzelletta; anche John rise, con poca convinzione, reggendo il gioco.

«Bene, grazie. Puoi andare» provò a mimare il gesto di chi vuol dormire per rendere le parole più chiare.

Per tutta risposta Pier gli indicò la divisa logora portandosi le dita al naso.

«Sì puzza e allora?» rispose John seccato, cominciando a pensare che il giovane non avesse tutte le rotelle a posto. Ma quello uscì di corsa, facendogli cenno di aspettare.

Ritornò in pochi minuti con un paio di pantaloni da lavoro e un maglione verde a collo alto, gli porse i vestiti con uno sguardo soddisfatto; aveva portato anche un catino d'acqua e del sapone.

«Grazie! Grazie davvero» gli disse il paracadutista quasi incredulo, felice di potersi levare di dosso il sangue e il fango incrostati.

Pier lo salutò con la mano sinistra alla fronte. Prima di uscire gli disse «Monsieur dice tu giù, dopo» indicando i vestiti puliti.

John ricambiò il saluto e annuì con la testa più volte, non voleva perdere tempo, non vedeva l'ora di lavarsi.

Venti minuti più tardi scese le scale verso il piano terra. Il sole era tramontato e la casa era illuminata grazie a delle lampade a olio sapientemente disposte; i pavimenti erano stati spazzati alla meglio ma ci sarebbero voluti giorni per eliminare ogni traccia dei bivacchi tedeschi.

Incrociò il vecchietto che lo aveva visto quando era stato stanato nella dispensa, stava rientrando in casa con una grande fascina di legna sulle spalle.

«Salve» accennò John quando gli fu di fronte.

L'anziano si tirò giù la sciarpa che aveva fin quasi sugli occhi e gli sorrise mostrando una bocca sdentata, ma non rispose.

«È lei, John? Prego si accomodi, sono di qua» la voce del signor Gunther proveniva dal salotto alla sua sinistra. John entrò.

La stanza era stata riempita con mobili che prima non c'erano, librerie in legno intarsiato e una scrivania di notevole pregio: due poltrone rosse erano sistemate una di fronte all'altra, al centro, ai lati di un basso tavolino di legno. La scrivania era stata posizionata sotto il finestrone che si affacciava sul cortile, stracolma di libri impilati l'uno sull'altro. Il padrone di casa era di spalle, prelevava i volumi uno a uno dal ripiano e li sistemava con cura sulle scaffalature vuote.

«Sono stato fortunato, quasi tutti i miei libri sono salvi» disse girandosi verso John, in piedi vicino alla porta. Quindi indicò la poltrona più vicina all'americano: «Si sieda, prego. Gradisce qualcosa da bere: del vino, whiskey...?» chiese avvicinandosi al tavolino, dove erano sistemate delle bottiglie di liquori di marca.

«Nulla grazie» rispose John sedendosi. Per cortesia aveva rifiutato ma in cuor suo avrebbe voluto bere fino a star male.

«Avanti» insistette Gunther «Tenga, è brandy, un'ottima annata. Non vorrà farmi credere che lei sia un soldato astemio... sarebbe il primo che incontro!» gli porse il bicchiere e John ne bevve avidamente un lungo sorso.

«Adesso però non mi tratti come se fossi un comune oste. Se mi fa la cortesia di attendere un momento riempirò un bicchiere anche per me, così brinderemo alla nostra salute.»

John si vergognò della propria maleducazione, allontanò il bicchiere dalle labbra e attese, visibilmente a disagio per i modi affettati del suo ospite.

«Alla nostra! Possano questi giorni di triste dolore divenire un pallido ricordo il più presto possibile!» John si limitò ad annuire, condividendo quell'augurio.

«Così vi hanno preso di sorpresa con la loro offensiva» cominciò Van der Groof. «Eppure i segnali erano chiari, io avevo intuito che qualcosa si muoveva quando, durante una battuta di caccia che mi spinse un po' troppo addentro il territorio tedesco, vidi in lontananza una mezza dozzina di King Tiger in movimento tra gli alberi. Forse pensavano che nessuno li avrebbe notati, erano anche ben mimetizzati, ma io percorro questi luoghi fin da bambino, conosco anche i più remoti passaggi tra la fitta foresta al di là dell'Our.»

John lo guardava ma non sembrava capire cosa volesse dire.

«King Tiger, capisce? Era chiaro che si preparava qualcosa di grosso, no?»

Il cenno di assenso di John fu così poco convincente che Gunther scosse la testa. «I King Tiger sono i carri più grandi delle divisioni panzer. Dei veri e propri mostri d'acciaio, pesano quasi settanta tonnellate» spiegò con calma «Secondo lei perché spostarli a ovest quando i russi avanzano da est come un rullo compressore e si preannuncia una devastante offensiva alla fine dell'inverno?»

John iniziava a capire «Per un'offensiva in grande stile» rispose.

«Esatto! Per questo ho dato ordine ai domestici di imballare quanta più roba possibile e di spostarci a sud» disse con una certa soddisfazione.

«Fortunatamente ho conoscenze nel quartier generale ovest della Whermacht, sapevo di non poter impedire l'uso della villa, ma almeno me l'hanno lasciata intera» aggiunse muovendo la mano destra a indicare le pareti. «Avevo intuito tutto» disse con una certa enfasi «Peccato che io non sia uno dei vostri generali» concluse bevendo un lungo sorso di liquore.

John si alzò di scatto «E allora perché non ha provato ad avvertire gli alleati?» gli chiese con durezza.

«Con quali credenziali mi sarei potuto presentare? Io non sono nessuno per voi, tranne il padre di un ufficiale delle SS. Mi avrebbero mai creduto?»

«Che significa, lei non è un tedesco, o lo è? Non capisco... e poi, cosa ne sanno di suo figlio?» John si rimise a sedere, guardandolo interrogativo.

«Si calmi, la prego» rispose Gunther con pacatezza «Mio figlio è un ufficiale della divisione SS Wallonien. Tutti i fascisti belgi e del Lussemburgo più volenterosi ne fanno parte; combattono i russi dall'inizio della guerra.» Fece una breve pausa sorseggiando altro liquore.

«Mi chiede se il suo comando ne è al corrente? Non vorrà mica farmi credere che gli inglesi e i loro alleati non abbiano già pronta una lista con i nomi di tutti i membri dei partiti filo-nazisti d'Europa? Io sono convinto di sì, perché a fine guerra dovranno far saldare loro parecchi conti.»

Posò il bicchiere e appoggiò entrambe le mani sulla scrivania, come per reggersi in piedi. «Nazisti» iniziò, fissando un punto impreciso di fronte a lui. «Figli dello stravolgimento del concetto di super-uomo. Pensare che forse sono stati proprio i miei discorsi a far partire mio figlio mi fa stare male. Io volevo educarlo a pensare e lui in risposta ha recepito il peggio del peggio.»

«Ma lei è nazista?» chiese John posando il bicchiere, il signor Gunther gli appariva sempre più enigmatico.

«Quale bieca opera è il voler dare delle regole politiche a una filosofia» disse gesticolando con enfasi. «No! No! Per carità, io non sono nulla tranne un essere dotato di intelletto proprio. Pensa che Nietzsche approverebbe Hitler e tutta la sua cricca di ignoranti proto-intellettuali?»

John non rispose subito, non aveva idea di chi fosse quel tizio che Gunther aveva nominato. «Bé... ad alcuni politici Hitler piaceva, almeno dalle mie parti era così, poi se questo *Nich* di cui parla fu un oppositore fin dall'inizio...»

La risata dell'uomo lo interruppe. «Lei non sa chi è Nietzsche, vero?» domandò con un sorriso.

«In realtà so ben poco di politica» disse John fissando il pavimento.

«Ma non è un politico, è un filosofo: alcune delle sue tesi sono assimilabili con il credo nazista, se stravolte per altri fini, ovviamente.»

«Ah» rispose John, mostrandosi disinteressato.

«Ma immagino che la stia annoiando. Cambiando argomento, forse le interesserà sapere che ho fatto seppellire i corpi dei suoi compagni, in una radura qui vicino. Se lo desidera la accompagnerò così che potremo scrivere i nomi di quei poveretti, se li conosce.»

«Sì, è una cosa che vorrei fare. Grazie!» rispose John serio, non aveva intenzione di lasciare in tombe anonime quegli uomini che l'avevano fatto sopravvivere alle raffiche tedesche.

Gunther riprese a ordinare i libri, con un fare meticoloso che ipnotizzò John. Era affascinato dall'eloquenza e dai modi affabili del suo benefattore e, non avendo mai apprezzato i suoi insegnanti, si domandò cosa sarebbe potuto diventare con un maestro come Gunther a guidare i suoi passi. Forse nulla di diverso da quel che era in quel momento, ma il fascino di quell'uomo era così magnetico da convincerlo del contrario.

«Credo che la cena sia quasi pronta, vogliamo spostarci in sala da pranzo?» disse poi Gunther dopo qualche minuto di silenzio.

John annuì, aveva molta fame. Si diressero verso l'altra stanza.

Le poltrone erano state portate via, solo le sedie abbinate al lungo tavolo erano state lasciate, sistemate con precisione una di fronte all'altra. A capotavola e alla destra erano stati posizionati due piatti di ceramica lavorata contornati da posate lucide. Due coppie di bicchieri di diverse dimensioni completavano la scena da cena d'alta borghesia. Un grande candeliere forniva la luce sufficiente per consumare il pasto che li attendeva.

«Prego si sieda» disse Gunther indicando il posto alla sua destra mentre si sistemava a capotavola.

Dalla cucina provenivano suoni e odori che da tempo John non sentiva più. Questo, unito all'aria calda e accogliente di tutta la sala, lo aiutò a rilassarsi. Ingrid comparve con un tegame fumante.

«Purtroppo buona parte delle provviste sono finite in mano ai tedeschi, sarà una cena frugale, rispetto al solito» esordì Gunther mentre l'anziana domestica riempiva i loro piatti con dello spezzatino.

John non si curava certo di giudicare le portate, era solo affamato. Mangiò con gusto tutto quello che gli venne servito, annuendo ogni volta che il suo ospite spiegava metodi di caccia e di cottura a lui sconosciuti. Il padrone di casa era molto affabile, versava il vino con cura. Aveva spostato la conversazione sul tempo e i lavori che venivano svolti nelle varie stagioni nella sua tenuta. Evitò mirabilmente qualsiasi discorso sulla guerra, permettendo a John di mangiare senza pensare alla tragicità della situazione. Fu un toccasana per il morale del giovane.

Finita la cena Gunther prese dal taschino della giacca due sigari, offrendogliene uno. Fumarono in silenzio, assaporando la fragranza del tabacco di ottima qualità, crogiolandosi nella serenità di quella sala così distante dalla tragica quotidianità.

«Domani mattina ci occuperemo dei suoi compagni» disse improvvisamente Gunther, fissando il lampadario spento. «Stasera mi metterò in contatto con qualcuno che la potrà aiutare, garantirò io per lei. Conosco persone fidate.»

John non rispose, ma non poté evitare di chiedersi per quale motivo lo stesse aiutando così tanto. Per lui era già molto aver potuto mangiare; che avesse intenzione di consegnarlo ai tedeschi? In fondo il figlio era nelle SS...

«Deve essere ancora molto stanco, la vedo distratta. Credo sia meglio che le permetta di ritirarsi per la notte» aggiunse Gunther guardandolo con benevolenza.

Un uomo non può fingere così bene gentilezza, o forse sono io che voglio credere nel suo aiuto, pensò John fissandolo per un istante, Gunther continuava a sorridere.

«Sì, credo sia meglio che vada a dormire.»

Alzandosi allungò la mano verso il suo ospite «La ringrazio di tutto. Lei sta facendo molto per me, molto di più di quanto mi sarei potuto aspettare.»

Gunther afferrò la mano guardandolo con un sorriso, inarcò appena un sopracciglio, come a invitarlo a dire di più, quasi percepisse, o immaginasse, le domande inespresse del soldato.

John intuì la sua disponibilità al dialogo ma non se la sentì, salutò nuovamente dirigendosi verso la sua camera.

Poco dopo l'alba il padrone di casa bussò alla porta: «Signor Martins. Buongiorno. È pronto per la nostra uscita?»

John si scostò le coperte dal volto «Mi dia qualche minuto» rispose incerto, iniziando a rivestirsi nel gelo della stanza.

«Bene, la aspettiamo nel salone per la colazione» disse ancora Gunther prima di allontanarsi lungo il corridoio.

John lo trovò seduto a capotavola intento a imburrare delle fette di pane scuro, in tenuta da caccia: giacca di tweed di colore verde scuro e stivaloni fino al ginocchio, infilati sopra degli spessi pantaloni scuri.

«Prego, si serva pure» lo invitò a sedersi di fianco a lui indicando la sedia con il coltello dalla lama imbiancata dal burro.

«Grazie» rispose John sedendosi.

«Le ho fatto preparare delle provviste per il viaggio che la attende» disse Gunther mentre sorseggiava il caffè.

«Sarò suo debitore per sempre» disse John, leggermente imbarazzato. Non era abituato a dover ringraziare, tutto quello che aveva avuto dalla vita, guai compresi, aveva dovuto guadagnarselo da solo, senza mai dover dire grazie. *Neanche a Dio*, pensò amaro.

Con un respiro prese coraggio, parlare non era il suo forte ma ora non poteva trattenersi dal chiedere: «Perché lo sta facendo?»

Gunther non rispose né si mostrò particolarmente sorpreso dalla repentina domanda. Sorrise e si limitò a terminare il pasto. Poi guardandolo di traverso disse «Magari ne parliamo dopo, durante la nostra passeggiata, che ne dice?»

John non sembrò molto soddisfatto dalla risposta, era riuscito a dire qualcosa che sentiva dentro, gli capitava di rado di esprimere i propri pensieri e ancor più eccezionale era che si interessasse veramente di sapere, di avere una risposta. Annuì comunque, rassegnandosi all'attesa.

Uscirono poco dopo, diretti verso il luogo di sepoltura di Hawkson e degli altri americani.

«Dovrebbe venire qua in estate, un giorno. La terra si accende di colori magnifici» disse Gunther mentre camminavano lungo il sentiero reso un pantano fangoso dal passaggio dei veicoli tedeschi. John annuì con poca convinzione, non riusciva proprio a immaginare uno scenario di bellezza in quei luoghi devastati.

«Henry, mio figlio, è stato decorato la settimana scorsa con la croce di ferro di prima classe.»

«Ne sarà sicuramente orgoglioso» disse John. *Bel fanatico nazista di figlio che ha*, pensò tra sé evitando di guardarlo.

«Orgoglioso? E per quale motivo? Dovrei inorgoglirmi per la solerzia con cui uccide altri esseri umani forse?» chiese pacato Gunther.

Non sapendo cosa rispondere John tacque, l'uomo era un mistero incomprensibile per un animo semplice come il suo, riusciva a stupirlo a ogni frase. In ogni caso, anche se a lui non importava nulla delle decorazioni, non aveva mai considerato la cosa da quel punto di vista: a ogni medaglia corrisponde un atto di valore, ma il valore in guerra è soprattutto commisurato al numero di nemici abbattuti; la cosa era semplice ma atroce, a vederla così.

«Quando ho letto la sua lettera l'unica gioia che ho provato è che fosse ancora vivo per scriverla. Tutto il resto non può certo entusiasmarmi.»

John continuava a tacere. Pensò al suo di padre, a cui non aveva mai scritto niente. *Forse al mio vecchio farebbe piacere*, si disse.

«Si è messo al servizio del male, come ne uscirà? Leggo delle sue imprese e il cuore mi si spezza. Hitler e il nazismo sono la cosa più blasfema che l'Europa abbia mai cullato nel suo seno e mio figlio crede in questo cancro. Se ne rende conto?» continuò Gunther, sospirando. «Uccide in nome dell'oscurità, può esistere un castigo peggiore per un padre?» manteneva sempre un tono calmo ma era evidente la sincera sofferenza interiore.

«Ho passato notti intere cercando una risposta alla sua partenza. Non l'ho mai trovata. Lui disse, uscendo di casa nella sua divisa grigioverde, che era meglio combattere per una causa piuttosto che vivere per nulla, in neutra contemplazione degli eventi. In breve credo che si sia convinto che fosse la cosa giusta da fare» si girò a guardare John che camminava al suo fianco in un pensieroso silenzio.

«È lo stesso motivo per cui l'ho aiutata» disse afferrandogli delicatamente il braccio «Era la cosa giusta da fare. Ognuno di noi ha il dovere di recitare la parte che il destino gli assegna, secondo le proprie convinzioni morali.»

Camminarono per un breve tratto in silenzio.

«Vuole un motivo ben più concreto con cui spiegarsi il mio aiuto? Mi segua» esordì improvvisamente dopo aver scrutato verso il lato sinistro del sentiero. Deviarono dal percorso, penetrando tra gli arbusti coperti di neve.

«Ecco, guardi» disse quando giunsero nei pressi di un laghetto alimentato da un ruscello che, gorgogliando tra le rocce, formava una piccola cascata. L'acqua era in parte ghiacciata, sottili lamine si addensavano ai bordi.

Tutto intorno, in primavera, dovevano crescere tantissimi fiori; era un bel posto anche in inverno, pensò John.

«Ora tutto sembra morto, grigio e spento, ma verrà la bella stagione, è nell'ordine delle cose, e tutto cambierà, ci sarà una rinascita. Così quando finirà questa immane tragedia mondiale e gli uomini avranno un'altra consapevolezza, avremo la nostra rinascita.»

Parlava con trasporto, credeva fermamente in quelle parole. «Quando tornerà a casa, racconti che i nazisti hanno dei padri e avranno dei figli senza nulla a che fare con la loro follia: i primi sono come quei vecchi arbusti coperti dal ghiaccio, i secondi i piccoli semi in attesa di sbocciare nella primavera della vita. Gli errori che ha commesso, ne sono certo, mio figlio non permetterà ai suoi di compierli.

Tornerà diverso, dalla guerra, lo so. Il mondo non può ammettere qualcosa come il nazismo. Lei farà sì che i suoi figli non crescano nell'odio per quelli di Henry e se un giorno si incontreranno qui, magari per pescare e giocare insieme in armonia, allora salvarle la vita avrà avuto quel significato che lei sembra tanto desiderare di conoscere.»

John non rispose, era la frase più bella che avesse mai sentito pronunciare, per un istante il mondo gli apparve sensato; avrebbe voluto dire qualcosa ma non trovava parole per esprimere i suoi pensieri: quell'uomo era dotato di una sensibilità straordinaria, provò l'impulso di abbracciarlo come mai aveva sentito per nessun altro. Come un figlio farebbe con un padre che, nel momento del bisogno, arrivi inaspettato, senza parlare, posandogli la mano sulla spalla per comunicargli la propria rassicurante presenza.

Non fece nulla, non era abituato. Si sentì comunque strano e allo stesso tempo felice di aver provato quelle sensazioni per lui nuove.

Alcuni minuti dopo, ripreso il cammino, arrivarono al luogo dove il signor Gunther aveva fatto seppellire gli americani. Quattro montagnole di terra, su cui si era posato un leggero strato di neve fresca, sormontate da altrettante croci di legno. Gunther propose di trovare un bel pezzo di legno su cui scrivere i nomi con l'aiuto del suo coltello da caccia.

L'operazione durò circa un'ora. John scrisse caparbiamente, con molta fatica, i nomi e l'unità di appartenenza oltre al giorno della loro esecuzione. E sotto i nomi incise la parola "assassinati", perché il crimine di cui erano stati vittime non venisse dimenticato.

Rimasero per alcuni minuti in silenzio, Gunther leggermente discosto, John inginocchiato a ridosso della lapide su cui aveva tanto sudato. Non riusciva a togliersi di dosso l'immensa ansia che provava, nel pensare alla fortuna di essere ancora vivo mentre gli altri erano morti.

Le parole del suo ospite gli suonarono come una rivelazione in quel momento. Giurò a se stesso che avrebbe cercato di meritare il fatto di essere ancora in vita, anche se non sapeva bene come. Era però la cosa giusta da fare.

Si rialzò e tornò a seguire Gunther verso un incrocio dove, nascosti dietro dei fitti cespugli, consumarono un pasto frugale: pane nero e formaggio stagionato.

«È quasi ora, i miei amici saranno qui fra poco» disse Gunther sbirciando l'orologio a cipolla che teneva nella tasca del cappotto.

«Non la dimenticherò mai!» disse John.

Gunther sorrise cordiale, allungando la mano destra per stringere quella del soldato americano; fu una stretta solida, ricca di significato.

Un rumore dalla strada adiacente li fece sobbalzare; si accovacciarono in attesa di scorgerne la fonte. Comparve un carro trainato da due cavalli: era carico di legname, due uomini sedevano a cassetta, vestiti come i contadini del luogo, come John.

«Sono loro. Vada» disse Gunther spingendolo con delicatezza. «A proposito: queste sono per il suo comando» aggiunse porgendogli un pacchetto di cuoio che tintinnò, nella presa di John.

«Sono le piastrine dei soldati che abbiamo trovato dove vi eravate trincerati, spero siano tutte. Di alcuni rimanevano appena quei due pezzettini di ferro. Una sul corpo e una nel sacchetto, giusto?»

«Grazie, grazie ancora di tutto» disse John commosso scavalcando gli arbusti ai margini della strada.

«Addio» sussurrò Gunther, mostrandosi poi ai due contadini e contemporaneamente compiendo un gesto di assenso con la testa verso il più anziano. I due salutarono portando la mano al cappello. Quello che conduceva il mezzo fece posto all'americano poi, senza parlare, diede un colpo di redini e il carro ripartì.

«Dove andiamo?» chiese John quando Gunther scomparve alla vista.

«Francia» rispose in inglese l'altro passeggero. John lo fissò, ora che lo guardava bene si accorse che non somigliava agli abitanti del luogo.

«Piacere» disse quello «Collins, di Brooklyn, 14° cavalleria degli Stati Uniti. Vieni, ti mostro dove ci nasconderemo fino a destinazione» si spostò verso il retro dove, scostando senza apparente fatica parte del carico, aprì una botola verso un doppiofondo.

John sorrise, quel Gunther era riuscito nuovamente a stupirlo.

CAPITOLO VII

Brat fu tirato con violenza giù dalle scale verso il pavimento della cantina. Rotolò due volte su se stesso prima di fermarsi contro il muro in fondo; l'urto fu violento e gli uscì un grido di dolore.

Udì un ordine secco, in tedesco, e due uomini in divisa grigia lo tirarono in piedi con pochi riguardi, portandolo verso lo stanzone che si apriva sulla sinistra.

L'ambiente era illuminato da una sola fila di piccole lampade da campo, insufficienti allo scopo, tanto che la maggior parte del sotterraneo era avvolta nell'oscurità. L'aria viziata dal fumo di centinaia di sigarette era frastornante.

Si intravedevano casse e sacchi ammonticchiati lungo le pareti e, sopra due lunghe assi di legno appoggiate su ceppi grezzi, cumuli di munizioni, granate, armi e razioni di sopravvivenza.

Mani frettolose prendevano materiale dal mucchio, lo suddividevano in base alle necessità degli uomini in prima linea. Scrivevano e maledicevano quando la ricerca risultava infruttuosa.

Gli uomini intorno a Brat erano solo ombre, movimenti fugaci, sagome confuse mai completamente visibili. Era qualcosa di più simile alla scena di un incubo notturno piuttosto che a un posto di comando; ma forse era solo il suo punto di vista, di nemico e prigioniero, ad alterare la percezione.

Attraversarono quella stanza frenetica e imboccarono un piccolo corridoio buio, diretti verso una fioca luce al centro di un ambiente più piccolo. Una sedia era stata sistemata sotto una singola lampadina che pendeva nuda dal soffitto, appesa ai cavi della corrente.

Il sergente percepì la presenza di diversi soldati tedeschi che lo fissavano dall'ombra lungo le pareti; si sentì torcere lo stomaco, stava perdendo la sua proverbiale freddezza.

«Allora, si vuole accomodare?» chiese in un buon inglese uno di loro, ancora celato dal buio dello stanzino.

Lo spinsero sulla sedia, dove fu legato con le mani dietro lo schienale; uno dei due soldati che l'avevano trasportato lo colpì al volto con il dorso della mano, uno schiaffo improvviso e senza motivo. Si era morso, dolorosamente, la lingua. Sentì il dolciastro del sangue mescolarsi alla poca saliva rimasta in bocca: era il sapore della paura.

Si stava mettendo male e ne era consapevole. Cominciava quasi a credere che forse sarebbe stato meglio per lui se lo avessero ammazzato quella mattina. E non poteva nemmeno essere sicuro che non lo avrebbero fatto fuori una volta finito l'interrogatorio.

«Nome grado e matricola, prego!» ordinò la stessa voce di prima.

Brat fornì le sue generalità.

«Allora, sergente, abbiamo di fronte a noi due possibilità... Collabora volenterosamente oppure le faccio dire ciò che voglio comunque. In tal caso non sarà piacevole... per lei, ovvio» l'uomo che stava parlando si mostrò alla luce. «Ah, dimenticavo. Sono l'Obersturmführer Heuler. Mi piace pensare che ricorderà il mio nome, quando avremo finito. Per tutta la vita.»

Era giovane, maledettamente giovane: capelli biondi, occhi grigi, il viso ben rasato.

Indossava un cappotto di un nero sbiadito, quasi grigio, da ufficiale, con molte decorazioni in bella mostra. Ma non poteva trattarsi di un fantoccio da scrivania, sotto il pastrano si notava la divisa mimetica delle truppe d'assalto e non aveva scarpe da alta uniforme ma stivali neri infangati e usurati.

Un giovane crucco alto, biondo e prestante. Uno di quelli che morivano con il nome del Führer sulle labbra. Sembrava uscito da una locandina della propaganda.

«Quali erano i vostri ordini?» gli chiese quasi sorridendo. Era agghiacciante il contrasto tra il tono melliflue della voce e gli occhi glaciali, vitrei.

Brat rimase in silenzio. Quella figura lo turbava, gli dava il voltastomaco e non era certo che avrebbe retto alla sua volontà maligna.

«La domanda è semplice e per nulla compromettente, dal momento che tutta la vostra compagnia è stata distrutta... potrà dirci cosa vi avevano ordinato di fare, no?»

«Eravamo di stanza qui, presso l'Our, poi siete venuti voi. Non avevamo ordini precisi.»

«Questo lo so, non eravate pronti. Ma la vostra compagnia ha resistito per tutto il primo giorno e ha creato ritardi crollando solo oggi, qualcosa vi avranno ordinato... mi illumini» proseguì il tedesco sempre con fare conciliante.

«Niente di che, volevamo solo guadagnarci lo stipendio...» provò a rispondere sarcastico il sergente, in un blando tentativo di riprendere il controllo di sé. Ricevette un colpo di bastone da dietro, dove un altro tedesco che non poteva vedere era in attesa di partecipare all'interrogatorio.

Merda, fu l'unico pensiero che gli passò per la testa, sottolineando a sé stesso che non era stata certo una buona idea.

«No, no, no! Non è così che si fa... lei non si trova certo nella posizione di poter scherzare. Le facciamo forse venire voglia di scherzare?» chiese duro, con un sibilo, il giovane tedesco. «Risponda!» gli urlò improvvisamente nelle orecchie. «I vostri ordini?» ripeté lasciando trapelare un filo di impazienza.

«Dovevamo resistere, gli ordini erano di resistere a tutti i costi» disse Brat a denti stretti, intimorito suo malgrado da quello che avrebbe definito, in una situazione diversa, solo un ragazzino imberbe. La mente gli giocò uno strano scherzo, improvvisamente ritornò ai giorni in cui lavorava al porto di New York, ai docks dello scalo merci.

Era una celebrità tra quegli uomini duri, abituati a sudare la misera paga: lo chiamavano "la furia dei moli" per l'aggressività con cui combatteva sui ring nelle bettole dei bassifondi. Non aveva paura di nessuno, picchiava tutti con la forza bruta di chi sin dal primo giorno di vita aveva dovuto lottare per garantirsi la propria nicchia, in un mondo ostile e violento.

E ora un ragazzino poco più che ventenne, alto e magro, uno che non avrebbe mai osato nemmeno guardarlo negli occhi a New York, uno che lo avrebbe salutato a mezza bocca, orgoglioso e intimorito allo stesso tempo del fortuito incontro con un campione del ring, lo stava facendo morire di paura.

Era terrorizzato e, anche se si vergognava ad ammetterlo a se stesso, non poteva negare che stava provando qualcosa di inaspettato per lui: avrebbe retto a quella pressione?

Il tedesco intanto si era girato verso gli altri commilitoni. Aveva detto loro qualcosa in tono ironico, provocando risate crudeli in tutta la stanza.

Quando tornò a guardare Brat il suo cappotto slacciato si aprì come ali nere sulle spalle, nella semioscurità in cui si muoveva. Una sinistra creatura del buio con gli occhi freddi di chi è pronto a qualsiasi cosa per raggiungere i propri scopi.

Con un movimento rapido posò il piede destro sul bordo della sedia, tra le gambe del sergente. Poi, con lentezza studiata, incrociò le braccia sulla coscia.

«C'era un piano per un eventuale ripiegamento delle linee?» gli domandò.

Brat intuì cosa volevano sapere, si domandò quanto avrebbe influito se per salvarsi avesse detto la verità, cioè che il suo comando non aveva idea di come affrontare la situazione. Non si aspettavano di dover combattere contro una violenta offensiva. Al comando non avevano ritenuto nemmeno ipotizzabile una reazione d'attacco dei nazisti e gli uomini della sua compagnia, così come tutti gli Alleati, erano convinti di dover solo attendere l'offensiva russa del nuovo anno per poi marciare, incontrastati, verso Berlino e le sue donne.

Provò a distrarre la mente immaginando le cosce e i seni di tutte le puttane che aveva conosciuto in Europa. Ricordava ancora la parigina Madame Giselle e la notte in cui lei e le sue ragazze diedero conforto – molto conforto – a tutta la sua sezione nel bordello gestito nella soffitta di casa. *Che donna! E che pollastrelle quelle sue...*

«Lei è davvero cocciuto» disse il tedesco, con tono canzonatorio, interrompendo il fluire dei ricordi.

«Ogni volta che le faccio una domanda devo farla colpire...» fece un gesto con la mano e altri rapidi colpi di bastone calarono improvvisi sui fianchi e sulle spalle di Brat.

Il manganello di legno gli venne premuto sul collo e braccia d'acciaio iniziarono a stringerlo forte contro il pomo d'Adamo.

La carenza d'ossigeno, la nausea per la stretta alla gola, la paura della fine lo fecero quasi svenire.

Madame Giselle, che strano pensiero per un uomo in punto di morte. Ma un attimo prima che perdesse conoscenza un ordine perentorio dell'ufficiale lo liberò dalla presa e due ceffoni lo riportarono alla terribile realtà.

Prevalse l'istinto di sopravvivenza, rispose scuotendo la testa aggiungendo un impercettibile «No.» Ansimava disperato nel tentativo di riprendere fiato: negò così che ci fosse stato un piano per portarli via di lì.

«Quindi aspettavate rinforzi?» incalzò il tedesco.

«Sì, qualcuno immaginavamo che sarebbe arrivato.»

«Immaginavate? Che cosa significa? I vostri superiori non hanno confermato il movimento delle riserve?»

Santo cielo, pensò Brat, *ora cosa devo rispondere?*

Ogni sua risposta generava altre domande, non ci sarebbe stata una fine al supplizio. Ricordava bene cosa c'era scritto negli appunti di Tom: "resistere, senza rinforzi, tutto il comando in confusione".

Il suo silenzio fu punito da un'altra serie di bastonate ben mirate, che gli tolsero nuovamente il fiato e gli fecero sputare sangue.

La mano del nazista si chiuse sulle sue guance in una morsa, alzandogli il viso fino al livello a cui si era abbassato lui; lo fissò negli occhi con sguardo fermo, terribile, inumano.

«Ha pensato a cosa fare una volta finita la guerra?» il tono era completamente cambiato, sembrava un suo commilitone in aria di confidenze.

«Non crederà mica che sarà eterna? Una volta ributtati in mare voi americani sarete lasciati in pace. Cosa mai potremmo farci della vostra selvaggia terra priva di storia?»

Heuler si sistemò il cappotto. «Credo che sia nel suo interesse sopravvivere a questi ultimi giorni delle forze Alleate. Vero?»

Brat continuava a non rispondere ma ascoltava attentamente quelle domande. Come dar torto al nazista? Certo che voleva sopravvivere e, a pensarci bene, cosa poteva importargli della sorte di tutta la fottuta Europa? Che se la tenessero pure.

Voleva tornare a casa, riprendere il lavoro che aveva prima di arruolarsi. Che stronzata micidiale quella. Ora si trovava legato a una sedia di legno, circondato dai nazisti.

L'immagine di Giselle nuda fu sostituita improvvisamente da un ricordo molto più prezioso, che conservava in profondità nella sua memoria. Vide il capitano Price, in piedi, in fondo alla sala con i banchi di legno dove erano stati radunati tutti quelli che avevano superato il corso per sergente.

Lui era già stato promosso per meriti, ma aveva comunque dovuto passare diverse settimane in quella scuola. Fatti salvi due anni presso un istituto religioso, quando era bambino, quello era stato il suo primo periodo di studi serio e gli era piaciuto, nonostante tutto. In quei giorni si era convinto di aver veramente scoperto la sua vocazione.

Il capitano Price sembrò rivolgersi proprio a lui con il suo discorso finale. Disse delle parole che mai avrebbe dimenticato: «Non importa da dove siate venuti, cosa abbiate subito o cosa siate stati costretti a fare nella vostra vita precedente. Gli Stati Uniti vi hanno dato una possibilità, un nuovo inizio. L'unica cosa che potrà saldare questo debito sarà la fedeltà!»

Fedeltà, la parola riecheggiò dentro di lui.

«Non so di cosa parli!» disse alzando la testa per guardare negli occhi il tedesco, con tutta la determinazione che trovò dentro di sé.

«Ha resistenza, debbo riconoscerlo» gli mormorò Heuler dopo un attimo di silenzio, portandosi di nuovo a pochi centimetri dalla sua faccia.

Brat si irrigidì attendendo i colpi che sapeva stavano per giungere. Si sforzò di ricordare tutto quello che aveva imparato quando boxava e attese le bastonate, deciso a non lasciarsi piegare. Forse era impazzito, ma qualcosa dentro di lui gli diceva di resistere perché troppi uomini, anzi, troppi soldati come lui, avrebbero pagato le conseguenze di una qualsiasi parola confessata.

«Una volta, in Ucraina, interrogai per ore un ufficiale russo, un georgiano grande il doppio di lei» piano piano le parole divenivano sempre più un sibilo, un fiato, percepibili ma aliene, distanti, quasi infernali alle orecchie di Brat.

«Lo colpimmo ben più di quello che stiamo facendo con lei, c'erano indizi sicuri che conoscesse dettagli rilevanti. Per ottenere quello che eravamo certi di poter sapere fu necessario infilargli su per il culo quasi mezzo metro di filo spinato» sorrise, ma senza divertimento. Mostrò i denti in una smorfia mentre contemplava con gusto l'orrore che si stampò negli occhi di Brat.

Il tedesco aveva capito che il suo prigioniero aveva trovato un appiglio mentale e avrebbe tentato di non parlare. Si domandò a quali pensieri si fosse aggrappato per attingere a quell'improvvisa forza di volontà.

Tutti gli uomini che aveva interrogato erano crollati. Ognuno possedeva il proprio livello di resistenza che, per quanto elevato, aveva un limite oltre il quale ogni determinazione si scioglieva come neve al sole. Il filo spinato era il capolinea, o almeno sperava che la minaccia di utilizzarlo lo fosse, dato che aveva l'ordine di non uccidere il prigioniero, né di menomarlo vistosamente, sia che lo avesse convinto a parlare sia che non fosse riuscito a strappargli una parola. Inviare quel sergente al Comando con un chilo di ferro nel retto non era una sfumatura accettabile nell'interpretare gli ordini ricevuti.

E, fatto tutt'altro che secondario, Heuler moriva dalla voglia di tornare a combattere invece di perdere tempo nelle retrovie. Sperava di ottenere un obiettivo da attaccare. Avesse avuto Pernass le cose sarebbero state più veloci, anche se decisamente più cruente.

Era l'ultima mano della partita e il suo jolly spinato doveva fare la differenza. Come un sapiente artigiano radunò i suoi attrezzi per terminare l'opera. Avrebbe piegato anche il sergente Brat.

«Ha tempo, non si preoccupi, si riprenda... i miei collaboratori non vedono l'ora di fracassarle la testa, ma se sarà convincente potrei anche togliere loro questa gioia» disse l'ufficiale spingendogli con forza il capo all'indietro.

Si allontanò di qualche passo e con indifferenza tirò fuori un pacchetto di sigarette senza marca, stropicciato, accendendosene una con un cerino.

«Vuole fare un tiro? È russa, tabacco Machorka. Pura merda!» Sentenziò contemplando il fumo puzzolente che saliva in rapide spirali grigie verso il soffitto.

«In Russia non avevamo altro tabacco che questo. Da allora non posso farne a meno» disse con tono sinistramente amichevole posandogli la sigaretta tra le labbra incrostate di sangue.

Brat non inspirò, temendo che fosse drogata. Voleva rimanere lucido il più a lungo possibile. O forse no?

Quando fece per inspirare, il tedesco, con un alzata di spalle, ritirò la mano portandosi di nuovo la sigaretta alla bocca. Lo fissava continuando a sbuffare nuvole scure di puzzolente tabacco russo.

La stanza era buia, l'aria filtrava appena dagli interstizi del soffitto, Brat sentiva molte voci intorno a lui. Quando gli occhi si furono abituati notò le numerose figure nella penombra, addossate alle pareti. Sembravano distanti dalla situazione di cui era protagonista.

Con un gesto quasi impercettibile il nazista chiamò in azione il soldato alle spalle dell'americano. Il bastone di legno piombò sulle sue cosce con violenza, facendolo torcere per il dolore. Una serie di colpi con la punta, ai fianchi, lo fece gridare.

Erano pratici di quel tipo di interrogatorio, non parlavano, non lo insultavano, non lo colpivano alla testa per evitare che potesse svenire; sembravano dei professionisti intenti a svolgere un qualsiasi lavoro di precisione. Addirittura li si sarebbe potuti definire, eufemisticamente, meticolosi.

Dopo una serie di bastonate seguiva un attimo di pausa, ma la durata era troppo breve perché Brat potesse tirare un sospiro di sollievo. Si fermavano soltanto per far acuire il dolore dei precedenti colpi e per rendere ancora più insopportabili quelli che sarebbero seguiti.

Un tedesco più anziano e trasandato del giovane ufficiale si mostrò sotto il cono di luce. Aveva la barba ispida e la divisa consunta, rammendata alla meglio, di chi ha passato più tempo in battaglia piuttosto che nei magazzini divisionali.

Indossava un berretto floscio che appariva sproporzionatamente piccolo sul suo testone e gli pendeva da una parte, dandogli una sfumatura ridicola. Finché non lo fissò in volto e quello gli restituì uno sguardo omicida. Ecco, se doveva perdere la vita in quel sotterraneo, quello sarebbe stato il suo boia.

«Ingo. Licht[15]!» disse Heuler rivolto al nuovo venuto. Il soldato spense la lampadina facendola girare di un quarto nella presa di corrente che pendeva dal soffitto.

Nel buio improvviso Brat riusciva solo a distinguere i tenui ba-

---

15. Luce.

gliori delle sigarette che venivano fumate intorno a lui e il debole raggio di luce che proveniva da sotto la porta della stanzetta.

«Non male come atmosfera» sussurrò il nazista.

Due bastonate tormentarono il braccio destro, già dolorante per via della scomoda posizione in cui lo avevano legato. Gemette, cercava di tenere la testa il più bassa possibile ma era inutile, non avrebbe schivato nessuno dei colpi che arrivavano.

Fu colpito di nuovo, stavolta al braccio sinistro.

«Che crudeltà farla soffrire in questo modo. Davvero. Potrebbe fermare tutto questo, se solo volesse.»

Le parole sembravano riempire tutta la stanza. Si propagavano nel suo cervello come increspature sulla superficie di uno stagno. Alle parole seguivano i colpi e ogni volta gli veniva chiesto di parlare, per porre fine a tutto. Parole, colpi, silenzio. Parole, colpi, silenzio. Una spirale di violenza con una sola via d'uscita.

No! capitano Price, resisterò!

«Licht!» urlò l'ufficiale dopo quelle che a Brat sembrarono ore.

Ingo, il soldato che aveva girato la lampadina, comparve nuovamente davanti a lui, illuminato dal cono di luce ripristinato.

«Takelwerk[16]!»

Qualcuno iniziò ad armeggiare dietro la sedia. Gli toccavano le dita gonfie, ma la scarsa sensibilità, provocata dal sangue bloccato dai nodi troppo stretti, non gli permise di capire cosa stessero facendo. Fu il freddo glaciale della lama di coltello che si infilava tra i pugni serrati a scatenare la sua paura. Stavano per tagliargli un dito?

La lama si mosse verso l'alto con uno scatto, il dolore fu acuto ed erano entrambe le mani a soffrire.

Mi hanno tagliato tutte le dita!

Uno stivale si appoggiò alla sua schiena e lui venne spinto sul pavimento.

Istintivamente cercò di attutire la caduta portando le braccia in

---

16. Filo spinato.

avanti. Cadde carponi. Vide le sue mani, orribilmente gonfie ma con le dita ancora tutte intere. Lo avevano solo slegato e il dolore del sangue che aveva ripreso a circolare gli aveva fatto credere di essere stato menomato. Il sollievo fu temporaneo. Qualcuno gli tirò giù i pantaloni mentre altri due tedeschi lo schiacciavano a terra.

Il nazista dal berretto floscio si spostò dietro di lui, facendogli volutamente notare l'orribile sagoma del filo spinato che stava srotolando protetto dai guanti.

«No, aspettate!» urlò.

L'ufficiale si piegò in avanti, portando il viso vicino alla guancia del sergente.

«Allora, sentiamo. Le riserve. Ci racconti.»

Capitano Price mi perdoni, non resisto più.

«Non ne ho idea, non ci aspettavamo aiuti. Il comando della compagnia era nelle mani del sottotenente Gream, tutti gli altri ufficiali erano morti durante il primo attacco» rispose tossendo Brat. «Io ho solo guidato l'ultima difesa.»

«Quindi è lei la causa della morte di tutti i suoi compagni!»

Brat lo fissò. Aveva forse ragione lui? Tutti quei ragazzi. Avrebbe dovuto guidarli con più energia? Avrebbe dovuto leggere gli appunti del tenente?

Sputò a terra un grumo di muco e catarro che gli aveva riempito la bocca, ma il gesto fu male interpretato: immaginando un tentativo di reazione, il tedesco urlò nuovamente qualcosa ai suoi uomini.

Il dolore fu improvviso, lancinante, terribile.

Un segmento di ferro di pochi centimetri gli era stato infilato nell'ano. Le lame saldate sul filo a distanze regolari erano ancora fuori, le sentiva graffiare le natiche. Un'altra spinta seguì la prima, altro ferro lo penetrò.

Urlò di nuovo, arcuando la schiena, come un toro con i garretti tagliati. Ma i soldati alle sue spalle lo tennero bloccato.

«La smetta di urlare» disse seccato il suo interrogatore. Fece un gesto con la mano, fermando i suoi uomini.

Nei punti già martoriati il dolore era fortissimo, ma ancora non bastava a farlo cadere nell'agognato oblio. Perdere i sensi o addirittura morire, non desiderava altro, tutto era preferibile a quella realtà.

«Non mi dice tutta la verità... possibile che un sergente maggiore come lei sia stato tenuto all'oscuro di tutto? Non siete la spina dorsale delle vostre forze armate?» chiese, fingendosi stupito, il nazista.

Temendo che ricominciassero a violare la sua carne, Brat s'irrigidì.

«Voglio sapere dove sono le riserve. Da qui a Bastogne. Avanti, me lo dica e tutto si concluderà per il meglio.»

Nessuna risposta.

Un cupo silenzio scese nella stanza, nessuno si mosse. L'unico rumore era il respiro irregolare di Brat. L'ufficiale, le mani dietro la schiena, dritto come un fuso, scosse il capo. «Non durerà altri dieci centimetri!» gli disse con serietà.

Si rivolse poi a Ingo, nella penombra alle spalle di Brat, accompagnando la frase con un movimento brusco della mano e scostandosi appena.

Brat sentì il pezzo di ferro uscire dolorosamente dall'orifizio. Si aspettò che lo reinserissero con violenza ma non accadde nulla. Non capiva, si erano forse arresi?

Poi il soldato con il berretto entrò nel cono di luce con il filo spinato, tra le mani protette da spessi guanti di pelle. Sorrideva crudele, mostrando i pezzi di ferro saldati al filo, affilati come rasoi e grandi come le piastrine identificative che portava al collo.

Gli mostrò con un cenno quanto ne aveva fatto entrare, annuendo poi con malvagità quando notò lo smarrimento negli occhi di Brat che aveva visto la minuscola porzione che pur lo aveva fatto soffrire terribilmente. Ne avrebbero infilato dieci volte tanto prima di arrivare alle prime lame.

Il tedesco si spostò alle sue spalle e le mani degli altri tornarono a spingerlo con forza e a divaricargli le natiche.

«Il mio reggimento è tutto ciò che troverete da qui a Bastogne! Niente riserve! Ci avete inculato alla grande! Va bene? Va bene?»

gridò il sergente con quanto più fiato gli era rimasto in corpo, disperato, terrorizzato. Reclinò il capo respirando affannosamente, era allo stremo.

«Dov'è il comando?» chiese il nazista, sapeva ormai di averlo fatto suo, possedeva l'anima e il corpo del suo prigioniero.

«A Clervaux. Il colonnello Fuller è a Clervaux.»

Heuler tirò un sospiro dentro di sé. Se l'americano non avesse parlato, avrebbe dovuto fermare i suoi, anche se non certo per pietà. Maledisse il quartier generale e i suoi ordini.

Il tedesco lo fissò con un sorriso soddisfatto, poi si girò verso gli altri iniziando a dettare ordini precisi.

Alcuni uscirono di corsa, altri si misero al fianco dell'interrogatore.

«La portiamo via! Felice? Mi ha detto ciò che volevo sapere, ma al comando le chiederanno altre informazioni... si comporti bene, lì non sono delicati come noi, d'accordo?» gli disse sfiorandogli il viso con la sigaretta accesa.

Urlò un'ultima frase, senza voltarsi. Squadrò per l'ultima volta il sergente ridotto a un guscio senza volontà. Avrebbe voluto ucciderlo, per completare il suo lavoro. Pensava che la conclusione di un buon interrogatorio dovesse comprendere un colpo alla fronte. Un uomo che tradiva i propri compagni non meritava di vivere per ricordare l'infamia di cui si era macchiato.

Arricciò il naso, per quella volta si sarebbe accontentato. Afferrato un fucile automatico, uscì dalla cantina seguito dalla maggior parte dei granatieri presenti.

Brat fu legato nuovamente alla sedia. Rimase con il capo chino, ansante. Un solo pensiero gli turbinava in mente.

Fanculo, capitano Price.

CAPITOLO VIII

«Aspetta, ti aiuto» disse Grosky notando che Hans faticava a ordinare le coperte che lo avvolgevano.

«Grazie» rispose il cecchino abbandonandosi ancora debole sul giaciglio di paglia. La stanza era perennemente avvolta nella tenue luce delle candele.

Erano già diversi giorni che si trovavano ospiti forzati in quella casa, divenuta forse l'unico luogo di pace in quella parte d'Europa. Hans migliorava e Grosky iniziava a pensare di tornare in prima linea. Non aveva giustificazioni per la sua permanenza in quel luogo, il suo dovere era raggiungere la divisione. Ma non voleva abbandonare il suo migliore, unico amico. Si era imposto di rimanere al suo fianco, lo riteneva prioritario su tutto il resto.

«Sei circondato da americani, Jurgen!» bisbigliò Hans con un sorriso.

«Già» rispose Grosky riflettendoci.

«Sono qui da diversi giorni, non credo siano quelli che abbiamo affrontato ieri mattina» aveva voglia di parlare un po' perciò accostò la sedia al letto.

«E la divisione?»

«Non ho idea di che fine abbia fatto il resto della divisione. Forse è già a Bastogne» rispose a quel punto Grosky. «Ho sentito molti veicoli muoversi nei paraggi e c'è un costante rumore di artiglieria da ovest.»

«Allora ce l'abbiamo fatta, abbiamo sfondato!» Hans strinse gli occhi mentre parlava. Muoversi per trovare una posizione comoda aveva acuito il dolore al fianco.

Grosky non rispose, si limitò a fissare uno dei soldati americani che riempivano la stanza. Era un uomo robusto, all'incirca della sua stessa età. Il dottore gli aveva applicato una fasciatura che, partendo dalla sommità del capo, terminava intorno al volto lasciando scoperto solo l'occhio sinistro.

Anche l'americano lo fissava, con determinazione. Feriti ma ancora fieri. *Lo specchio della nostra offensiva?* Pensò serio Grosky.

«Jurgen» lo chiamò Hans, attirando lo sguardo dell'amico «Credi che riusciremo a tornare dove abbiamo lasciato Max? Per seppellirlo intendo.»

«Se abbiamo sfondato le linee americane se ne occuperanno le unità logistiche al seguito dell'offensiva» replicò Grosky, distogliendo lentamente lo sguardo dal nemico ferito.

«Avremmo dovuto seppellirlo subito, non ero così debole da non riuscirci» continuò il cecchino alzando gli occhi al soffitto, un sofferto sospiro gli uscì dalla bocca.

Sì, pensò il caposezione. *Avremmo dovuto.*

«A costo di farci catturare con le pale in mano.»

Non occorreva rispondere: chi non lo avrebbe meritato? Potsche, Grulhe, persino quel pazzo di Pernass. Non doveva forse a ognuno di loro almeno una decente sepoltura? Guardò Hans, non stava molto bene. La ferita si era infettata nel tragitto fino alla villa e aveva bisogno di tempo e di cure, altrimenti rischiava di morire. Si concentrò sull'amico, non lo avrebbe lasciato da solo, anche se era consapevole che il dovere lo obbligava a correre per tornare in prima linea, a uccidere gli americani.

«Ricordi la notte in cui bruciammo libri come fossero sterpaglie?» chiese Hans, riportando Grosky alla realtà.

«Sì, ricordo, anche se non c'ero. Di solito andavo a letto presto, in quei giorni» la risposta strappò un sincero sorriso ad Hans.

«Quella notte ero in strada, a Berlino» continuò Hans guardando fisso davanti a sé, rievocando i giorni sapientemente mitizzati dalla propaganda; giorni in cui i tedeschi si sentivano sul tetto del mondo, con il diritto di pisciare sulla testa delle altre nazioni che urlavano la loro opposizione a Hitler, incapaci però di intervenire con risolutezza. Alcuni paesi, addirittura, guardavano ammirati al miracolo germanico, alla rinascita del suo popolo dalle ceneri del rogo della dignità consumato a Versailles nel '19.

«I roghi erano così intensi che le luminarie delle vie sembravano fioche candeline di Natale, al confronto.»

Grosky si accostò al giaciglio, fissando Hans in volto. Il tono del discorso gli diede la sensazione che il suo amico stesse per esalare l'ultimo respiro. Un ambiente poco illuminato, quasi intimo. Le ultime parole terrene, su un episodio del passato, qualcosa su cui riflettere e per cui ricordare il caro estinto...

«Cristo santo!» sbottò Jurgen poggiando una mano con decisione sulla spalla di Hans.

«Che c'è?» chiese il cecchino sgranando gli occhi, ritornando alla realtà. «Ti sto forse annoiando?» il tono era ironico, non aveva compreso cosa avesse fatto alterare Grosky.

«No, no. Scusami. È solo che... Bé... sembrava...»

«Stronzo fascista!» lo interruppe Hans con uno sguardo a metà tra l'offeso e lo stupito.

Jurgen non rispose, la vitalità con cui gli rinfacciava i suoi pensieri poco felici lo rinfrancò e fu sufficiente a fugare ogni dubbio: Hans stava bene.

«Dopo tutto quello che abbiamo passato pensi che me ne andrei steso su un letto di paglia rancida rievocando il rogo dei libri del piccolo caporale?» Hans rideva.

«Uno si preoccupa ed ecco il risultato: insulti e sarcasmo!» Grosky incrociò le braccia sul petto e rivolse al ferito una smorfia che si trasformò però in un sorriso.

«Non ti avevo mai visto sorridere così, non sembri neanche tu.»

«Già» Grosky tornò serio. Non ricordava l'ultima volta che un suo sorriso non si fosse trasformato in un ghigno. Erano anni che non era sereno.

«Incredibile! Da moribondo otterrei da te un accenno di umanità... che sia il caso di dettare le mie ultime volontà più spesso?» Risero entrambe.

Hans inarcò un sopracciglio: *Jurgen che si lascia andare e parla di sé stesso?* il pensiero quasi lo preoccupò, tanto la faccenda lo sorprendeva.

«Pensavo fossi felice solo quando attacchi mine magnetiche sui carri russi o con il persistente l'odore della polvere da sparo che riempie l'aria. Allora sì che ti diverti.»

«Hai dimenticato quando rompo il naso ai chiacchieroni» disse Grosky mimando un pugno verso il viso di Hans.

La mano si aprì a metà corsa e il pugno si trasformò in un'amichevole stretta sulla spalla del cecchino.

Intorno a loro molti uomini stavano soffrendo, nel corpo e nell'anima, alcuni erano sul punto di morire, altri già se ne erano andati, ma il loro divertimento non era percepito come una mancanza di rispetto. Non ridevano del loro dolore, lo ignoravano come erano stati costretti a imparare in anni di combattimenti. Gli altri presenti nel salone li ignoravano a loro volta: l'alienazione della guerra.

«Dovresti raggiungere il fronte, avranno bisogno di te. Io sono in grado di cavarmela qui» disse Hans, notando che Jurgen non si era mai tolto la buffetteria. «Non fraintendermi. Non voglio cacciarti via...» aggiunse subito dopo, guardando verso la finestra coperta con drappi di velluto.

«Lo farò, certo. Prima però voglio assicurarmi che quanto resta della mia squadra stia bene» accennò un sorriso ma lo sguardo serio di Hans glielo cancellò dalla bocca.

«Sei rimasto solo tu, io non ho mai fatto parte dei tuoi assassini» replicò il cecchino con freddezza tale che Grosky ammutolì.

Hans aveva ragione; non aveva mai fatto parte della sua unità, né fisicamente né tanto meno moralmente. Grosky, con i suoi uomini, aveva combattuto battaglie disperate, assalti suicidi e difese fino all'ultima cartuccia e aveva anche ucciso, torturato, fucilato e rastrellato villaggi inoffensivi. Non ricordava, non li aveva nemmeno contati, tanti erano, i nemici con le braccia alzate che avevano giustiziato; probabilmente più di quelli uccisi in combattimento. Tutto questo faceva dei membri della prima squadra della compagnia un branco di assassini, e lui ne era il capo. Ma cosa poteva importargli ormai? Al mondo non aveva altro che questo: uccidere, ordinare di uccidere ed evitare di farsi uccidere: non era più solo un soldato, era un angelo nero, un emissario della morte.

Hans lo guardava preoccupato, il suo sfogo improvviso, istintivo e non voluto aveva turbato Grosky e se ne dispiacque; doveva la vita a quell'uomo, si rimproverò di aver espresso un giudizio così netto sulla condotta in guerra della sezione scomparsa e, di riflesso, del suo amico. Grosky prese il tascapane e il cilindro metallico contenente la maschera antigas che aveva posato sul pavimento e si alzò; stava per muoversi verso la porta quando la mano di Hans gli afferrò il risvolto della giacca.

Il cecchino lo guardò senza dire nulla, desideroso di verificare quanto avesse offeso il suo amico. «Uccidere un uomo che non può vederti da cinquecento metri di distanza, non è un'opera di carità.»

Hans non rispose, non tolse la mano ma nemmeno strattonò la giacca, si fissarono immobili. Si aspettava una risposta secca, tipica del carattere del sottufficiale: equilibrava sempre i discorsi, riportando alla realtà chi esprimeva opinioni estreme. Ora non si guardavano più, la mano di Hans mollò la presa ma Jurgen non si mosse. Si ferivano nell'anima, senza volerlo realmente, ogni volta che toccavano quell'argomento. La realtà era che nessuno dei due, come nessun soldato su qualsiasi fronte, poteva dirsi uguale a come era stato prima della partenza, e sebbene alcuni trovassero nel fanatismo l'appiglio per resistere allo shock della guerra, la maggior parte di loro navigava alla deriva, tormentati da ciò che erano diventati.

«Ascolta» Hans ruppe l'angoscioso silenzio, divenuto insopportabile «Mi dispiace! Non è importante il mio giudizio, sono un assassino anche io» fece una breve pausa. «L'altra mattina stavo per colpire quel ragazzo che hai catturato, era ferito, semisepolto, eppure lo avevo inquadrato e stavo per fare fuoco quando ti ho visto entrare nella trincea.»

Grosky non rispose, guardava il fondo del salone, sembrava assente.

«Perché continuiamo a parlare di tutto questo?» chiese Hans, dando alla domanda un tono di conclusione del discorso.

Jurgen girò la testa verso di lui, lentamente, e lo fissò con serietà : «Perché non facciamo che questo, ammazziamo essere umani.»

«Già» un filo di voce, nulla più, fu la risposta amara di Hans, la realtà era quella: innegabile.

Grosky si mosse per allontanarsi, era turbato e non amava mostrare i propri sentimenti agli altri, nemmeno al suo amico.

«Jurgen» disse il cecchino «Rimani, fumiamoci una sigaretta, fammi compagnia.» Grosky ci pensò su poi tornò a sedersi, afferrando la Camel accesa che gli passò Hans. Il fumo saliva lentamente, disperdendosi tra le architravi dell'antico soffitto, spirali e anelli si inseguivano nell'aria viziata. L'odore di sangue, sudore e polvere ammorbava il salone.

Grosky vide la padrona di casa entrare nella stanza, avvicinarsi a uno dei tanti giacigli e cominciare la medicazione di un soldato americano. Eseguiva l'operazione con calma ed estrema delicatezza, per evitare che le fasce incrostate potessero lesionare i tessuti in via di cicatrizzazione. Al suo fianco il dottor Holsen controllava senza intervenire, annuendo più volte nel constatare che l'improvvisata infermiera si stava comportando bene, aveva suo malgrado imparato l'arte di recare sollievo ai sofferenti da quando gli americani in fuga avevano portato quegli uomini feriti, il giorno dell'inizio dell'offen-

siva tedesca. Da allora li aveva accuditi, lavati, curati. E aveva sep-
pellito personalmente tutti quelli che non ce l'avevano fatta, dopo
averli assistiti nel momento della morte.

Nessun tedesco era passato da quelle parti, la villa era lontana dalla
loro direttrice di marcia e non vi era nulla di strategicamente importante nei paraggi. Il ragazzo ferito mostrava di apprezzare il tocco
leggero e materno con cui veniva seguito, aveva un sorriso beato sul
volto imberbe, la scena apparve irreale nella tristezza che le faceva da
cornice.

«Donne come quella rendono dolce anche tutto questo» disse un
uomo disteso vicino ad Hans, notando la scena alla quale i due tedeschi avevano rivolto lo sguardo.

«Sono d'accordo. Un fiore raro» gli rispose il cecchino in inglese.

L'americano lo guardò stupito, non si aspettava certo una risposta
al suo pensiero espresso ad alta voce.

«Parli inglese molto bene» disse ad Hans, mostrando una fila di
denti non proprio sanissimi. «Mi chiamo Pete. Ferite d'artiglieria in
vari punti del corpo.»

«Piacere. Hans. Scheggia di granata nel fianco.»

I due risero sommessamente, stringendosi la mano, per quella presentazione particolare.

Grosky, che non capiva quasi nulla di inglese, li guardò senza parlare.

«Lui è Jurgen» Hans indicò Grosky continuando a sorridere.

«Piacere. Sempre Pete» replicò bonario l'americano.

Ma Jurgen non rispose, fissò la mano tesa verso di lui stringendo
appena gli occhi, il suo sguardo si fece ancora più cupo. Hans si
morse il labbro, pentendosi subito di aver coinvolto Grosky. Per un
attimo non aveva badato a quel suo odio, al fatto che Pete fosse americano e si era dimenticato anche della guerra stessa: era stato davvero
un bell'attimo, pensò amaro.

Grosky si alzò lentamente, sistemò un lembo del lenzuolo che copriva Hans e senza fiatare uscì dalla stanza. Hans questa volta non a

provò a fermarlo.

«Cos'ha il tuo camerata? Non siamo tutti nella stessa situazione, noi soldati?» chiese Pete fissando la schiena di Grosky.

«Lui vi odia» tagliò corto Hans, ancora turbato per la situazione che aveva creato in un momento d'allegria surreale.

«Ah.»

«È un brav'uomo, ma qualcosa che gli è capitato e che ignoro, lo ha portato a odiare il tuo popolo, più di quanto tutti noi tedeschi si odi i russi.»

«Siamo nemici, non è così assurdo» disse pacato Pete «In un'altra occasione io e te potremmo doverci sparare addosso. Se non l'abbiamo già fatto questi giorni» aggiunse subito dopo.

«Sono d'accordo» rispose Hans girandosi verso il suo interlocutore. L'americano avrà avuto trent'anni, capelli ricci neri e occhi profondi, venati da rughe marcate ai lati, tipiche di chi svolge lavori all'aria aperta, esposto alle intemperie invernali e al solleone estivo.

Aveva aggiunto il suo cappotto d'ordinanza alle lenzuola non più candide che lo avvolgevano. *Davvero un bel cappotto*, pensò amaro Hans, a cui le dotazioni invernali non erano mai arrivate quell'anno. Sul momento non ci fece caso ma poi, tornando a guardare la figura con cui stava parlando, si accorse che il lenzuolo era sinistramente disteso dove avrebbero dovuto trovarsi i suoi piedi.

«Saltati in aria» disse Pete intuendo la domanda che Hans non pronunciò.

«Oh merda! Tutti e due?»

«Eh sì. Ero disteso nella buca che era stata la mia casa per tre giorni, quando una granata da mortaio con la svastica sul muso mi è piombata tra i piedi. E tanti saluti ai miei sogni di maratoneta» sorrise. «Dicono che mi faranno due protesi all'avanguardia, una volta a casa.»

«Immagino si possa dire che te le sei meritate» rispose Hans rimanendo perplesso per l'assoluta, quanto assurda, tranquillità con cui l'americano parlava della sua menomazione.

«Cazzo, sì!» concluse Pete alzando la voce e continuando a sorridere. Poi si accostò con qualche sforzo al pagliericcio del tedesco e a bassa voce, con aria seria, mormorò a mezza bocca: «Senti. Io e alcuni ragazzi ci stavamo chiedendo se per caso non aveste un mazzo di carte, tu e il tuo amico; sai, visto che siete arrivati qui con tutto l'equipaggiamento addosso» terminò la frase indicando le cose del tedesco, posate in terra.

Hans rimase a bocca aperta: un uomo senza piedi aveva come problema da risolvere di trovare un semplice mazzo di carte.

«Sì» rispose dopo qualche secondo infilando la mano nel tascapane e iniziando a cercare. Dapprima senza fretta, continuando a guardare Pete con l'espressione un po' ebete che gli si era stampata in volto poi, riprendendosi dallo stupore, tirò fuori un po' di cose finché non trovò il mazzetto di carte che aveva preso a Napoli nel '42.

Lo girò per un po' tra le mani poi porgendolo a Pete chiese «Allora, giochiamo?»

«Ma certo!» l'americano si girò verso il resto del salone alle sue spalle e richiamò a gesti l'attenzione di altri tre soldati. Gli americani si alzarono doloranti e zoppicando si avvicinarono. In breve si disposero intorno ai letti di Pete e Hans, che fu salutato con calore, più per le carte che stava disponendo sul pagliericcio che per cortesia. L'antico rituale del gioco non conosceva divise, rivalità o gradi; la danza delle carte univa i soldati di tutto il mondo senza distinzioni.

«Cercate di non disturbare gli altri» disse con condiscendenza la signora. Si era avvicinata a loro notando il trambusto che avevano fatto nel sistemarsi un minimo comodi. Hans annuì poi tradusse agli altri. La padrona di casa, infatti, parlava tedesco con un forte accento francese, risultando incomprensibile agli americani.

«Stia tranquilla» fu la risposta di Pete che le fece un occhiolino fin troppo confidenziale e che oltretutto continuò a fissarla con un sorrisetto furbo, mentre si allontanava. Hans continuò a chiedersi come fosse possibile che un uomo senza più i piedi apparisse tanto esuberante. Concluse che molto probabilmente era sotto l'effetto della morfina o di qualche droga che spesso circola tra le forze di linea. O forse il pensiero di aver chiuso con gli scontri, con il farsi sparare addosso, con l'uccidere, lo rendeva euforico al di là di quanta parte di sé avesse dovuto sacrificare per la patria. O per tornare a casa, anche se da storpio.

Giocarono per un'ora, senza dilungarsi in conversazioni, si limitavano giusto a qualche commento sull'andamento della partita, imprecazioni o risate di soddisfazione per lo più, e per accordarsi sul valore degli oggetti che mettevano in gioco. Improvvisamente un rumore di ruote di legno e di zoccoli sul selciato attirò l'attenzione di tutti i presenti nel salone.

«È un carro» disse una delle ragazze che aiutavano la padrona di casa come infermiere; aveva scostato uno dei pesanti drappi dalla finestra e si era affacciata fuori per vedere chi giungesse con tanta fretta. Si udì l'ordine perentorio che il guidatore diede ai cavalli e il fracasso della terra sollevata dal peso del mezzo in frenata.

«Contadini» continuò la ragazza, presto raggiunta dal dottor Holsen, preoccupato che si potesse trattare di unità tedesche «Sembrano molto agitati, sono sporchi di sangue e urlano.»

«Che succede?» chiese Pete che non capiva una sola parola. Lo stesso valeva per il resto dei suoi commilitoni, che si volsero verso Hans in attesa di una spiegazione.

«Sembra che ci siano dei civili feriti» spiegò quello; tendeva l'orecchio verso la conversazione mentre con la mano destra faceva segno di abbassare il tono della voce a chi gli stava intorno. Tutti avevano il terrore che unità delle SS potessero arrivare e prelevarli, portandoli poi verso chissà quale destino.

«Contadini, gente del posto» continuò Hans in inglese per rispondere agli sguardi interrogativi degli americani. Questo bastò per tranquillizzare tutti, l'effetto fu tale che si tornò nell'apatia generale che permeava la stanza: cosa poteva importare se qualche contadino era rimasto ferito o peggio? Non avevano forse visto morire decine di compagni e amici a cui tenevano molto di più rispetto a qualche civile sconosciuto?

«Dove hai imparato a parlare inglese?» chiese Pete ad Hans mentre quest'ultimo raccoglieva le carte. Di lì a poco ci sarebbe stato un po' di trambusto nella sala, il dottor Holsen stava infatti preparando il tavolo su cui prestava le cure mediche ai feriti, tanto valeva smettere.

«Sono stato in Inghilterra per molti anni, con mio padre» rispose il tedesco sistemandosi nuovamente sotto le coperte; stare seduto a giocare gli aveva fatto bene al morale ma non era ancora pronto a lasciare il suo giaciglio, il fianco ferito gli doleva troppo forte.

«In America ci sei mai stato?» chiese Pete, lasciando scivolare con disinvoltura il mazzo di carte nella tasca sinistra del suo bel cappotto. Hans stava per rispondere e per far notare gentilmente che quel mazzo di carte era il suo, quando fu interrotto da varie persone che irruppero come furie nel salone, attirando tutti gli sguardi.

Si trattava di due uomini, vestiti con abiti poveri che li identificavano come contadini del luogo, e una donna con un fazzoletto celeste intorno al viso: parlavano concitatamente e ad alta voce, muovendosi di corsa verso il centro della stanza. La padrona di casa si fece loro incontro per calmarli.

L'uomo che precedeva il gruppetto teneva in braccio un fagotto di coperte di lana, sporco di sangue fresco in vari punti. Da un'estremità spuntavano due piccole gambe, coperte da un paio di pantaloni scuri, logori e rattoppati in più punti. Un piede era nudo, l'altro calzava una scarpetta di cuoio marrone.

La donna col fazzoletto, sorretta da uno degli uomini, continuava a piangere, gridare e battersi le mani sul petto.

«Aiuto! Aiuto, per l'amor del cielo!» urlò in tedesco l'uomo che reggeva il fagotto. Rivolgeva sguardi frenetici a tutti i presenti e aveva iniziato a girare tra i giacigli dei soldati ammutoliti, presi di sorpresa dal trambusto improvviso. Sembrava non rendersi conto che la sala era piena di feriti che, anche volendo, non avrebbero potuto aiutarlo.

La padrona della villa afferrò l'uomo. «Mi guardi! Stia fermo e mi guardi!» ordinò. Erano faccia a faccia. «Se non si calma nessuno potrà aiutarla.»

L'uomo sembrò capire, si fermò stendendo le braccia e porgendo il fagottino alla donna. La signora ebbe un sussulto, fece un passo indietro, le braccia le si irrigidirono lungo i fianchi e le mani si aggrapparono forte alla gonna.

«Dottore! Dottor Holsen, venga la prego» disse senza staccare gli occhi da quell'involto rosso di sangue.

«Ma che cazzo succede?» chiese nuovamente Pete.

«Non capisco, non hanno detto molto... però a occhio direi che quell'uomo tiene un bambino.»

«Sì, immaginavo» rispose Pete, mettendosi disteso sul ventre, vicino ad Hans.

Tutti ormai si erano voltati a guardare la scena. Un bambino è sempre un innocente, anche in una guerra totale come la loro, anche con decine di morti davanti agli occhi o giù, nel profondo della memoria e della coscienza.

Holsen osservò il ferito, scostando appena la coperta, poi con amorevole cura prese dalle braccia dell'uomo il fagotto e, facendosi largo tra feriti e giacigli, lo adagiò sul tavolo dove operava i casi più gravi.

«Sono il padre!» urlò il contadino che aveva portato il bambino in braccio quando la signora si frappose fra lui e il tavolo, impedendogli di raggiungere Holsen e la cameriera.

«Si calmi, il dottore ha bisogno di spazio...» non riuscì a finire la frase, l'uomo la spinse indietro senza riguardo ma non riuscì a scavalcarla perché un americano dietro di lei la sostenne alla meglio.

«Ma insomma, lo faccia per suo figlio» gli urlò alterata.

«Mio figlio!» piagnucolò la contadina spingendo anche lei per avvicinarsi.

Sembravano impazziti, assomigliavano a degli animali che, incapaci di comprendere l'uomo che li sta aiutando, ringhiano e attaccano in preda al panico e al dolore. Mentre la situazione si faceva critica Grosky fece il suo ingresso, attirato dalle grida. Notò immediatamente la difficoltà, peraltro ben evidente, della padrona di casa e si frappose fra lei e i contadini con irruenza.

«Diamoci una calmata!» urlò loro in faccia allontanandoli con il peso del corpo. Ma la sua brusca intromissione fece esplodere l'ira del padre del bambino.

«Assassino! Bastardo! Figlio di puttana!» gli gridò con una veemenza e una rabbia tale che sulle prime Grosky si trovò costretto a indietreggiare di qualche passo. La donna perse l'aria disperata assumendo invece un'espressione di odio puro, sputò più volte sulla divisa del tedesco lanciandogli insulti e maledizioni, a malapena comprensibili nel furore con cui le pronunciava.

«Cosa...» provò a chiedere Jurgen, ma fu interrotto dalla spinta che ricevette dal terzo contadino, che fino a poco prima aveva sorretto la madre del ferito rimanendo in disparte. Istintivamente si portò in posizione di difesa, afferrò il braccio dell'uomo che lo spingeva torcendolo con una rapida mossa e mettendolo poi fuori combattimento con un calcio nello stomaco. Girò su se stesso e prima che l'altro toccasse il pavimento colpì con il rovescio della mano la faccia del padre. Lo colpì nuovamente, questa volta con due pugni ben assestati, mandandolo a urtare contro la moglie che emise un grido mentre rovinava sul pavimento sotto il peso del marito.

«Smettetela! Basta!» la signora si era ripresa e si gettò su Grosky per bloccarlo. «È impazzito? Quest'uomo ha portato qui suo figlio in fin di vita per colpa della vostra stupida guerra» quasi sputò quelle parole in faccia al tedesco, fiera e sicura di sé, mentre Grosky, lentamente, iniziava a rendersi conto della situazione.

«Fatela finita! Tutti quanti!» tuonò Holsen, ergendosi da dietro il tavolo con tutta l'autorità che l'essere medico in un micro-mondo di feriti, gli dava. «Qualcuno mi aiuti, qui» disse poi indicando con un eloquente gesto il fagottino disteso di fronte a lui.

«Lei» indicò Grosky «venga qua, avrò bisogno di due braccia forti e di uno stomaco ancor più tenace, venga!» l'ordine era perentorio e suonava minacciosamente imperioso anche alle orecchie di un duro come Jurgen, che si avvicinò senza una parola.

La signora intanto si chinò sui contadini, aiutandoli ad alzarsi: avevano perso la carica iniziale, si sistemarono in un angolo, ammutoliti, con la stanchezza che iniziava ad avere il sopravvento e l'apatia che subentrava alla rabbia e all'agitazione.

Avvicinandosi al dottore, Grosky notò la cameriera, che fino a quel momento si era prodigata con solerzia in un'arte che probabilmente non le apparteneva, in preda a forti tremori. Singhiozzava tenendo la mano destra premuta con forza contro la bocca, risultando di nessuna utilità nelle cure da prestare.

Jurgen allungò il collo per guardare a sua volta il bambino le cui ferite avevano sconvolto sia la ragazza che il flemmatico dottor Holsen. Il suo viso si deformò in una smorfia di orrore e incredulità. Non doveva avere più di dieci anni, era ferito in varie parti del corpo, probabilmente dalle schegge di una granata; aveva le gambe lacerate, sangue ovunque, gli abiti strappati e sforacchiati. Ma la ferita più spaventosa era quella al volto: la maggior parte del profilo sinistro era stato strappato via. Aveva uno spaventoso buco sanguinolento che partiva dal mento fino all'orecchio, e finiva sotto lo zigomo, mostrando parte della cavità orale. La mandibola era spezzata in due, pezzettini di ossa frantumate fuoriuscivano dalla pelle. I pochi dentini bianchi rimasti attaccati alla gengiva, scheggiati e impiastrati di sangue, erano rivoltati ad angoli orribili, deviati dalla loro sede. Ma tutto questo, seppur sconvolgente, non avrebbe impressionato un uomo abituato a vedere spettacoli simili ogni giorno come Grosky, o come il dottore. Ciò che rendeva raccapricciante il già tragico quadro era lo stato di coscienza del bambino.

«Dio...» mormorò Jurgen quando quei piccoli occhietti si fissarono su di lui, disperati. Il piccolo era sveglio, ansimava, forse avrebbe voluto urlare, gridare per il dolore, chiedere aiuto, ma non poteva parlare. Anche la lingua era stata lesionata ed era gonfia di sangue, ridotta a brandelli. Holsen la teneva con una stecchetta di legno, per evitare che, senza più controllo, potesse soffocare il ragazzino.

«Una granata» mormorò Grosky notando le bruciature, sulla carne e sui vestiti lacerati.

«È incredibile che sia ancora vivo… e cosciente per di più» le parole del dottore si smorzarono facendosi sempre più fievoli: avevano davanti un bambino, non una cavia. «Gli tenga le braccia» sussurrò Holsen «Con delicatezza, sono piene di ferite anche quelle.»

Grosky appoggiò le mani su quei piccoli arti martoriati, all'altezza dei bicipiti, cercando di non stringere troppo ma abbastanza da tener fermo il corpicino scosso da sussulti e tremori. Gli occhi del bambino continuavano a rimanere fissi su di lui, si chiudevano a volte per il dolore ma poi di nuovo, come stiletti incandescenti, tornavano a incrociare il suo sguardo. Emetteva dei versi prolungati, simili ai guaiti di un cane che penetravano nel cervello con la forza di un proiettile. Le sue manine stringevano forte gli avambracci del tedesco mentre il dottore cercava, visibilmente agitato, di tamponare le devastanti ferite; più volte il bambino inarcò la schiena quando il dolore diveniva insopportabile, e allora per tenerlo Grosky affondava nelle ferite delle braccia, sporcandosi di sangue, facendolo schizzare sul pavimento, e ogni volta smetteva di stringere, quasi temesse di rompere del tutto quel fragile essere.

«Non ha nulla per il dolore, dottore?» chiese con un filo di rabbia, a denti stretti, continuando a bloccare il bambino che quasi saltava sul tavolo.

«Non posso somministrargli nulla, è troppo piccolo e ha perso troppo sangue, il suo cuore non reggerebbe.»

Si guardarono, Grosky non disse nulla ma il dottore comprese, perché quelli erano i suoi stessi pensieri. Ma fece finta di nulla e continuò a tamponare la bocca; un dente cadde giù in un grumo di sangue. Il bimbo muggì dal dolore e si torse al punto che solo per un soffio Grosky lo trattenne dal cadere dalla tavola.

«Almeno riuscisse a perdere i sensi…» mormorò Holsen quasi a se stesso.

Intorno a loro nessuno parlava, sembravano scomparsi, come se tutte le loro ferite fossero già guarite al cospetto del dolore di quell'innocente, e si fossero messi da parte, spettatori di una tragedia che non aveva bisogno di essere commentata. Non un fiato, non un movimento nella stanza. Grosky e Holsen sembravano gli unici esseri viventi, anche se erano più morti degli altri: ogni volta che fissavano quegli occhi sofferenti, ma ben svegli, consapevoli di tutto, una parte di loro moriva. Occhi azzurri così puri e innocenti: non contenevano odio né chiedevano vendetta, e nemmeno si domandavano perché proprio lui, perché il mondo gli fosse crollato addosso, impazzito, una grigia mattina di dicembre del '44. Quegli occhi chiedevano solo di far cessare il dolore, la richiesta più semplice che un bambino ferito nel corpo e nell'anima può fare: Aiuto.

E Grosky strinse ancora più forte, non poteva fare altro, non aveva nulla da dire pur con mille pensieri a tormentargli la testa.

«Dovrò cucire la ferita» disse il dottore. Non aggiunse che non sarebbe servito a nulla, tranne forse alla sua coscienza di medico. Ma non occorreva dirlo. Grosky aveva già capito: troppo grave, troppi danni, non c'era speranza per quel bambino, l'unica incognita era il tempo. Sarebbe morto tormentato dalla sofferenza come sembrava presagire il fatto che non accennava a perdere conoscenza? Holsen scosse il capo appena, quanto bastò per far parlare il tedesco.

«Gli dia la morfina» nonostante il tono misericordioso, suonò come un ordine, un'istruzione precisa che il dottor Holsen accolse senza fiatare. Ripose l'ago e il filo per la sutura sul piattino d'argento.

Le lacrime offuscarono la vista di Jurgen. Erano i suoi bambini quelli che stavano morendo tra le sue braccia, li vedeva, erano proprio loro, lo fissavano, lui non era stato al loro fianco quando le bombe li avevano strappati alla vita. Il tormento di questo pensiero lo aveva quasi distrutto e ora, che li aveva tra le braccia, li stava perdendo un'altra volta. Accarezzò i capelli incrostati, come soleva fare con quelli dei suoi angeli ogni volta che gli correvano incontro, quando tornava a casa dalla falegnameria.

«Vi voglio bene» sussurrò guardando gli occhi del bambino, il quale in preda a violente esplosioni di dolore, si torceva mettendo a dura prova la forza di Jurgen per tenerlo fermo.

Holsen tornò a girarsi verso il tavolo, reggendo la siringa con la morfina. Il piccolo cuore non avrebbe retto alla droga ma non c'era altro da fare, la pietà vinse sull'etica e sull'accanimento. Somministrò l'intera dose, massaggiando poi la coscia del bambino dove aveva inserito l'ago. Muoveva la mano su e giù, ritmicamente, senza fermarsi e senza guardare la povera vittima. Gradualmente il bambino sprofondò nel limbo dell'oppiaceo, non soffriva più. Reclinò la testa e gli occhi rimasero fissi al soffitto, si muovevano appena, ma già apparivano più vitrei.

«I cerb... cerbiatti» gorgogliò quasi impercettibilmente il bambino.

«Sì, sono venuti a prenderti, vai con loro» bisbigliò Grosky, distendendo il piccolo sul tavolo continuando ad accarezzargli i capelli. Gli occhi ruotarono verso l'alto, il corpo ebbe due sussulti poi più nulla.

Grosky non fiatò, reclinò il capo e si allontanò dal tavolo, piangendo dentro di sé la morte di quattro bambini contemporaneamente.

Con un urlo straziante e prolungato la madre corse verso il figlio. Lo abbracciò e se lo strinse al petto. Anche gli altri due contadini si avvicinarono, ma questa volta i tre avevano un'aria diversa, un'enorme dignità trasparì da quelle figure semplici, legate a ritmi quasi naturali in cui la morte era sì contemplata come tragedia, ma sempre come parte del ciclo della vita. Morire per qualcosa di cui non si aveva colpa, di cui ci si doveva sentire partecipi a dar ascolto alle propagande, era inaccettabile: si ricomposero, piansero ma sembrarono anche fortificarsi, nel disprezzo di quello che altri uomini avevano provocato. Uscirono e apparvero a tutti come antichi guerrieri che, composte le salme dei compagni caduti, si allontanano senza fiatare dal campo di battaglia.

Jurgen Grosky uscì senza una parola, quasi senza respirare.

Comunque fosse finita la guerra, lui era consapevole che sarebbe rimasto sconfitto per sempre.

CAPITOLO IX

Brat aprì gli occhi doloranti. Non sapeva dire quanto tempo avesse passato solo, seduto sulla sedia. Era in uno stato di semi-coscienza. Si riprese all'improvviso quando alcuni tedeschi lo slegarono, lo afferrarono sotto le braccia e lo spinsero verso l'esterno.

Il cortile era pieno di veicoli, alcuni parcheggiati, altri con i motori accesi, in attesa di riprendere la corsa verso ovest. Lungo la strada che si scorgeva al di là del muro di recinzione, una lunghissima colonna di mezzi tedeschi si stendeva a perdita d'occhio; si muovevano a passo d'uomo, lungo il tracciato poco più largo di un sentiero. Innumerevoli soldati sfilavano come ombre scure illuminate appena dai fari dei veicoli in mezzo all'oscurità della notte. Marciavano a piedi nella nebbia o si facevano trasportare sul dorso degli enormi carri armati. La vista era impressionante agli occhi del sergente: dopo la liberazione della Francia tutto sembrava far presagire il crollo della Germania nel giro di qualche mese. Certo, avevano subito una battuta d'arresto ad Harnem ma allora fu colpa degli inglesi e la sconfitta fu vista solo come un procrastinare l'inevitabile. Vedere quel dispiegamento di forze lo turbò, i pensieri s'intrecciavano nella sua mente insieme alle pulsazioni di dolore che le bastonate gli stavano procurando. Cercò di farsi forza, era vivo, sopravvissuto all'interrogatorio: ora doveva fuggire.

Scansò il senso di disagio. Inizialmente si sentì colpevole della ripresa delle operazioni dell'intera armata tedesca, ma si convinse che in fondo non aveva detto loro nulla di compromettente; sì, alla fin fine erano dettagli di poco conto quelli che lui sapeva. Prima di tornare a elaborare un modo per liberarsi però, si chiese come mai il nodo allo stomaco continuasse ad attanagliarlo; decise che dovevano essere stati i colpi ricevuti, o almeno si sforzò di crederci.

«Americani, kaputt!» disse il soldato che lo sosteneva da destra, fissando con orgoglio i suoi camerati che sfilavano lungo la stradina. Brat non rispose, non ce n'era bisogno, il tedesco parlava più a se stesso, a modo suo doveva essere felice che la fuga della sua nazione dai territori occupati sembrava sul punto di finire.

L'altra guardia accese una sigaretta, inspirò profondamente un paio di volte poi la mise sulle labbra di Brat, con un sorriso strano, quasi compassionevole. Il sergente questa volta non rifiutò, fumò avidamente.

La cenere gli cadeva sulla giacca, trasportata dal leggero vento che spirava da nord, freddo e tagliente, adatto alla situazione, quasi che la stessa natura, per un suo oscuro vezzo, avesse deciso di assecondare quel senso di disperazione che gli tormentava la mente.

Non erano comunque fermi per ammirare il panorama, ma aspettavano che il cassone di uno dei camion in fila venisse svuotato del materiale che aveva trasportato dalle retrovie.

Terminata l'operazione Brat fu spinto dentro. Dovettero sollevarlo a forza perché aveva ancora le mani legate e lo sistemarono a ridosso di alcuni sacchi da trincea vuoti.

I due che lo avevano accompagnato parlarono per un po' con quelli del camion, li sentiva chiacchierare e ridere, c'era ottimismo fra loro. Brat non conosceva una sola parola di tedesco ma immaginò che non sarebbero partiti finché la strada non si fosse liberata; cercò allora di valutare le sue possibilità: sicuramente almeno una guardia avrebbe viaggiato con lui, nel retro. Un'altra, forse due, sarebbero state sedute avanti, in cabina.

Nel camion non c'era nulla con cui provare a sciogliere le corde e non avrebbe trovato niente per difendersi nell'eventualità di un corpo a corpo. Mosse le gambe, erano doloranti ma avrebbe potuto ancora contare su di loro. Calcolò che se i tedeschi si fossero distratti, avrebbe impiegato meno di cinque secondi a saltare giù... in cuor suo sperava che quel momento di distrazione coincidesse con una sosta o almeno con un tratto di strada percorso a velocità ridotta altrimenti, non potendo usare le mani, rischiava di rompersi l'osso del collo.

Poiché non c'era modo di fuggire finché il camion non si fosse mosso, si sistemò alla meglio cercando di riposare il più possibile. Si affidò agli scossoni del mezzo lungo le strade dissestate delle Ardenne, confidando che lo avrebbero svegliato di sicuro alla partenza.

Quando riaprì gli occhi però erano già partiti da diverso tempo e il paesaggio, pur mantenendo le caratteristiche principali, era tuttavia diverso. Stavano attraversando una fitta boscaglia lungo uno stretto sentiero, i rami degli alberi lambivano i lati del camion frusciando sul telone, stridendo sulle fiancate di ferro. Sobbalzò a quei rumori, provocando la risata di uno dei due tedeschi che lo sorvegliava, seduto di fronte a lui. Brat lo fissò, cercando di ricomporsi.

Era ancora legato con le mani dietro la schiena, i nodi si erano però allentati, non abbastanza da liberarsi, ma almeno il sangue aveva ripreso a circolare. Con uno sforzo si mise a sedere, tutte le membra gli dolevano, soprattutto le gambe e i fianchi, dove lo avevano percosso durante l'interrogatorio.

«Fumare, vuoi?» chiese il soldato che ancora ridacchiava divertito.

Brat annuì, era determinato a fuggire perciò doveva evitare di mostrarsi ostile, così le guardie si sarebbero rilassate quel tanto che bastava per dargli la possibilità di saltare giù dal camion, ovviamente se l'autista si fosse messo in testa di rallentare.

Per il momento procedevano a velocità sostenuta, troppo per un salto; si augurò che non finissero fuori strada perché così legato aveva davvero poche speranze di raccontarlo.

«Grazie» disse con la sigaretta stretta tra le labbra mentre il tedesco gliela accendeva con un rudimentale accendino ricavato da un bossolo esploso; una delle tante forme d'arte da trincea.

I due soldati tornarono a parlare tra loro. Non potendo comprenderli li ignorò, concentrandosi invece sulla strada che vedeva scorrere dal retro aperto del cassone.

C'era molto fango, schizzava ovunque al loro passaggio, il terreno sarebbe stato perciò sufficientemente morbido da attutire la caduta. Il bosco era fitto: a poco più di un paio di metri dalla strada diveniva così fitto che sembrava quasi un muro di legno.

Decise di provare a fare qualche calcolo: dopo essersi alzato quanto avrebbe impiegato a raggiungere il fondo del camion? E dopo essere rotolato per quei dieci metri almeno, necessari a non farsi male, i tedeschi lo avrebbero avuto già sotto tiro? Li guardò di nuovo, erano giovani, molto. Non azzardò a convincersene, ma in cuor suo li sapeva inesperti, era sergente da troppo tempo per non riuscire a cogliere tutti quei dettagli che gli permettevano un'analisi sommaria di un soldato. Entrambe armati di fucile, Kar98, otturatore scorrevole da armare. Quanti secondi? Due? Tre?

Continuò a fissarli, era sicuro che il loro primo istinto sarebbe stato quello di allertare il Gefreiter, il caporale, seduto nella cabina di guida vicino all'autista.

Si concentrò sul "capo". Il tipo canticchiava felice, poteva vederlo attraverso il lunotto sporco di grasso e polvere, rotto in più punti. L'autista era attento solo alla strada, aveva il volto tirato per la tensione, doveva aver ricevuto istruzioni precise riguardo all'orario del viaggio per giustificare la velocità eccessiva con cui spingeva quel vecchio camion di produzione belga.

Più volte le ruote slittarono pericolosamente e gli scossoni fecero sobbalzare penosamente i passeggeri nel retro; e a ogni colpo ricevuto i ragazzi che condividevano il viaggio con lui si tiravano su e guardavano preoccupati il caporale che, al contrario, non accennava la benché minima preoccupazione: gambe stese sul cruscotto, sigaretta arrotolata da poco in bocca e un motivetto frivolo sulle labbra. *Coglioni come i nostri*, pensò Brat riflettendo sull'assurdo grado, a suo modo di pensare, di caporale.

Anche i due ragazzi sembravano condividere quell'idea. Infatti ogni tanto indicavano il Gefreiter commentando aspramente, a bassa voce. Questo poteva tornargli utile: magari pur di far passare dei guai a quel tipo non sarebbero intervenuti tempestivamente per fermare la sua fuga.

Adesso il coglione sono io, rifletté Brat. Erano loro i responsabili, lì nel retro; al contrario, pur di evitare l'ira dello stronzo seduto davanti, lo avrebbero accoppato prima ancora che toccasse terra.

Non era abituato a tutte quelle riflessioni, il suo istinto di uomo pratico alla fine prevalse: non gli sarebbe servito a nulla pensare troppo, molto meglio dedicarsi a qualcosa di più utile. Si concentrò allora sulle gambe e, cercando di riprendere sensibilità, iniziò a muoverle. Dapprima contrasse i muscoli delle cosce: le bastonate, il freddo e la scomoda posizione le avevano rese dolenti quasi allo spasmo. Il regolare movimento muscolare attenuò la sensazione di rigidità. Allora spostò i piedi a destra e a sinistra cercando di mascherare l'azione con i sobbalzi continui del mezzo.

Si guardò intorno: le guardie stavano parlando annoiate, i fucili che troppe volte erano volati via per gli scossoni erano stati definitivamente incastrati tra la parete posteriore della cabina di guida e una cassetta di legno per le munizioni. Non si preoccupavano di poterne avere bisogno, in fondo il prigioniero era ben legato.

Avrebbero impiegato almeno cinque secondi per recuperarli, valutò Brat con un accenno di sorriso sulle labbra.

Ricominciò a sciogliere le articolazioni. Era come cercare di uscire da una colata di cemento e non poté trattenersi dall'imprecare quando una curva improvvisa fece piegare il camion costringendolo a ritrarre di scatto le gambe, per non urtare una delle guardie.

I due tedeschi risero, erano davvero maledettamente giovani, pensò Brat sforzandosi di sembrare loro innocuo e spaventato. Ancora di più di quanto comunque era già. Il soldato più vicino al lunotto della cabina di guida disse qualcosa sbirciando verso la direzione di marcia del veicolo. Anche l'altro si alzò per guardare, e sorridendo ripeté la stessa parola del compagno.

Ritornarono a sedere e, notando lo sguardo interrogativo di Brat dissero, quasi all'unisono «Deutschland, Yankee.»

«Germania, Yankee» tradusse quello che anche prima aveva bofonchiato qualche parola in inglese.

Merda, pensò Brat. Se fossero entrati in territorio tedesco non ci sarebbe stato scampo, lo avrebbero rinchiuso in qualche campo di prigionia dove, giunti ormai al quinto anno di guerra, dubitava fortemente che i detenuti se la spassassero. Si fermò a riflettere sul fatto che se lo avessero ritenuto inutile sarebbe stato uno spreco un simile viaggio per un solo prigioniero. Normalmente se ne mettevano insieme decine, inviati poi a piedi verso il luogo di detenzione.

Forse non hanno preso molti prigionieri, si disse, ma era una pallida speranza. La realtà era che lo ritenevano a conoscenza di chissà quali informazioni e lo avrebbero torturato di nuovo, con molta più calma rispetto al breve, anche se violento, interrogatorio del giovane ufficiale nazista. Lasciò stare le gambe, si concentrò in attesa del momento propizio per tentare di salvarsi. Che il camion rallentasse o meno, doveva agire. Improvvisamente l'autista gridò, un'imprecazione o una bestemmia, dal tono e dalla parola molto concisa. Il veicolo si fermò di colpo facendo sobbalzare tutti quanti, compreso l'imperturbabile caporale.

Ora o mai più!

Brat scattò, si rizzò in piedi e con due falcate raggiunse l'apertura in fondo al camion. Saltò giù atterrando prima con i piedi e poggiando poi dolorosamente un ginocchio, ma riuscì a non rotolare. La velocità praticamente nulla del mezzo lo aiutò più di quello che nei suoi piani aveva osato sperare. Si voltò verso la salvifica boscaglia, tuffandosi all'interno con tutta la disperata forza che l'adrenalina, stimolata dalla paura di finire ammazzato come un cane, gli stava pompando in corpo. I rami gelati gli strapparono la giacca e gli procurarono ferite profonde ovunque, dal viso alle gambe, ma nonostante tutto, sfondando le siepi con il peso del corpo, riuscì a portarsi fuori dalla linea di tiro che i tedeschi avevano dal cassone del camion.

Non udì, infatti, nessuno sparo, solo le grida di rabbia del caporale e l'affrettarsi sul terreno ghiacciato dei suoi carcerieri. Era disceso di molto sotto il livello della strada, lungo il pendio ripido e insidioso. Si rese conto che stava rischiando di vanificare la fuga fino a quel punto fortunata; se fosse inciampato, con le mani ancora legate dietro la schiena, avrebbe potuto farsi male seriamente. Cercò allora di rallentare, ma non osò fermarsi, non si sarebbe arrestato prima di aver posto un paio di chilometri tra lui e i suoi inseguitori.

In breve il sangue smise di pulsargli nelle orecchie, permettendogli di sentire i rumori dei rami spezzati dai tedeschi e le loro imprecazioni mentre lo inseguivano lungo l'impervio declivio. Si schiacciò al terreno, con le gambe in avanti e le mani accostate al rene sinistro scivolò tra gli alberi cercando di direzionare la folle caduta, contorcendo il corpo per evitare i grandi alberi lungo la sua direttrice di fuga.

Piombò infine, con un tonfo sordo, nei pressi dell'argine di un piccolo torrente. L'acqua gelida gli inzuppò i pantaloni, penetrando negli stivali.

Spostandosi notò una piccola forra nei pressi di un masso eroso dal tempo.

Si accostò il più possibile a quella spaccatura di roccia sovrastata da un ampio cespuglio di rami secchi e rovi irti di spini, con la speranza di riuscire a nascondersi alla vista dei suoi inseguitori.

Gli si formò un nodo in gola, quando udì nuovamente lo schioccare degli arbusti e lo scricchiolare della neve compatta sotto gli stivali dei tedeschi. Erano sopra di lui, all'incirca nei pressi del punto da cui era scivolato nell'acqua del ruscello; pochi metri ancora e avrebbero sicuramente notato la scia nella neve. Non riuscì a trattenere un tremito che provocò un piccolo movimento nel cespuglio.

Maledisse la sua stoltezza, aveva un'unica possibilità: restare fermo e immobile, nient'altro. Doveva controllarsi. Si morse il labbro come reazione al dolore delle braccia strette dalla fune, schiacciate sotto il suo corpo contro la parete di terra e neve del nascondiglio.

I rumori degli inseguitori si fecero sempre più vicini, stavano scendendo e sembravano incitarsi a vicenda. Era certo che avessero trovato le tracce del suo passaggio. Uno di loro scivolò malamente, lo sentì imprecare mentre cercava di frenare la discesa lungo il ripido pendio. Ma non ci riuscì del tutto e lo vide piombare in acqua scompostamente a pochi metri dal suo cespuglio. Era giunto proprio dal solco di fango che aveva scavato lui; fu raggiunto in breve dal borioso Gefreiter che gesticolò nervosamente intimandogli di alzarsi, e dall'altro soldato con cui aveva condiviso il viaggio nel retro del camion.

Si guardavano intorno, cercando di cogliere tracce o segni del passaggio del fuggiasco; istanti lunghi un'eternità per il sergente, il cui cuore batteva all'impazzata. Non avrebbe potuto difendersi in nessun modo legato com'era.

Ancora una volta sentiva di non avere il controllo della sua vita, del suo destino, e la sensazione di panico che gli attanagliò lo stomaco fu un colpo micidiale al suo vigore e al suo orgoglio.

Non lo videro, per alcuni minuti si trattennero sul lato del torrente opposto a quello da cui erano discesi, senza mai notare il salvifico cespuglio.

Infine il Gefreiter indicò il corso d'acqua muovendo la Luger che aveva in mano su e giù. Pronunciò qualcosa che Brat non poteva comprendere e s'incamminò lungo il torrente, seguito con riluttanza dai due soldati alle sue spalle, niente affatto entusiasti di bagnarsi nell'acqua gelida. A monte era praticamente impossibile inoltrarsi, troppo intricato, e non avendo trovato nessuna traccia lungo il bordo opposto, dovevano aver pensato che il fuggiasco si fosse incamminato con i piedi nell'acqua per depistarli.

Brat avrebbe preferito attendere molto di più prima di muoversi da sotto l'intrico di rami coperti di neve, ma non poteva essere certo che non sarebbero tornati in quel punto per risalire fino al camion, quando avessero constatato che lo avevano perso definitivamente.

Perciò si tirò su con molta cautela e non appena fu uscito dal cespuglio cercò di liberarsi utilizzando la sporgenza affilata di un masso che sbucava dal fango. Sfregò le braccia freneticamente finché, dopo il sordo rumore della corda che si spezzava, si ritrovò a guardare le mani gonfie per la stretta micidiale della canapa. Finalmente libero ignorò il doloroso pulsare del sangue che ritornava a scorrere nelle vene e si incamminò velocemente lungo il pendio, lasciandosi alle spalle il torrente.

La furia dei docks era di nuovo al centro del ring, ora toccava a lui salvarsi: basta giocare con la fortuna.

Infilati i guantoni avrebbe affrontato anche questo match. *Alla faccia di tutti questi fetentissimi crucchi.*

Ma l'euforia per essere scampato ai tedeschi passò in fretta; infatti non aveva la più pallida idea di dove si trovasse, poteva essere addirittura arrivato in Germania, per quel poco che si ricordava del tragitto effettuato. Il suo senso dell'orientamento non era così fine da permettergli di decidere un percorso sicuro. Il pensiero che le linee erano state sfondate, con il conseguente arretramento del fronte, lo preoccupava: era solo in pieno territorio nemico. Gli tornò in mente lo scambio di battute che aveva avuto con un membro dei commandos inglesi, in un locale a Southampton, diversi mesi prima.

Pazzi esaltati, aveva tuonato, mentre nella saletta riecheggiavano, con esagerata dovizia di particolari, i racconti delle missioni compiute e i rischi che correvano dietro le linee nemiche: loro, i duri al servizio di sua Maestà. Ovviamente la risposta alle provocazioni di Brat non aveva tardato ad arrivare e ne era scaturita una scazzottata – di quelle memorabili – sedata a fatica, tra manganellate e stridii di fischietti impazziti, dai capoccioni della polizia militare.

Ora però iniziava a capire un po' delle loro operazioni, lontani dalla realtà convenzionale della guerra. L'idea di trovarsi così soli in mezzo ai nemici lo frastornava e, cosa ancor più preoccupante per lui, non aveva idea di cosa fare per tirarsene fuori. Era convinto che non si potesse dire di aver combattuto sul serio senza aver provato sulla propria testa un bombardamento d'artiglieria, e quei bellimbusti raramente finivano schiacciati al suolo mentre la terra intorno volava in aria.

Per anni aveva eseguito i suoi compiti di soldato, dalla gavetta fino a sergente maggiore. Aveva ordini precisi da rispettare e da far rispettare ai suoi subordinati, quando combatteva sapeva più o meno dove si trovasse il nemico, anche se non sempre con la necessaria accuratezza. Ma di solito sapeva come reagire a un assalto, o come affrontare un'imboscata: tutto quello che doveva fare era uccidere i cattivi senza farsi beccare a sua volta e spronare i G.I.[17] del plotone a fare altrettanto.

La nuova situazione lo opprimeva ma, lungi dal lasciarsi andare, il mastino dei docks prese una decisione: nascondersi e, con l'approssimarsi dell'alba, andare in direzione opposta a quella da cui sarebbe sorto il sole... a ovest c'erano solo gli alleati, o almeno sperava che ancora ci fossero, dopo l'avanzata tedesca di quei giorni. Scelse una rientranza ai piedi della collina da cui era disceso per sistemarsi.

«Un buon piano, un piano da sergente!» commento tra sé osservando con una certa soddisfazione il giaciglio di foglie che si era creato. Si procurò poi dai dintorni degli arbusti con cui provare a coprirsi per evitare di morire congelato.

«Se non morirò di freddo stanotte, domani sarò al caldo in qualche ospedale... mi farò tutte le infermiere, anche quelle orribili» si disse cercando di trarre forza dalla prospettiva della salvezza.

Riuscì ad addormentarsi poco dopo il tramonto, senza mai domandarsi se avesse lasciato troppe tracce nell'approntare quel rifugio di fortuna, vinto dalla stanchezza.

Fu un incubo a svegliarlo, ben prima dell'alba. Vedeva gli occhi del giovane nazista attraverso il buio pesto della navata di una catte-

---

17. Government Issue. Soldati di leva statunitensi.

drale, bruciavano come due bracieri e lo fissavano, enormi, mentre si trovava disteso sul pavimento di marmo gelido; l'ultima cosa che ricordava era il folle urlo, proveniente dal profondo dell'inferno stesso.

Le membra si erano irrigidite e anche il più piccolo movimento risultava di una lentezza estrema, tutti i colpi ricevuti reclamavano ancora più violentemente il loro tributo di dolore e non c'era modo di ottenere sconti. Sembrava finito sotto un camion. Erano soprattutto le costole a essere messe male: probabilmente l'effetto dell'adrenalina durante la fuga aveva coperto danni più seri di quanto avesse sperato.

Contorcendosi per il dolore iniziò a tossire senza controllo, fu scosso dalle convulsioni dei colpi di tosse che sembravano non finire mai. Gli procuravano acutissime fitte al torace, ai fianchi e al collo, per non dire poi della testa, dove le tempie sembravano sul punto di esplodere.

Durò pochi minuti ma fu straziante, non molto dissimile dalle torture subite la notte prima. Aveva sputato ovunque grumi di sangue e muco, i polmoni erano feriti, la consapevolezza di doversi affrettare gli diede la forza per tirarsi in piedi e non abbandonarsi alla disperazione in quel buco nel terreno.

Si sistemò la divisa, introducendo dei rami all'interno in un disperato tentativo di isolarsi il più possibile dal freddo, poi, accovacciato, attese la luce del giorno.

Si chiese se non sarebbe stato più conveniente muoversi con il favore delle tenebre, in fondo avrebbe limitato al massimo ogni contatto con eventuali pattuglie tedesche; ma non poteva mentire a se stesso sulle scarse capacità di navigazione notturna di cui l'insufficiente addestramento l'aveva dotato.

No. Avrebbe dovuto attendere o avrebbe finito per camminare fino a Berlino senza accorgersi dell'errore. Magari avrebbe chiesto informazioni proprio al portiere del bunker di Hitler. Rise di quel pensiero, provocando un'altra esplosione di tosse violenta.

Il dolore al torace sembrò sul punto di ucciderlo. Lentamente riprese il controllo del proprio corpo martoriato, respirando piano ed evitando movimenti inutili.

Non morirò, non così cazzo! con molta cautela provò ad arricciare le dita dei piedi ma non le sentiva più, congelate negli stivali coperti di sporcizia e ghiaccio.

Senza la funzionalità dei piedi non avrebbe potuto salire o discendere dalla collina su cui si trovava. Cercò nella sua memoria qualche trucco ma non ricordò nulla di utile. Allora iniziò a ruotare le ginocchia verso l'interno, con le gambe distese, facendo sbattere le punte degli stivali ritmicamente.

Non era sicuro che la cosa funzionasse, e il dolore di quel movimento all'inizio stava per farlo desistere, ma poi si rese conto che aveva un benefico effetto su tutto il corpo. Doveva rimanere in movimento, avrebbe consumato molta energia della poca che gli rimaneva ma non aveva alcuna alternativa. Ringraziò la sua testardaggine quando finalmente una tenue luce dalle sue spalle, che illuminava il cielo minuto dopo minuto, lo avvisò dell'alba.

Si meravigliò di quanto fosse bella anche in quell'angolo di mondo, lontano dalle navi e dai moli di New York. Assaporò i suoni della natura: lo scricchiolio del legno, il frusciare dei rami mossi da un vento lieve, il cui sibilo sembrava animare le siepi che attraversava. Sentiva ogni suo gesto come amplificato, ogni rumore era decine di volte più forte, nella quiete che lo circondava.

Dato che aveva l'est esattamente alle spalle si concentrò sullo scenario di fronte a sé, studiando attentamente il paesaggio e il terreno che avrebbe dovuto attraversare.

Preparò un percorso relativamente sicuro, almeno fin dove riusciva ad arrivare con lo sguardo: eccettuati due attraversamenti scoperti e di breve ampiezza, la macchia boschiva non presentava intervalli significativi e, cosa questa di notevole importanza, non sembrava esserci anima viva.

Avanti Julius, puoi farcela, pensò mentre saltellava sul posto da un piede all'altro per riattivare la circolazione. Si fermò quando percepì l'inizio di una nuova crisi di tosse, la paura di ricominciare a soffrire prevalse sulle membra intirizzite che necessitavano di moto. Attese gli spasmi dei bronchi ma non successe nulla. Sorrise, ancora una volta si disse che sarebbe sopravvissuto.

Camminò per ore, lentamente, evitando sforzi inutili e rimanendo nascosto tra gli alberi, dissetandosi di tanto in tanto con manciate di neve. Non incontrò nessuno, era l'unico essere umano immerso nel silenzio innevato di quella foresta.

Verso mezzogiorno si accorse, quasi all'improvviso, che un certo brusio accompagnava da qualche tempo il suo cammino. Non l'aveva distinto chiaramente fino a quel momento, ma ora era divenuto più forte e vi prestò attenzione: era inequivocabile che si trattasse di veicoli a motore.

Si stava avvicinando a una strada trafficata, era forse la Skyline Drive stessa? No, non poteva essere, avrebbe dovuto arrivare al fiume Our prima di quella strada che lo costeggiava parallela, sul lato ovest. Non gli ci volle molto per rendersi conto a chi appartenessero i veicoli che sentiva ma che ancora non vedeva. Non c'erano avvisaglie di combattimenti e il fiume era ancora distante: si trovava ancora dietro il fronte e ovviamente, dalla parte sbagliata.

Affacciandosi da uno sperone di roccia, deciso a verificare le sue supposizioni, ebbe la conferma che il ragionamento era corretto. Circa tre miglia più in là distinse chiaramente una porzione dell'Our che segnava il confine tra Germania e Lussemburgo. In poco meno di sei ore l'avrebbe raggiunto, calcolò. Il problema era che sotto di lui una colonna di camion e mezzi blindati Puma e Sdkfz con i motori accesi, era ferma in attesa che il veicolo di testa, un vecchissimo camion di non chiara provenienza, venisse rimesso in carreggiata; entrambe le ruote del lato destro erano finite in un fosso che costeggiava la carrozzabile.

Ovunque soldati tedeschi fumavano e parlavano tra di loro, mentre altri spingevano il vecchio trabiccolo per rimetterlo in strada. Intento a osservare i movimenti tedeschi, preoccupato di quell'imprevisto, non si rese conto dell'instabilità della terra sotto il suo corpo, colpa anche della neve che aveva nascosto la pietraia su cui si era disteso.

Quando si mosse per rientrare nel folto della foresta alcuni massi di medie dimensioni, smossi dall'antico sistema di incastro che li teneva uniti, scivolarono rumorosamente verso la strada, sobbalzando lungo la dorsale innevata della collina.

«Merda!» mormorò appiattendosi a terra il più possibile. *Come ho fatto a rovinare tutto così?* pensò furibondo.

Udì chiaramente le grida di stupore dei tedeschi in strada e l'inconfondibile sbraitare dei sottufficiali che dovevano rimettere ordine nelle sezioni sparpagliate: quante volte aveva dovuto farlo anche lui!

Scappare o restare fermo? Avrebbero controllato fino alla cima oppure, dopo aver giudicato un evento fortuito la piccola frana, se ne sarebbero andati? Era angosciato dalla decisione da prendere: ma il suo istinto era stato plasmato per prendere decisioni, e per farlo velocemente.

Decise di alzarsi in piedi e di correre, perché era sicuro che avrebbe dovuto farlo in ogni caso e quindi tanto più erano distanti, tanto meglio sarebbe stato per lui. Ora la fortuna aveva lo stesso peso delle ottime trovate sulla bilancia del destino.

Sicuro che lo avrebbero scambiato per un contadino del luogo se non lo avessero preso, ignorò i primi alt urlati dai nemici alle sue spalle, più vicini di quanto avesse sperato.

Decine di voci gridarono nella sua direzione ma furono immediatamente sostituite da una che spiccò per autorità e per l'ordine che urlò, secco e deciso: «Feuer! Feuer[18]!»

La collina fu investita dai proiettili.

Il punto di osservazione venne letteralmente maciullato dalla gragnola di colpi di tutti i calibri che arrivavano dalla strada mentre Brat balzava via. I proiettili saettavano ovunque intorno a lui, sfiorandolo.

---

18. «Fuoco! Fuoco!»

Era investito da una pioggia di schegge di legno e di spruzzi di terra e neve che schizzavano e danzavano caoticamente.

Oltre al terribile sibilo i traccianti disegnavano anche una scia simile a un lampo in movimento orizzontale, e sembravano ancora più terribili di tutto il resto.

Il fragore era incredibile, anche le blindate Puma avevano preso a tirare. I grossi proietti da 20mm avevano la stessa forza di granate a mano quando toccavano il terreno.

Per alcuni secondi riuscì a correre verso la salvezza senza essere preso, ma il fuoco era troppo concentrato per avere una seria possibilità di farcela. Quando fu colpito non percepì il dolore, si ritrovò anzi in ginocchio a osservare lo spruzzo di sangue e carne che aveva tinto la neve di fronte a lui, schizzato via dal suo fianco lacerato da un colpo di grosso calibro.

Barcollò a sinistra ma poi cadde sul lato destro, sempre senza smettere di fissare gli alberi. Erano talmente vicini che avrebbe potuto toccarli. Sorrise, era salvo, erano lì, ecco il folto della foresta che lo avrebbe protetto, pochi metri ancora, i tedeschi non lo avrebbero inseguito.

E poi era riuscito a fuggire al Gefreiter e ai suoi due aiutanti con le mani legate dietro la schiena a complicargli tutto: non poteva certo perdere proprio ora il suo match con la morte.

Sentì il gong finale del ring. *Julius, hai vinto di nuovo.* Nella sua mente vedeva l'avversario riverso a terra. Era disteso sulla pancia, ma magro e alto com'era fu certo che si trattasse del giovane nazista che lo aveva interrogato. *Fanculo, non vali niente in uno scontro da uomini.*

Non ci volle molto perché questi pensieri fossero sostituiti dal grido di dolore che lanciò sgranando gli occhi, stupito della sofferenza che improvvisamente gli attraversò tutto il corpo fino alla testa. Urlò fortissimo. Il fianco lacerato divenne realtà senza mezzi termini, l'anestetico shock iniziale della ferita era passato. Percepì tutte le terribili sensazioni che provenivano dal proprio corpo morente.

Si piegò su stesso, finì disteso nella neve zuppa di sangue. Guardò l'orribile foro, continuando a urlare in preda al panico.

Fu finito dalla raffica di una mp40 sparata a bruciapelo, forse per pietà o per eccessiva foga, non ebbe modo di saperlo.

Per diverso tempo i tedeschi della colonna di rinforzo della quinta armata che quel giorno ritardò il proprio arrivo al fronte, parlarono di come erano riusciti a prendere uno dei leggendari commando alleati, esaltati per come lo avessero bloccato dopo chissà quanti giorni che spiava i loro movimenti.

Ovviamente non si chiesero come mai avesse indosso la divisa d'ordinanza dell'esercito americano, cosa alquanto strana per un'azione dietro le linee nemiche. Agli acquartieramenti si giunse al compromesso che fosse un pathfinder di qualche unità speciale, obbligato a tenere la divisa d'ordinanza ma comunque assimilabile ai commandos inglesi.

Il corpo venne portato via ma poi, nella foga degli scontri successivi, finì scaricato in un canalone. Ben oltre il termine della guerra il nome di Brat figurò tra i dispersi, nessuno seppe mai la verità.

CAPITOLO X

La signora Beaufort trovò Grosky seduto sul blocco di marmo adagiato presso l'ingresso posteriore della villa. Era stato il padre di suo marito a far arrivare quel materiale direttamente dall'Italia, molti anni prima. Voleva farne due colonne per sostituire gli stipiti di legno del piccolo ingresso secondario; uno dei tanti progetti incompiuti del sempre attivo conte.

Il tedesco stava fumando una sigaretta, soffiava dalla bocca nuvole scomposte che ondeggiavano nel vento prima di dissolversi nell'aria. Era così preso dai suoi pensieri che non si accorse della presenza della signora finché questa non gli poggiò una mano sulla spalla.

Grosky sussultò a quel contatto, lei si affrettò a scusarsi: «Mi perdoni, non volevo spaventarla.» Intrecciò nervosamente le mani, color ambra per via del sangue dei feriti che nessun sapone riusciva a lavare via completamente.

Grosky girò la testa di scatto, sorpreso dal torpore in cui era piombato e fissò la signora, senza dire nulla, con le sue fredde pupille azzurre.

«Posso?» chiese lei, sedendosi senza attendere risposta.

Il tedesco, infatti, continuava a non parlare, mantenendo un'espressione interrogativa e pensosa allo stesso tempo; rimase così, a guardarla.

«Ieri, quando ho chiesto se lei fosse ferito, ha risposto di no» esordì lei scorrendo con lo sguardo l'orizzonte innevato, sapeva che se si fosse girata verso di lui avrebbe incrociato nuovamente il ghiaccio dei suoi occhi e ne sarebbe rimasta così turbata da non poter continuare. «Invece lei ha ferite ben più profonde dei graffi che mi ha mostrato.»

Aveva senso esordire in quel modo? Si sentiva stupida come mai prima di allora, sembrava così finta con quel tono compassionevole, come se fosse diventata di colpo incapace di articolare un discorso non stereotipato. Desiderava però parlare, capire e, anche se non era ancora certa di farcela, raccontare quanto lei stessa nascondeva. Era qualcosa di molto simile a quello che il tedesco doveva avere dentro.

Jurgen piegò il capo, guardando dall'altra parte, come volesse ignorarla. Non disse nulla ma quel gesto fu comunque eloquente, per la donna. Che senso aveva a quel punto negare o ribattere? Di colpo non ebbe più voglia di continuare a fingere di essere sempre stato come la guerra lo aveva fatto diventare. Non poteva più ignorare il fatto che, in fondo, ogni suo gesto era un disperato grido di aiuto. Solo che nessuno aveva mai colto la sua disperazione, fino a quel momento.

Il vento fece ondeggiare le fronde innevate dei giganteschi alberi del cortile. Candidi fiocchi piovvero intorno a loro, attirando lo sguardo di entrambe sul giardino dove andavano a posarsi. Il cielo era denso di nuvole ma non avevano un aspetto minaccioso, sembravano mescolarsi all'orizzonte con il resto del paesaggio, e zone di schiarita si alternavano ad altre di nubi tondeggianti, in uno spettacolo di rara bellezza.

«Mi chiedo se riuscirò mai a tornare ad apprezzare tutto questo» disse la donna.

Da parte di Grosky ancora nulla, nessuna risposta, nessun accenno alle sue parole.

Lei si fissò le mani: non le aveva mai avute così sporche, continuava a sfregarle tra loro o, con discrezione, lungo la gonna e il grembiule, risolvendo solo di accentuare le abrasioni che l'umidità e il freddo le avevano provocato.

Il sangue non se ne sarebbe andato mai più, ne era certa. Gli altri non avrebbero notato nulla, ma ai suoi occhi quelle mani sarebbero rimaste intrise del male che alleviava.

«Ho visto come ha reagito prima, mentre aiutava il dottore...» si commosse, l'immagine di quella minuscola creatura che moriva era ancora fin troppo vivida. Girò il capo, asciugando con la mano la scia della lacrima che le era scesa fino al collo, calda all'inizio, via via sempre più gelida.

«Veder morire un bambino... non ci si può abituare anche a questo» rispose Grosky, dopo aver scosso il capo. Qualcuno aveva penetrato la corazza, quella donna gli stava affondando le sue terribili mani rigeneratrici fin nell'anima.

Cauterizzare una ferita a volte è più doloroso che subire la ferita stessa.

«È stato come vedere i miei tre bambini morire, ho sempre cercato di immaginare come siano stati i loro ultimi respiri... e oggi li ho visti» concludendo la frase gettò la sigaretta e si volse verso di lei, voleva vedere la reazione di quella donna, cogliere l'orrore o la compassione nei suoi occhi.

La signora Beaufort aveva portato la mano alle labbra per contenere un gemito che, in modo del tutto naturale, le era salito su dallo stomaco. Era rimasta a guardarlo senza provare a dire nulla in un eloquente silenzio.

Compassione? Certo, ma non solo, sembrava esserci dell'altro nel modo in cui la donna lo guardava. Grosky dovette ammettere a se stesso che vi lesse comprensione, cosa che lo stupì perché sembrava un sentimento sincero ma che di solito si sviluppa spontaneo solo dopo un'esperienza drammaticamente complementare. C'era solidarietà in quello sguardo, lo stupore del tedesco non diminuì. Sentì l'impulso di proseguire il discorso.

«Ero in Russia quando un bombardamento aereo me li portò via. Mi dissero che avrei potuto avere tre giorni di licenza» proseguì «Licenza? Per raccogliere i pezzi della mia vita?»

«E sua moglie?» chiese lei con un filo di voce, rispettosa del suo dolore, come un dottore che di fronte a un caso disperato non si arrende e continua a chiedere, a guardare, a far sentire umano il guscio di carne con cui sta interagendo.

Grosky si accese un'altra sigaretta, inspirò profondamente tornando a guardare l'orizzonte.

«Morì quella notte, con i bambini, con il mio mondo.»

Il vento era diminuito, leggero e compassionevole accarezzava la loro pelle spandendo il silenzio della natura in letargo.

L'effetto dello sfogo fu come ubriacarsi dopo una giornata di combattimenti: frastornante, delicato e terribile allo stesso tempo. Si trovò ipnotizzato dalla sua stessa voce. «Ora combatto solo perché è l'unica cosa che mi è rimasta, cesserò di esistere con la fine della guerra. Semplicemente scomparirò. Se sarò fortunato proprio durante la stessa… o dopo, chi può dirlo?»

«Ma la guerra finirà e lei rimarrà, non scomparirà come desidera!» intervenne lei «Dovrà farsene una ragione.»

«Perché le interessa tanto?» chiese alterato Grosky «Cosa vuole sapere? Quali particolari le interessano?» non aveva alzato il tono di voce, ma pronunciò le parole con violenza, a denti stretti.

«Cerco forza nella disperazione altrui, voglio rubare loro la medicina per il dolore. Ma con chiunque parli sembra che non ci sia un rimedio.»

«Rimedio?» il tedesco tornò a calmarsi, non afferrò subito il senso di quella frase ma poi, quando lei rimase in un imbarazzato silenzio, ebbe il tempo per ricordare lo scambio di parole avvenuto con la cameriera, la sera in cui lui e Hans erano arrivati alla villa.

«Cosa è accaduto a suo marito?»

Lei allora tirò un profondo respiro, voltandosi a guardarlo. I loro occhi si incrociarono per pochi secondi.

«Si mise in testa di fare la sua parte, nel 1940» non rabbia ma disperata rassegnazione trapelava dalle sue parole «Convinse due idealisti come lui ad accompagnarlo in una missione di sabotaggio. Voleva minare un ponte sull'Our, per rallentare la vostra avanzata» ora gli occhi erano più vacui, i ricordi avevano inondato la realtà e la sua vista spaziava dall'innevato cortile a scene impresse a fuoco nella mente. «Ricordo che i preparativi furono frettolosi, non si poteva certo dire che non abbiate sorpreso tutti quanti.»

Grosky non si muoveva, non annuiva, fissava i movimenti delle mani della donna, cercava i suoi occhi ma erano sfuggenti.

«Gli ostacoli erano enormi, ma fare qualcosa contro gli invasori era prioritario per loro. A nulla valsero le parole di chi li amava e che egoisticamente è cieco di fronte all'importanza che davano all'onore e al dovere. Parlavo posseduta dai cupi sentimenti generati dalla paura di perdere chi amavo, ma ogni mia obiezione veniva messa a tacere.»

Si interruppe e osservò il sangue sulle mani, le girò due volte, come se si stesse accorgendo solo ora di quanto orribile fosse quel colore. Grosky accennò a parlare, non aveva idea di cosa dire, però sembrava giusto darle un segno. Non ce ne fu bisogno, la donna riprese subito il racconto.

Lei aveva intuito la sensibilità maturata dal guerriero che aveva di fianco, l'incredibile dolore che ora lo rendeva capace di ascoltare come nessun altro avrebbe potuto, nella villa. Si fece ancora più determinata, avrebbe unito le loro sofferenze, plasmate dalle parole e guidate dai cuori sanguinanti.

«Partirono tutti e tre, all'alba. Un'alba qualsiasi, senza tempo, non servono date. Tutto si azzerò quel giorno. Quando chi era a conoscenza della loro spedizione andò a cercarli, molte ore dopo, sapevamo tutti cosa avrebbero trovato. Avevamo visto passare i vostri mezzi, i vostri uomini. Venivano dalla strada del ponte sull'Our e non erano certo in ritardo.»

Una lacrima solcò la guancia della signora, che non l'asciugò, limitandosi a massaggiare le mani delicatamente, tra di loro.

«Trovarono mio marito ferito, alle gambe e al volto. Perse la possibilità di camminare e di vedere, gli altri due...» si fermò «erano morti.»

Adesso sembrava che avesse un laccio stretto intorno al collo, le parole le uscirono forzate, cariche di una sofferenza che Grosky non si sarebbe aspettato così forte. Ebbe l'impressione che il dolore si fosse accentuato nel ricordare il destino dei due che accompagnarono il marito. Improvvisamente un pensiero, terribile, gli baluginò nella mente.

«Chi... chi erano i due che morirono?» ma pensava di conoscere già la risposta.

«Rohald e Damien, i nostri due unici figli.»

Il vento aumentò d'intensità, o almeno così sembrò a Grosky. Fu colto da un gelo che non aveva mai percepito prima, egoisticamente aggrappato alla sua tragedia, cieco di fronte al resto del mondo.

«Da allora mio marito vive chiuso in camera, volontariamente isolato dal mondo che cercò di aiutare.»

Jurgen la guardò, sembrò svanire in una massa iridescente, la figura andò sfocandosi gradualmente.

Erano i suoi occhi che si riempivano di lacrime!

Lacrime?

Stava soffrendo per quello che aveva sentito? Impossibile. Per quanto crudele, quel destino di morte era quotidianità per lui, e ne aveva a centinaia di storie di madri e vedove. Aveva visto e fatto cose terrificanti combattendo, soprattutto sul fronte russo.

Piangeva per se stesso, lui che aveva trasformato il dolore in odio.

«È per questo che ci ha aiutato? Che aiuta tutti quei ragazzi?» le chiese con un filo di voce: domanda inutile, perché in fondo già sapeva.

Lei non rispose, ma il suo sguardo espresse bene il concetto e il gesto che fece, di asciugargli le lacrime dalle guance, era una spiegazione per tutto.

Piangeva per se stesso, di fronte a lei che aveva trasformato il dolore in amore. Ogni volta che si piegava su di un soldato ferito, ragazzo o uomo che fosse, equivaleva per lei a curare gli occhi o l'anima del marito, a ricomporre Damien, ad accarezzare Rohald sulla testa.

Anche lei aveva perduto tutto e non era stata presente, né avrebbe potuto salvarli anche se li avesse seguiti.

Un dolore che Grosky conosceva bene, lo consumava come un cancro da anni. Aveva tentato di soffocarlo, di seppellirlo, di mascherarlo dietro una nuova, feroce, consapevolezza dell'esistenza.

Di colpo si ritrovò a pensare agli anni prima della guerra, quando il sabato si sistemava sulle sedie di legno del cinematografo e guardava i suoi eroi, i cowboy del Far West, affrontare nemici e avversità con la sigaretta in bocca e lo sguardo freddo. Dei veri duri, dal cuore di ghiaccio. Il suo però era di carne e sangue, e si sciolse in quel freddo pomeriggio.

L'onda dell'emotività era tale che non riuscì nemmeno a considerare il gesto che stava per compiere, lo fece e basta: gettò la sigaretta e abbracciò la donna.

Fu una cosa istintiva, assolutamente non programmata, aldilà del giusto e dello sbagliato si strinse a lei, la strinse a sé.

Non c'era una motivazione, non doveva portare a nulla il loro abbraccio; dal momento che le terribili angosce che entrambe avevano dentro si erano sfiorate, ebbe il bisogno fisico di toccarla e di percepire la materialità di un dolore così simile al suo, anch'esso senza nessuna speranza di guarigione.

E per quei brevi, intensissimi istanti, furono una cosa sola, la loro solitudine svanì, come due giovani sposi nella loro prima notte insieme, quando, vinto il pudore di vedersi nudi, unendo i loro corpi, sanciscono un'unione al di là di quanto la società o la religione potranno mai consacrare.

Ma se là è l'amore a unirsi e sublimarsi, loro avevano solo la sofferenza da condividere in quello strano talamo nuziale.

L'abbraccio si sciolse spontaneamente come era nato e i loro occhi si riaprirono nuovamente sull'orrore.

Grosky si alzò, scrollandosi di dosso la neve, evitando di guardare la donna che rimase seduta sul blocco di marmo quando lui rientrò in casa, cullata dalla sensazione piacevole che derivava da quell'attimo di alienazione, quando la realtà con tutti i suoi problemi era apparsa come la luce di un lampione in mezzo a una densa nebbia, distante, sfocata. Durò molto poco ma fu inebriante come la morfina per un ferito.

Nel salone Jurgen notò che la famiglia di contadini se n'era andata, portando con sé il fagottino di sangue che chissà quali speranze e gioie aveva alimentato nei semplici cuori dei genitori.

Era tornato il silenzio, nessuno aveva ripreso a giocare a carte e i pochi che avevano voglia di parlare lo facevano con bisbigli e sussurri appena percettibili; erano ancora scossi per quanto accaduto poco prima.

Sarebbero tornati alla normalità, ovvio, prima dei civili che erano giunti con il bambino, perché mentalmente avrebbero reagito ma, nonostante ciò, si percepiva nell'aria l'angoscia per aver assistito all'ennesimo stupro all'umanità compiuto dalla guerra.

«Hans» chiamò piano accostandosi al letto dell'amico.

«Jurgen, come va?» chiese quello con un sorriso velato d'amaro.

«Me ne vado. Non posso continuare a stare qui mentre al fronte combattono.»

«Dovrei dirti che è la cosa giusta da fare, perché hai già fatto tanto per me e non posso trattenerti ma rifletti... qui sei al sicuro, potresti chiudere con tutta questa merda, almeno per un po'.»

Grosky sorrise, felice della consapevolezza di avere un amico in quell'uomo. «Te la caverai senza di me, io ho deciso, vado.»

«Me la caverò, e anche tu. Ci ritroveremo, un giorno.»

Si guardarono, le cose da dirsi erano talmente tante che, paradossalmente, il silenzio fu l'unica espressione dei loro sentimenti.

«Penserò io al tuo amico!» si intromise Pete, parlando ovviamente in inglese ma volgendo lo sguardo su Grosky. Aveva intuito cosa stesse accadendo.

Jurgen lo fissò, facendosi improvvisamente scuro in volto. Hans tradusse, dopo un attimo di esitazione, girando la testa da una parte e dall'altra, cercando gli occhi di Jurgen e restituendo il sorriso a Pete.

«Sarà bene per te che sia così» disse Grosky, serio ma con un'insolita luce negli occhi.

Quasi una lieve allegria, sembrò notare Hans.

Non fece in tempo a tradurre che Pete, avendo avuto la stessa impressione di un accenno di disponibilità, allungò la mano verso Jurgen.

Con grande sorpresa di Hans, Grosky ricambiò la stretta, rimanendo comunque estremamente serio in volto. La strinse per Hans, a cui teneva, e per sé stesso a cui iniziava a volere un po' meno male.

«Ora li soccorrerai anche?» disse Hans con un sorriso, domandandosi intimamente se non stesse commettendo uno sbaglio a parlare, quasi temesse di veder finire quei minuti di tranquillità.

«No, ma mirerò sempre al cuore, così non soffriranno troppo, mentre mi comporterò da vero patriota!» accompagnò la frase con una strizzata d'occhio e fu quasi uno shock per Hans vedere il suo glaciale amico fare dell'ironia.

Grosky allungò poi la mano destra verso il cecchino che, tirandolo a sé, lo abbracciò con vigore.

Uscendo lo sentì dire: «Ci si ritrova a Badenstrasse, a guerra finita!»

Grosky non si voltò, ma sorrise all'ottimistico augurio.

Forse poteva davvero riprendersi la sua vita. Avrebbe trovato una nuova consapevolezza e sarebbe uscito dalla spirale distruttiva nella quale era precipitato. Il sorriso si spense subito dopo: afferrato il suo stg44 le nuvole tornarono ad addensarsi sul suo cuore, offuscando tutto, riportando il gelo. Il solo stringere l'arma lo riportò nel buio della sua anima.

Disperò di poter veramente seppellire il passato, consapevole ormai che era cambiato a causa di esso e che in fondo era diventato qualcosa che avrebbe detestato, guardandosi dall'esterno. Esitò sull'uscio dell'antico portone. Una terribile angoscia lo colse, era come se si trovasse di fronte a un bivio. Varcare la porta, tornare a uccidere, avrebbe significato spegnere quella minuscola scintilla che gli si era riaccesa nel cuore. Se fosse rimasto, forse ci sarebbe stato un futuro per lui.

Ma non poteva annullare il presente che lo circondava, non poteva tirarsi fuori dalla realtà.

Con un profondo respiro compì il percorso che lo separava dal cancello coperto di edera che dava accesso al parco della villa.

In lontananza poteva udire i colpi dell'artiglieria che cadevano a intervalli regolari, impossibile stabilire a quale schieramento appartenessero. Non si sentivano colpi di armi leggere, della fanteria. Il fronte era distante. I rumori della battaglia iniziavano a fargli riacquistare la lucidità belluina che fino a quel momento lo aveva caratterizzato: la maschera di morte tornò a calargli sul volto.

Con il compasso stabilì la sua posizione sulla cartina stropicciata che aveva con sé e la direzione verso la probabile zona di raccordo della Panzer Lehr. Doveva essere nei pressi di Bastogne, ormai.

In caso contrario avrebbe notato forze tedesche in ripiegamento, se gli americani erano riusciti a contrattaccare con successo.

Decise di affidarsi a un sentiero di terra battuta quasi completamente nascosto dallo spesso manto di neve, sembrava portare direttamente verso ovest.

Ovest! Il richiamo era quasi atavico: la Mosa; il Belgio e poi, nuovamente, Parigi e stavolta la corsa sarebbe terminata a Londra. Ci credeva?

No, ma non aveva alternative, era pronto a ricominciare a uccidere, per la patria, per il suo rancore, per la stessa ragione di esistere

CAPITOLO XI

«Lo sai cosa stai cantando?» chiese Hans girandosi verso Pete, sempre disteso al suo fianco sin dal primo giorno.

Lo aveva ascoltato distrattamente, senza che quel motivetto gli avesse ricordato nulla all'inizio; poi però, in un passaggio in cui l'americano aveva pronunciato alcune parole in modo più chiaro, si rese conto che conosceva benissimo quella canzone.

«È una canzone che passavano tutte le sere alla radio. Non ho idea di chi sia la bellissima voce che la cantava e nemmeno conosco il titolo...» rispose Pete.

«Lili Marlen, la canta Marlene Dietrich» suggerì Hans sorridendo, adesso capiva perché le parole erano suonate così familiari.

«Per te, Lili Marlen. Per te, Lili... Marlene» conclusero insieme dal punto in cui Pete si era interrotto.

«Incredibile! Pensavo che la facessero sentire solo per rincuorare noi tedeschi e che avesse un effetto opposto sugli Yankee!» disse Hans ironico per poi riflettere, sospirando, sul fatto che in fondo calpestavano la stessa terra, rischiavano allo stesso modo la vita e si commuovevano per le stesse canzoni.

Quale assurdità combattersi come bestie.

«In Africa ci fermavamo sempre ad ascoltare la splendida Marlene che interrompeva il flusso di bollettini di guerra e tutta la merda propagandistica. Era come volare fino a casa, ritornare alla nostra vita fuori dall'incubo della morte.»

Tacquero per qualche minuto, ognuno immerso nei suoi pensieri.

Un aereo volò basso sopra di loro e uno dei ragazzi alla finestra lanciò un grido di quelli che di solito usano i mandriani per smuovere le bestie, provocando grida di rimando nella stanza, quasi stessero assistendo a una partita di baseball.

Erano diversi giorni ormai che si udivano aerei solcare il cielo e, a meno che il Führer non avesse scovato nuovi velivoli in qualche armadio della Cancelleria, non poteva che trattarsi degli Alleati. Il fronte doveva essere crollato. Hans non era abbastanza esperto da valutare le direzioni di tiro delle artiglierie sentendone il fragore, ma poteva avvertire che qualcosa era cambiato, le esplosioni erano sempre più vicine, non si allontanavano come avrebbero dovuto se fossero stati i tedeschi ad avanzare verso ovest.

E poi c'erano tutti quegli aerei alleati in aria e la Luftwaffe era completamente inerme: i tedeschi avevano attaccato proprio per questo motivo con condizioni meteo pessime.

Le divisioni corazzate erano state sicuramente annientate dall'aviazione. L'offensiva era fallita...

«Di cosa parla?»

«Come?» chiese Hans guardando Pete che si era avvicinato.

«La canzone, cosa dicono le parole?»

«Un soldato ricorda gli incontri con la sua innamorata, Lili Marlene.»

«Ovviamente tutto va a puttane, giusto?» esclamò Pete scuotendo la testa come se già conoscesse la risposta.

«Certo, altrimenti che soldato sarebbe! Tutto va a farsi fottere, per noi!»

Risero di cuore, avevano stabilito un ottimo rapporto in quei giorni di convalescenza.

«Finirà mai questa merda?» chiese l'americano con il fiato corto per il troppo ridere.

«Non saprei... noi tedeschi abbiamo la mania per le offensive sgangherate» ripresero a ridere. Avevano alzato la voce al punto che qualcuno urlò loro di fare silenzio, accompagnando la richiesta con una serie di blasfemie orribili.

«Per cortesia, cercate di moderarvi» disse la signora Beaufort ad Hans, il quale le sorrise annuendo, con la mano alzata in un gesto di scusa.

Senza badare all'espressione del tedesco, gli si avvicinò e tirò su la camicia per controllare lo stato della fasciatura al fianco.

«È stato molto fortunato, l'infezione è quasi un ricordo. Si rimetterà molto presto.»

«Grazie di tutto, spero di avere il modo di sdebitarmi, un giorno» rispose Hans.

«Se lei e tutti gli altri ragazzi qui presenti eviterete di passare di nuovo in divisa e armati, avrò ricevuto dieci volte il più lauto dei compensi» disse lei mentre si prestava a lavare le ferite alle caviglie amputate di Pete.

L'americano la guardava con occhi felici, aiutandola come poteva con le fasce sporche che mano a mano venivano via dai moncherini. A modo loro erano tutti innamorati di quella donna; vederla prodigarsi su ferite e fratture con la sua solerte delicatezza era di per sé già una medicina, un palliativo, certo, ma non per questo meno necessario di antibiotici e garze.

La signora sistemò la nuova fasciatura. Pete, visibilmente sofferente, si sforzava di aiutarla, mordendosi le labbra per non urlare mentre le mani intrecciavano piano le strisce di lenzuolo intorno alle ferite non ancora suturate e che in più punti colavano pus.

Ogni suo gesto era fatto con naturalezza, non vi era ribrezzo nelle sue espressioni, semmai compassione. Sembrava una mamma intenta ad accarezzare i capelli del suo bambino caduto dalla bicicletta; era straordinario come riuscisse a trasmettere a tutti loro questa tranquillità.

«Sarà il ricordo più bello di tutta questa sporca faccenda» disse

Pete seguendola con lo sguardo, quando lei se ne andò verso un altro ferito.

«Sì, sono convinto che non la dimenticheremo mai.»

«Più tardi ci facciamo un poker?» chiese l'americano dopo essersi guardato intorno: i suoi amici dormivano ancora.

«Volentieri; ora però credo che cercherò di dormire un po'.»

Pete annuì ed entrambe si sistemarono alla meglio, consapevoli che il massimo che avrebbero ottenuto sarebbe stato una sorta di dormiveglia interrotto dagli incubi e dai terribili rumori del salone.

Era così che scorrevano le giornate, sonnecchiando e giocando a carte.

L'amicizia di Pete e le cure della signora erano l'unico conforto per Hans da quando Grosky se n'era andato. Saldi appigli nel grigiore della drammatica situazione.

«Hans! Hans, svegliati!» era Pete. Lo stava tirando per la manica logora dell'uniforme grigio-verde.

Il tedesco aprì gli occhi di scatto. Era caduto in un sonno profondo e il brusco risveglio fu quasi uno shock.

«Cosa c'è?» chiese un po' brusco, ancora intontito dal sonno.

«Hans, devi andare via, ci sono i miei con dei camion». Tutta la sala era in subbuglio ma lui non afferrò subito, si limitò a guardare Pete con gli occhi acquosi e l'espressione un po' ebete.

«Hans, sono arrivati gli americani. Sono qui fuori!»

Questa volta comprese, si girò di scatto. Erano tutti svegli e in movimento, chi poteva reggersi in piedi raccoglieva le sue cose o aiutava gli infermi a radunare le proprie.

C'era una gran frenesia e Hans si stupì di quanto profondamente fosse caduto addormentato, oltretutto proprio quando avrebbe avuto bisogno di tutta la sua lucidità. La padrona della villa e gli altri improvvisati sanitari non erano presenti al momento, probabilmente erano tutti fuori con i militari sopraggiunti.

«Ti cureranno se rimani ma poi, cazzo, ti sbatteranno dentro!» disse Pete indicando la divisa di Hans.

«Non credo di avere scelta, dove potrei andarmene se non riesco neanche a reggermi in piedi?» rispose stancamente, non aveva forza per opporsi al destino che sembrava attenderlo.

«Merda! La signora ha detto che sei guarito, no? Forse se ti copriamo puoi fuggire dalla finestra, te ne stai buono qualche ora e poi rientri quando ce ne saremo andati.»

Hans guardò la finestra, era certo che non sarebbe sopravvissuto al freddo. Scosse il capo con decisione, con gli occhi chiusi, la paura gli ottenebrava la mente e non era in grado di prendere una decisione. Uno dei ragazzi con cui aveva giocato a carte in quei giorni si avvicinò «Se lo prendono mentre è fuori non potremo dire nulla per aiutarlo, mentre se parliamo subito con un ufficiale, garantendo per lui sulla sua condotta, credo che potremo far concludere la guerra al nostro amico in maniera decente» disse appoggiando la mano sulla spalla di Hans, per confortarlo.

Pete lo guardò serio, posò lo sguardo anche sul tedesco che fissava il pavimento, seduto sul bordo del giaciglio di paglia.

Il tempo a loro disposizione stava per finire, udirono chiaramente i motori dei camion spegnersi all'esterno e il vociare concitato di diverse voci. C'era euforia nell'aria, tutti sorridevano e si aiutavano. La prospettiva di affrontare la convalescenza in qualche ospedale delle retrovie, magari a Parigi stessa, li aveva galvanizzati.

Hans osservò la scena con un nodo alla gola, cercava di convincersi che forse arrendersi era la scelta migliore e che non aveva nulla da temere, ma le incognite che la cattura e la detenzione in un campo di prigionia comportavano erano molte.

Lo avrebbero portato negli Stati Uniti? O addirittura in India, come i prigionieri della guerra in Africa? E lo avrebbero interrogato, di sicuro. In maniera brutale?

Per quel che ne sapeva gli americani non usavano metodi di tortura come i russi o come... i tedeschi.

La loro ennesima offensiva poteva però averli esasperati, rendendoli indolenti e crudeli nei confronti di un nemico già abbastanza demonizzato che oltretutto non accettava di arrendersi.

«Vado!» esclamò Hans all'improvviso.

«Sicuro?» chiese Pete guardandolo tirarsi in piedi con una certa fatica.

«Sì, devo andare, non credo sia ancora giunto il tempo per me» una certa energia gli attraversò il corpo, il solo fatto di aver preso una decisione sembrava già aver dissipato metà dei timori.

L'altro americano guardò Pete scuotendo il capo ma non parlò.

«Addio ragazzi, giuro che non vi sparerò» disse volgendo lo sguardo sugli americani che lo circondavano, abbozzando anche un sorriso.

«Tieni Hans» disse Pete tirando fuori da sotto la paglia il suo bel cappotto invernale. Lo aveva riposto lì sotto per evitare che si sporcasse di sangue e umori corporali.

Hans fissò il braccio teso.

«Io... io non so che dire» provò a rispondere all'offerta, quel cappotto gli avrebbe salvato la pelle contro il freddo micidiale che avrebbe trovato all'esterno.

Qualunque parola si sarebbe rivelata inadeguata e non era in grado di rifiutare l'offerta. Lo afferrò, ringraziando con un cenno della testa il sorridente Pete.

«Ma va, sai quanti ne avrò in Francia di questi?» gli disse di rimando.

«Vattene se devi perché stanno per entrare» disse brusco un americano.

Hans lo guardò nervoso. Doveva sbrigarsi.

«Ti aspetterò a Chicago per la restituzione» disse Pete spingendolo con la mano verso la finestra sul lato opposto del salone.

«Ti giuro che lo riavrai!»

«Forse... Vai ora e non farti prendere.»

Hans corse via. Si sentiva incredibilmente frastornato, debole e dolorante, eppure trovò la forza di muoversi con passo veloce.

L'aria fredda all'esterno lo colpì come uno schiaffo facendolo bar-

collare, le tempie pulsanti e gli occhi doloranti come se avesse la febbre.

Il personale medico americano entrò nella sala un minuto dopo la
fuga di Hans. L'ufficiale in comando, un tenente con modi molto
spicci, si piantò al centro del salone, scrutando la camera.

«Signori, prestate bene attenzione alle mie parole, non ho intenzione di passare tutto il giorno qui» fece una pausa per assicurarsi di
aver catturato l'attenzione di tutti.

«Chi è in grado di reggersi in piedi e non ha perduto i documenti
personali si porti all'esterno per...» fu interrotto da una voce dal
fondo della sala.

«Tenente, se non si sbriga ad andare sul retro si lascerà sfuggire un
tedesco.»

«Cosa?» chiese il tenente tra il trambusto che, improvviso come
un tornado, si era scatenato nel salone.

«Pezzo di merda!» urlò Pete. «Bastardo, ma che cazzo...» il soldato
al suo fianco gli tappò la bocca.

«Pete, sei impazzito, vuoi farti arrestare? Stai zitto, ricorda che lo
abbiamo aiutato noi a fuggire.»

Fischi e insulti volavano nell'aria, sembrava che a nessuno fosse
piaciuta quella soffiata.

«Quel coglione di Patterson non si è accorto che ci siamo di mezzo
noi con la fuga di Hans, almeno non credo, ma se fai così andiamo
di fronte a un plotone d'esecuzione senza neanche avere il tempo di
pisciarci sotto» continuò l'uomo che teneva chiusa la bocca all'agita-
tissimo Pete. Il tenente intanto stava dando istruzioni ai suoi per verificare la presenza del tedesco.

Il salone fu sgombrato in un caos indefinibile, ognuno cercava di
fare del proprio meglio ma senza coordinazione alcuna. «Datevi una
calmata! Sergente, controlli il retro» il sottufficiale fece un cenno a
due fucilieri dietro di lui e si diresse verso la porta laterale.

Il retro della villa era ampio quanto il cortile all'ingresso, leggermente meno curato; a circa venti metri si trovava il muretto che circondava la costruzione e, sul lato lungo, il cancello in ferro che conduceva al fitto bosco in direzione sud.

Hans sorrise di quella copertura inaspettata, entrando nel boschetto avrebbe triplicato le chance di cavarsela. Si guardò intorno furtivo, poi prese ad attraversare lo spazio che lo divideva dalla vegetazione, senza mai voltarsi indietro.

«Alt» il grido fu seguito da uno sparo. Tanta fu la sorpresa che Hans cadde bocconi a terra, vicino al cancelletto di ferro. Gli furono addosso immediatamente, robuste braccia lo presero sotto le ascelle tirandolo in piedi.

Mugolò per il dolore, strattonandolo dovevano avergli riaperto la ferita al fianco, sentì gli indumenti riempirsi di un tiepido liquido.

«Mi arrendo, non fatemi del male» disse ansimando mentre cercava di tenere il passo sostenuto dei due americani.

«Bastardo figlio di una cagna! È uno di loro!» ringhiò l'uomo alla sua destra.

«Ammazziamolo sergente» sibilò rabbioso l'altro arrestandosi di colpo.

«Che cazzo fai, muoviti!» intimò il sergente.

«No sergente, è uno di quegli stronzi, guardi, ha anche un nostro cappotto di ordinanza» alzò il fucile puntandolo alla tempia del tedesco.

Hans sgranò gli occhi, non riusciva a capire nulla di quello che stava accadendo, il terrore gli paralizzò la lingua mentre un forte tremore gli attraversò tutto il corpo.

Il tenente comparve in quel momento dall'angolo ovest «Per dio, sergente! Siete impazziti tutti quanti? Mahler, giù il fucile, immediatamente!» ordinò deciso.

«Tenente, credo sia uno del 150°, uno del battaglione.»

«Diamine, ha un nostro cappotto... ha provato a dire qualcosa?»

Hans recuperò un filo di coraggio, decretando però la sua sorte in quel vano tentativo di salvarsi.

«Tenente, mi costituisco, sono un prigioniero, non sparatemi, sono disarmato.»

«Sentito che inglese eccellente, signore?» disse scuotendo la testa il sergente.

«Cristo Santo! Devi essere fuori di testa» esclamò il tenente guardando Hans stupito.

«Portatelo dal capitano Mitchell, forza!» concluse l'ordine con un gesto perentorio della mano.

150° battaglione? Ma che cazzo farneticano? Hans non riusciva a capire cosa volessero dire. Il perché di tanta agitazione e di una tale rabbia gli sfuggiva.

Il capitano Mitchell, un uomo di bassa statura con i capelli e i baffi spruzzati di bianco, era in piedi di fronte all'ingresso anteriore della villa. Controllava i feriti confortando i più gravi e assicurandosi della loro sistemazione nei cassoni dei camion.

«Capitano, uno dei balordi di Skorzeny» disse brevemente il sergente dopo il saluto.

Hans sentì ma non associò nulla, troppi i pensieri che gli giravano in testa. Lo sguardo dell'ufficiale era freddo, più volte i suoi occhi lo esaminarono da capo e piedi senza fiatare.

«Capitano, mi dichiaro vostro prigioniero, sono disarmato, confido nel vostro onore, ho rischiato che mi uccidessero poco fa nonostante...» non riuscì a finire la frase: il capitano aveva alzato la mano destra mostrandogli il palmo, per zittirlo.

«Quindi lei parla perfettamente inglese» una constatazione, non una domanda.

Fu allora che Hans capì, sbiancando.

Sentì le forze venirgli meno e lo stomaco bloccarsi in un gorgoglio di puro fiele. Si ricordò del questionario che gli fecero compilare un mese prima dell'offensiva, quando avevano saputo in caserma che avrebbe potuto conoscere l'inglese, per via dei suoi viaggi. I suoi amici gli avevano consigliato di sbagliare deliberatamente per evitare l'inserimento in un'unità segreta. Girava addirittura voce che Otto

Skorzeny, l'avventuriero più amato della prostrata Germania, stava formando una speciale unità per un compito top secret.

Hans pensava fossero solo voci, ma decise di sbagliare quasi tutto, ricevendo anche il biasimo del comandante per il tempo che gli aveva fatto perdere.

Ripensò anche al rimbrotto di Grosky, alla villa, quando aveva voluto parlare con il ragazzo americano, sul fatto che non avrebbe dovuto mostrare la sua conoscenza dell'inglese. *Che cazzo avevano combinato quegli uomini selezionati?*

«Io...»

«Silenzio, da questo momento non dovrai più nemmeno fiatare» gli disse secco il capitano «Portate questo pezzo di merda nel camion di coda e non perdetelo di vista» aggiunse poi rivolto al sergente.

«Agli ordini! Avanti ragazzi, portiamo via questo porco nazista!»

La debolezza per la ferita riaperta e lo stress della situazione lo fecero barcollare. Fu strattonato bruscamente, gemette per il dolore, ma non ci fu nessun gesto di pietà nei suoi confronti.

«Ma capitano... io non capisco, mi ascolti, faccio appello a...» provò a dire con il poco fiato che gli rimaneva.

«Sta zitto animale!» urlò il sergente colpendolo violentemente tra le scapole con il Garand.

Dolorante, si risolse a tacere per il momento, avrebbe provato a spiegare la situazione appena ce ne fosse stata l'occasione. Sperò che gli altri americani con cui aveva condiviso la convalescenza stessero spiegando il motivo per cui aveva un cappotto nemico addosso.

Superarono tre camion con i teloni abbassati. Non poté voltarsi, altrimenti avrebbe visto Pete che, accovacciato nel cassone del secondo veicolo, lo fissava scuro in volto.

Forse avrebbe voluto parlare ma non lo fece, c'era il rischio della corte marziale per aver aiutato un nemico a fuggire. Gli augurò in cuor suo di cavarsela ma da quel che si vociferava tra i soldati sopraggiunti, Hans non avrebbe visto la luce di domani.

Sospirò ma non parlò; aveva provato ad aiutarlo, non aveva nulla di cui pentirsi.

Arrivati all'ultimo veicolo spinsero Hans così forte verso la ribalta che vi sbatté contro con violenza, finendo poi a terra ansimante.

«Sali dentro, bastardo!» calci e parole piovvero su di lui come una grandinata.

Con grande sforzo riuscì a issarsi a bordo; si ritrovò nel camion in cui avevano sistemato i sacchi con i cadaveri recuperati nella casa e probabilmente lungo le strade durante il tragitto di avvicinamento, perché c'erano decine di quegli orribili fagotti.

«Inutile che fai lo schizzinoso, sei come loro. Anche se ancora cammini, sei già morto!» disse il soldato che poco prima sembrava sul punto di sparargli in testa. Lo stava guardando con un disprezzo tale che Hans fu costretto a distogliere lo sguardo.

Era frastornato; la ferita che si era riaperta e pulsava, la paura, gli insulti, i calci, i sacchi pieni di cadaveri lo avevano fatto sprofondare in uno stato di catatonica prostrazione. Si limitò ad abbassare la testa sul petto.

«Siete senza speranze, sporchi bastardi!» continuò l'americano.

«Figli di puttana, combattere indossando le nostre divise... avete proprio toccato il fondo. Porci!» aggiunse il sergente.

Sembravano sul punto di sfogare la rabbia in maniera definitiva, stentavano a ritornare alla calma.

Che diavolo hanno combinato gli uomini di Skorzeny? si chiese amaro Hans, al limite della propria sanità mentale. Avrebbe pagato per crimini che non aveva commesso. Se combatti con la divisa del nemico addosso e ti catturano non hai che una possibilità.

Non concluse il pensiero ma sapeva benissimo cosa lo attendeva.

Era davvero solo ora, nella certezza della fine che lo aspettava.

Si adagiò tra due sacchi mortuari. Orrida poltrona, sinistramente adeguata al viaggio all'inferno che lo attendeva.

Prese la testa fra le mani e iniziò a piangere.

CAPITOLO XII

Il muretto esplose in una grandinata di frammenti; cocci e pietre li colpirono violentemente mentre una nuvola di calce si sparse ovunque.

L'uomo di fronte a Grosky venne letteralmente tagliato in due dalla forza dei proiettili. Non urlò nemmeno. Come una marionetta senza più fili, fu sbalzato scompostamente sul selciato.

Un'altra devastante raffica frantumò pietre e mattoni della loro copertura. Il fragore era assordante.

«Non ci copreee!» urlò disperato il soldato alle sue spalle, calzando l'elmetto ancora più a fondo con la mano.

Gli americani avevano piazzato una 50mm a guardia dell'incrocio, non restava loro altra soluzione che togliersi di corsa dalla zona battuta e raggiungere il punto stabilito dal piano generale: un edificio di tre piani distante ormai meno di trenta metri dalla loro posizione.

«All'esplosione correte via di qui!» urlò Grosky muovendo il braccio in direzione del palazzo dall'altra parte dell'incrocio, aveva una granata in mano.

La gettò in direzione della mitragliatrice, non aveva la pretesa di mettere fuori combattimento la postazione ma almeno avrebbe coperto il loro spostamento.

Era il primo della fila perciò non attese oltre, nell'istante stesso in cui la bomba esplose fece lo scatto verso la salvezza, sparando tutto il caricatore contro la postazione americana.

Dovevano attraversare un tratto di strada asfaltata senza nessuna copertura, con fango e neve che rendevano la corsa particolarmente difficile.

Gli altri seguirono il suo esempio, non avevano altra scelta.

L'americano alla Browning tentò di brandeggiare l'arma per seguire i bersagli che gli si profilavano ora in campo aperto, ma lo spazio angusto nel quale si era appostato e il peso stesso dell'arma gli impedirono l'allineamento della canna con la fila di tedeschi che correvano.

Troppo tardi i colpi devastarono il selciato dell'incrocio, Grosky e i suoi erano già passati.

«Si sono incastrati per bene, i bastardi!» esclamò ansimando rumorosamente Georg, dopo aver constatato che erano passati tutti. Si accucciarono nel cortile della palazzina, al coperto dalla micidiale pioggia di piombo.

«Per nostra fortuna il coglione al pezzo era lento quanto una vacca!» rispose Grosky, tirando forte il fiato.

«Andiamo, facciamoli fuori!» indicò con la mano il primo piano dell'edificio: quasi tutto il muro dal lato da cui erano venuti era crollato e il piano terra era ridotto a un cumulo di macerie piovute dai livelli superiori, collassati uno sull'altro.

Si riuscivano a vedere le finestre del primo piano e raggiungerle era facile perché i detriti stessi piegavano verso il cortile, creando una specie di passerella. Si arrampicarono velocemente e, raggiunte le aperture, aprirono il fuoco contro la postazione americana, più sotto di loro di un paio di metri e defilata sulla destra.

Gli americani non potevano rispondere, cercarono di girare l'arma ma una granata lanciata con incredibile precisione da un tedesco piombò su di loro.

L'esplosione pose fine alla minaccia, Grosky fece segno di cessare il fuoco di soppressione.

In lontananza si udiva il crepitare delle armi e le deflagrazioni delle granate: la battaglia proseguiva senza sosta tutto intorno a loro.

Grosky verificò che il settore fosse libero. Erano due ore che si muovevano, quasi sempre strisciando, per raggiungere l'edificio assegnato ai suoi uomini dal comando.

«Junk! Junk!» chiamò cercando con lo sguardo il piccolo Gefreiter.

«Signore!» arrivò quello rotolando tra i detriti per evitare di esporsi.

«Vai al comando. Rapporto situazione: abbiamo subito qualche perdita ma siamo ancora in grado di combattere, abbiamo però perduto tutto il cavo per il telefono. Siamo in posizione assegnata, in attesa. Predispongo gli uomini per l'assalto. Richiesta formale ferraglia su cingoli per potercela fare più agevolmente» mentre parlava scrutava l'albergo in fondo alla strada, obiettivo finale della giornata.

Congedò Junk con un gesto della mano.

«Vado!» disse la staffetta facendosi scivolare giù verso il cortile da cui erano saliti poco prima.

Grosky si guardò intorno: gli erano rimasti circa cinquanta uomini della compagnia a ranghi ridotti che gli avevano affidato insieme alla promozione, poco dopo essersi ricongiunto con la sua divisione.

Venti di questi erano nascosti con lui, gli altri sparsi nella zona circostante, non molto distanti; tutto sommato si erano mossi bene. I suoi uomini iniziarono a sistemarsi meglio nell'edificio, creando varchi da cui sparare o chiudendo quelli troppo grandi.

Georg, l'anziano Unterofficer e Fiodor il mitragliere, approntarono una postazione accumulando mobili di piccole dimensioni e macerie vicino alla finestra d'angolo.

Avevano un ampio arco di tiro; se gli americani avessero deciso di provare a riguadagnare le posizioni perse in quel villaggio in culo al mondo, loro non si sarebbero fatti sorprendere. Oltretutto erano coperti quasi completamente dal fuoco proveniente dall'albergo da una palazzina che faceva angolo oscurando la visuale.

«Allora, quello è l'albergo!» Grosky puntò il dito verso un grande edificio con pianta a L distante circa quattrocento metri.

Osservavano da una breccia tra il primo e il secondo piano che concedeva un'ottima visuale su tutto il paesino.

Lo stile classico con cui era stato costruito faceva spiccare l'albergo rispetto alle altre costruzioni, anche ora che i segni della guerra si erano fatti evidenti sulle facciate verde mare. Sul tetto erano state ricavate diverse postazioni di difesa con sacchi e reti mimetiche.

Era situato vicino a un incrocio tra due strade di modeste dimensioni, poco più larghe di un normale camion, divenute ora fondamentali nella spinta verso ovest e che conducevano verso la parte nord-est di Bastogne, la città la cui resistenza accanita aveva fatto accumulare enormi ritardi all'intero corpo.

Patton e la sua terza armata erano in avvicinamento. O riuscivano a sbloccare la situazione entro poche ore oppure la già tremolante offensiva si sarebbe risolta in un disastro completo. Almeno era questo che Grosky si sforzava di credere: che una speranza c'era, bisognava conquistare l'albergo e la collina dietro di esso. Dando un senso agli ordini ricevuti riusciva anche a darne di appropriati lui stesso, ai propri ragazzi.

Nelle ossa sentiva però il peso della verità, ben diversa: non avevano più speranze, lo si vedeva chiaramente nella ferrea volontà di non arrendersi di ogni singola unità americana che avevano affrontato. Resistevano perché sapevano che alle loro spalle c'erano forze sufficienti a capovolgere la situazione, occorreva solo organizzarle. Mentre i tedeschi erano tutti in campo, non c'erano più riserve e addirittura si rischiava di vedersi spuntare i russi alle spalle, stando a quel poco che filtrava dall'altro fronte.

«Junk è passato!» disse uno dei soldati di guardia al lato opposto.

Per ora tutto andava bene, se solo gli avessero inviato un paio di carri armati era sicuro di riuscire a prendere l'albergo in meno di un'ora. A quel punto avrebbero dato l'assalto alla collina, lasciando una via di fuga agli americani asserragliati in cima: non avrebbero continuato a combattere senza la certezza dell'albergo, quindi invece di costringerli spalle al muro, avrebbe assecondato l'istinto di abbandonare la posizione ormai inutile.

Improvvisamente Fiodor iniziò a sparare con la mg, facendo scattare tutti quanti in posizione di combattimento.

«Dove?» urlò Grosky cercando di seguire il percorso dei traccianti e di capire cosa stesse succedendo.

«Non sparate, non occorre!» urlò Georg vicino a Fiodor, consapevole che dall'albergo non potevano vedere la mg.

Se avessero iniziato tutti a sparare, gli americani avrebbero individuato con precisione le loro postazioni all'interno. Seguirono altre tre lunghe raffiche, poi Fiodor si girò verso di loro con un sorriso soddisfatto.

«Ufficiali in movimento, li ho fermati! Laggiù, lato sinistro dell'albergo, la radura dopo la macchia boscosa della collina» indicò il punto. Jurgen prese il binocolo.

«Ottimo lavoro ma non era un gruppo di comando, a giudicare dalla ferraglia sparsa ovunque... mitraglieri!» disse Grosky osservando l'area battuta dalla mg42. Era crivellata di colpi, tre corpi in uniforme verde giacevano scompostamente nella neve ridotta a una fangosa poltiglia dall'impatto dei proiettili e del sangue che vi si mischiava.

«Sì, confermo, mitraglieri. Almeno quelli dell'albergo si sentiranno più isolati ora; da là non tenterà più nessuno di passare!» disse Georg anche lui con il binocolo.

«Era un altro pezzo da 50» continuò Grosky.

«Merda consacrata! Ma quanti cazzo ne hanno?» esclamò il sottufficiale.

«Altri due piazzati in quelle finestre ai lati della balconata centrale e una sul tetto.»

«Deve essere una compagnia di supporto pesante» fece eco Fiodor guardandoli serio.

«Porca puttana! Tra tante unità proprio quella meglio equipaggiata per asserragliarsi» esclamò Georg a bassa voce.

«Fanculo!» concluse Fiodor tornando a imbracciare la sua '42, aveva appena sistemato un nuovo nastro.

Una serie di esplosioni colpirono l'area circostante al palazzo, un paio di colpi sfiorarono il tetto già ampiamente danneggiato.

«Mortai pesanti!»

Si rannicchiarono alla meglio, in attesa che il fuoco di risposta cessasse.

Durò meno di due minuti, i puntatori avevano stimato sulla base dei traccianti ma non erano stati precisi, nessuno rimase ferito.

La fortuna finora propizia iniziava a voltare loro le spalle e Grosky era soldato da troppo tempo per ignorare che l'addestramento e la tenacia valgono ben poco contro il fato. Si fece cupo, passò in rassegna i ragazzi che lo circondavano, quelli che riusciva a vedere. Erano pronti a scattare a un suo ordine, come lo furono Pernass, Grulhe e gli altri a loro tempo.

Il soldato germanico non ripiega facilmente di fronte all'ineluttabilità della sconfitta, o non sarebbero arrivati al punto di continuare a combattere ancora nell'inverno 1944. Dottori, ingegneri o semplici falegnami come lui, questo sarebbero potuti divenire quelle figure in grigio-verde, sporche e malridotte. Un'intera generazione spezzata, pensò amareggiato e disgustato allo stesso tempo.

Tornò a concentrarsi sull'albergo, chiamando con un gesto Georg. Si fidava molto del giudizio del vecchio soldato, un tipo assennato per nulla invischiato in fanatismi e altro: uno che faceva il suo dovere per bene e sempre con il pensiero di casa ben in mente. Non avrebbe esitato perché era il suo carattere a imporgli quel comportamento ferreo, ma avrebbe anche elaborato pensieri volti alla salvaguardia, per quanto possibile, di tutti i propri compagni e della sua vita.

«Vedi quelle villette sulla sinistra?» gli disse indicando con la mano tesa attraverso una fessura nel muro.

L'uomo annuì.

«Recupera sei ragazzi, due mg34 e almeno trenta nastri» fece una pausa dopo aver scandito bene l'ordine, riflettendo sul piano che si andava delineando nella sua testa.

«Anticiperete l'assalto muovendovi attraverso quei cortili fino all'incrocio con il rudere laggiù» si morse il labbro, muovere le pedine come su di una scacchiera, un ruolo un po' troppo strategico per i suoi gusti.

«Vi posizionerete in modo da avere il fronte e il lato sinistro dell'albergo bene in vista, così da coprirci quando partiremo, lungo la stessa direttrice, per prenderlo.»

«Bene» fu l'unica risposta. Se qualcosa non gli fosse piaciuto glielo avrebbe sicuramente fatto notare, ma sembrava concordare sulla mossa.

Georg si voltò e, chiamandoli a gesti, preparò i ragazzi che avrebbe portato con sé. Caricò due nerboruti parà di nastri sciolti e di cassette contenenti altre munizioni, poi spiegò brevemente il tragitto da percorrere e indicò i punti in cui avrebbero potuto piazzarsi le sezioni mitragliatrici in maniera ottimale.

«Siamo pronti» disse poi a Grosky dopo dieci minuti.

«Bene, fra non molto si comincia. Quando sarete in movimento cercate di mantenervi lungo le pareti di sinistra e non esitate lungo il percorso, prima vi posizionerete e meglio sarà.»

Jurgen guardò l'orologio, avevano circa un'altra ora scarsa, poi la notte sarebbe calata portando via la già tenue luce del giorno.

Uno spesso strato di nuvole gravava sopra la terra sanguinante ma non sarebbe durato in eterno, prima o poi il sereno sarebbe giunto e allora gli aerei Alleati avrebbero ripreso a volare. Dovevano sbrigarsi, non potevano permettersi altri ritardi.

Sospirò, non c'era un attimo di tregua per loro.

«Signore» la voce proveniva dalle sue spalle; dopo aver sistemato i ragazzi si era appartato per fumare un paio di sigarette.

Era Junk, di ritorno dalle retrovie.

«Allora?» chiese soffiando fumo dalle narici.

«Qualcosa non va, i carri vanno a sud.»

Grosky strinse gli occhi ma non parlò.

«Non mi hanno spiegato nulla ovviamente, mi hanno solo detto che non manderanno carri. Però dei soldati mi hanno detto che hanno visto chiaramente i Tiger procedere verso sud.»

Georg era a pochi passi, aveva sentito tutto, e serio in volto si avvicinò. «Patton?» chiese cercando lo sguardo di Grosky.

«Sicuro, ci morde il culo mentre affossiamo la testa in quella palude di merda chiamata Bastogne.»

La situazione era disperata, stavano già cominciando a combattere la battaglia difensiva sui fianchi, senza aver raggiunto ancora nessun risultato concreto.

«Chiedono le coordinate per l'artiglieria. Venticinque, forse quaranta colpi, non possono fare di più.»

«Cosa? Ma che cazzo dicono!» questa volta Grosky quasi urlò, alzandosi in piedi e andandosi a piantare di fronte al Gefreiter che barcollò all'indietro.

«Bastardi figli di troia» sibilò cercando un pezzo di carta e una matita per le coordinate.

«Anche ne sparassero quaranta non serviranno a nulla» disse tracciando numeri e simboli sul foglio.

«Già» sospirò Georg.

«Allora: fuoco di efficacia sull'albergo, di soppressione sulla collina. Ottanta colpi, non fartene promettere uno di meno.»

«E fatti confermare gli orari di inizio del fuoco» aggiunse Georg.

Junk scattò attraverso il cortile lungo la stradina che aveva seguito prima.

«Ai primi colpi d'artiglieria raccogliete tutto. Hanno cinque minuti per iniziare, poi parti te Georg, non appena finiscono di cadere i confetti.» Grosky e il suo secondo si spostarono lungo la linea difensiva nell'edificio, dando brevi disposizioni agli uomini e assicurandosi che tutto fosse in ordine.

«Partiamo?» chiese Fiodor controllando l'orologio.

«Prepara i tuoi, dopo il fuoco d'artiglieria per la copertura si assalta.»

Passarono i minuti previsti e puntuale arrivò il sibilo dei proiettili che li sorpassavano.

Le esplosioni scossero le fondamenta del villaggio e porzioni di muro si staccarono anche dall'edificio in cui erano asserragliati.

L'albergo fu colpito da un solo colpo della prima salva, nella parte sud, quella che guardava verso di loro.

Lo squarcio che si aprì sembrava una mostruosa bocca fumante.

Gli altri proietti si dispersero nella zona circostante senza danneggiare le fortificazioni americane.

«Nebelwerfer!» Grosky era seccato, ottime armi ma imprecise se, come ormai era certo, venivano usate con la fretta che doveva aver colto tutta la divisione.

«Che cazzo ce ne facciamo se non aggiustano la mira?» chiese Georg muovendo il pugno destro in direzione delle retrovie.

«Seconda salva. Giù la testa!»

I colpi li sorpassarono scuotendo il terreno.

Questa volta la salva fu più precisa e numerosi colpi impattarono con effetti devastanti sulla facciata dell'albergo.

La cosa si ripeté altre due volte, infine calò il silenzio, e la polvere, lenta, tornò a posarsi su tutto; quarantacinque colpi, di cui solo una decina sull'albergo.

«Avanti, disporsi per la copertura» urlò Grosky facendo cenno a Georg di muoversi secondo il piano.

In breve tutti furono in posizione, mentre i mitraglieri si portavano nei pressi dell'apertura frontale del palazzo, pronti a correre verso le posizioni assegnate. Georg dette il segnale, le sezioni si avviarono.

«Si comincia» disse Fiodor stringendo il calcio della mg alla guancia destra.

Impossibile per loro passare senza essere visti, molti edifici erano solo un mucchio di macerie e non offrivano nessuna copertura agli uomini in corsa.

A poche decine di metri dai punti di arrivo iniziò un fittissimo fuoco di sbarramento dalle finestre e dal tetto dell'hotel, Georg e i suoi si ritrovarono inchiodati senza possibilità di indietreggiare o avanzare.

«Fuoco per Dio! Fuoco!» urlò Grosky osservando la scena dalla finestra.

Presero a sparare tutti quanti, anche se la maggior parte delle armi personali era inefficace data l'ampiezza della zona di fuoco: alternavano raffiche prolungate ad altre più brevi, con le mg che battevano con ritmo costante le zone assegnate.

Iniziarono a cadere anche i soliti colpi di mortaio su di loro. Dalla collina erano intervenuti in supporto all'albergo assediato.

Georg e i suoi approfittarono del conflitto a fuoco generalizzato per raggiungere la loro destinazione: sistemarono le mg e iniziarono a sparare anche loro, con molta più efficacia.

Grosky decise di attendere, voleva vedere che decisione avrebbero preso gli americani: se avessero contrattaccato per scacciare i mitraglieri oppure se si sarebbero chiusi a riccio.

Nessuno si mosse, sparavano dalle loro postazioni martoriate dal fuoco di artiglieria di poco prima ma sembrava che non fossero in grado di spezzare sul nascere l'attacco.

«Avanti!» l'ordine di Grosky risuonò lungo la linea tedesca.

Si alzarono in piedi e iniziarono a correre come pazzi.

Fiodor prese la mg e si apprestò a seguire gli sviluppi di quella folle corsa in bocca ai nemici per potersi poi piazzare. Le squadre si muovevano tra le macerie, mentre le mg di Georg fornivano copertura. Essendo sparpagliati e protetti dalle rovine, il principale problema erano i colpi di mortaio che piovevano dal cielo senza sosta.

Grosky fu gettato al suolo dall'onda d'urto di un'esplosione. L'uomo al suo fianco volò invece in aria, le gambe tranciate di netto all'altezza delle ginocchia.

Lo guardò finire sopra un cumulo di detriti, agitarsi in preda alle convulsioni per il dolore... morfina, occorreva morfina... ma non c'era tempo, dovevano correre, fermarsi significava perdere altri uomini.

Ogni colpo faceva schizzare letali schegge tutto intorno, in breve altre urla si unirono a quelle dell'uomo mutilato.

«Forza! Correte!» urlò Grosky con quanto più fiato poteva, pregando in cuor suo di non perdere troppi soldati lungo il tragitto. A circa cento metri dall'obiettivo iniziò a gesticolare con la mano, indicando ai suoi di spargersi il più larghi possibile. Raffiche selvagge di mitragliatrice li investivano dall'alto, dalle finestre ai lati e da un'apertura al livello del suolo. Una specie di muro di piombo impediva al gruppo ogni ulteriore movimento.

«Fiodor!» urlò Grosky.

Il mitragliere sanguinava visibilmente da una ferita alla testa e un rivo rosso gli scorreva lungo tutto il lato sinistro del collo. Sembrava comunque una ferita superficiale perché rispose alla chiamata con un gesto deciso del capo.

«Fiodor! Abbiamo bisogno di copertura, porta qualcuno...» una gragnola di colpi lo sfiorò fischiando e impattando contro le pietre dietro cui stava nascosto, costringendolo ad abbassarsi.

«Porta qualcuno sul tetto di quella casa!» concluse indicando una piccola villa a circa venti metri alle loro spalle. «Vai cazzo!»

Senza esitare il mitragliere fece cenno ad altri due e s'infilò attraverso una finestra nella casa.

L'uomo che chiudeva la fila fu colpito da vari proiettili alle gambe, cadde seduto e, frastornato, alzò una mano facendo il gesto di chi si ripara dal riverbero del sole, in direzione dei nemici.

Una seconda raffica lo investì staccandogli la mano e facendogli esplodere la testa, ponendo così fine a quell'assurda scena.

Fu solo un'impressione ma a Grosky sembrò di veder volare via la faccia del soldato, quasi avesse indossato una maschera sopra il teschio. Non vi badò molto, l'adrenalina era alle stelle e ogni pensiero durava appena una frazione di secondo. Si ritrovò a guardare l'albergo: era stato sventrato dall'artiglieria, più di quello che aveva potuto constatare dalla posizione iniziale.

Notò del movimento al primo piano, puntò il fucile e sparò diversi colpi in rapida sequenza: non era certo di aver colpito qualcuno ma doveva pur fare qualcosa.

Fiodor iniziò a sparare dal tetto, i colpi crivellarono il lato che guardava verso di loro, fornendo un'ottima copertura.

«Addosso!» urlò Grosky scattando in piedi.

Lanciarono granate nelle aperture, nelle finestre e verso i muretti sul lato destro. Poi entrarono ovunque riuscirono a trovare sufficiente spazio tra i muri e le macerie e spararono come forsennati.

Avanzarono sparpagliati e senza coesione perché granate di mortaio avevano ripreso a cadere e colpivano il piazzale antistante l'obiettivo con estrema precisione: più di un tedesco fu sventrato dalle esplosioni. In breve l'area fu colma di cadaveri, membra umane e polvere.

Saltata la finestra di una piccola sala al piano terra, anche Grosky si ritrovò all'interno. Un soldato sparò a bruciapelo da dietro l'angolo del corridoio oltre la porta interna della stanza, ma non mirò, tirando una raffica veloce quanto imprecisa almeno un metro oltre il tedesco.

Grosky non provò nemmeno a rispondere al fuoco, ma sull'onda dell'adrenalina corse verso il nemico, colpendolo con il calcio del fucile una, due, dieci volte, fracassandogli la testa. Sentì le ossa del volto spaccarsi quando continuò a colpirlo nonostante fosse caduto e non tentasse più di proteggersi dalla foga assassina.

Fece appena in tempo a imbracciare nuovamente il fucile, ora incrostato anche del sangue schizzato ovunque, che un'altra ombra attirò la sua attenzione.

La raffica che sparò devastò la parete opposta alla sua, divelse una piccola porta di legno e fu seguita da un rumore di passi precipitosi. Aprì una granata e la lanciò attraverso la porta che aveva distrutto.

L'esplosione riempì il corridoio di pezzi di legno, polvere e carta da parati di lusso strappata e bruciacchiata.

«Qui» urlò a due suoi uomini quando li vide attraverso uno squarcio nel muro alla sua destra.

«Dobbiamo trovare le scale, occhi aperti!» e si gettò lungo il corridoio.

Ovunque udiva gli spari e le grida, segno che la resistenza era accanita.

Non aveva più la possibilità di influenzare gli eventi, si muovevano a piccoli gruppi con un obiettivo comune: ripulire la struttura e ritrovarsi a fumare sigarette nel cortile, possibilmente tutti interi.

Si spostarono verso il salone principale che, essendo stato colpito direttamente, era completamente devastato: tavoli, armadi, mobilio irriconoscibile occupava tutto lo spazio in un caos infernale.

Corpi umani e parti di essi erano scompostamente distribuite sul pavimento e sopra le macerie.

Una raffica improvvisa di mitra li spinse a terra.

Non stavano sparando direttamente a loro ma attraverso un muro divisorio; la raffica proseguì selvaggia, proveniva da un'altra stanza, in corrispondenza di una porta ancora integra, chiusa, che si intravedeva dietro il bancone della reception.

Grosky indicò l'ingresso ai due soldati, i quali si disposero in copertura mentre lui, muovendosi a scatti, raggiungeva quel lato e si apprestava a manovrare la maniglia.

Aprì di scatto, tuffandosi poi di lato, lontano dall'apertura.

Un americano con una granata in una mano e la chiavetta di innesco nell'altra si trovò sotto il fuoco dei tedeschi che lo falciarono.

«Granata!» urlarono i due accorgendosi dell'ordigno che cadeva a terra insieme al soldato morente.

Il frastuono fu enorme, Grosky si trovò coperto di schegge e materiale scardinato, tossì sconvolto cercando di recuperare l'equilibrio, non aveva fatto in tempo a spostarsi.

Dalla stanza attigua vennero lanciate altre granate verso i due tedeschi che lo coprivano.

Un urlo strozzato poi altre due esplosioni.

Grosky si accucciò a terra, schiacciandosi il più possibile sul pavimento.

Aspettò qualche secondo poi osò alzare il capo, solo per vedere i corpi schiantati dei suoi soldati sul lato opposto: dalla stanza uscirono due americani, uno dei quali puntò nella sua direzione, senza riuscire a vederlo per il fumo e la polvere delle esplosioni.

Grosky si alzò di scatto urlando e vuotò il caricatore contro di loro, crivellandoli, imbrattando le pareti di sangue.

Li scavalcò senza pensare, entrando nella stanza dietro di loro alla ricerca di altri nemici, ma non trovò nessuno.

Si arrestò appoggiato alla parete, delle scale ancora non c'era traccia, la stanza aveva delle finestre che si affacciavano sul retro ma non c'erano altre porte.

Una mitragliatrice da 30mm puntava verso il cortile retrostante.

Uscì, voltò l'angolo cieco del salone principale e si imbatté finalmente nelle scale per i piani superiori.

I combattimenti proseguivano ovunque, udì raffiche anche dai piani di sopra e colpi isolati di fucili e pistole: gli altri dovevano aver trovato vie alternative, almeno fino al primo piano.

Stavano vincendo?

Non aveva risposta, salì velocemente la prima rampa e si arrestò sugli ultimi gradini affacciandosi all'altezza del pavimento del piano, tentando di vedere tra il fumo e la polvere che filtrava dalle assi.

Da una stanza dall'altra parte del corridoio, quasi di fronte a lui, proveniva il suono inconfondibile di una mitragliatrice da 30mm che snocciolava colpi su colpi.

Fu sfiorato da una raffica fin troppo lunga che trapassò il muro di legno, sparata dall'esterno in risposta. Una delle mg di Georg probabilmente.

Cazzo! Ma dove sparano, quei coglioni? pensò furioso.

Non poteva muoversi, finché i suoi continuavano a tenere ingaggiata la 30mm rischiava che lo colpissero, dato che si trovava quasi in linea con la postazione nemica.

La porta della stanza fu spaccata in due da un'altra raffica delle mg tedesche. Dall'apertura vide un soldato americano ansimante a terra, disteso sotto la finestra dalla quale un suo compagno continuava a sparare, abbassandosi ogni tanto per evitare i colpi di risposta.

Armò una granata e la infilò nella stanza, coprendosi poi la testa con le braccia.

L'esplosione pose fine al combattimento, fece per alzarsi ma altre raffiche, provenienti dall'esterno, lo spinsero alcuni gradini più in basso.

«Ma per Dio! Vogliono ammazzarci?» questa volta si trovò a urlare con rabbia per quelle raffiche.

Poi però capì che qualcosa non andava, sembrava che i mitraglieri stessero coprendo una ritirata.

«Cazzo!» l'esclamazione gli uscì spontanea: probabilmente erano stati respinti e Georg cercava di far tornare al riparo i sopravvissuti.

Doveva andarsene al più presto, o sarebbe rimasto bloccato all'interno.

Si girò per scendere le scale ma si trovò faccia a faccia con tre americani che lo guardarono altrettanto stupiti.

Passarono dei secondi lunghi quanto vite ben spese, secondi interminabili durante i quali solo il caso impedì che qualcuno reagisse.

Congelati, pietrificati, si guardarono negli occhi, le bocche serrate dalla paura e dall'incertezza dell'immediato futuro.

Dall'esterno nessuno sparava più contro l'albergo. Era solo.

«L'arma, gettala!» ordinò il sergente americano dopo un tempo che parve lunghissimo.

Lo stg44 cadde rumorosamente a terra, scivolando di qualche gradino verso gli anfibi dei soldati che lo tenevano sotto tiro.

Con un gesto del capo il sottufficiale fece raccogliere il fucile al soldato alla sua sinistra.

L'altro intanto, con uno sguardo cupo, si mosse per rovistare nelle tasche di Jurgen prendendo sigarette e il coltello da combattimento. Con il fucile indicò la croce di ferro che era appuntata sul lato sinistro della divisa.

Jurgen comprese e la sfilò, passandola al soldato che la infilò in

tasca accennando un sorriso, ritirandosi poi vicino ai compagni. Grosky sentì le sue forze svanire, alzò le mani e si limitò a fissarli.
   Era finita.

EPILOGO

L'alba giunse improvvisa, chiara come il pomeriggio precedente aveva fatto presagire. Magnifica e terribile allo stesso tempo.

Il cielo era terso, limpido, quasi primaverile.

I cacciabombardieri Alleati sfrecciavano sopra la terra devastata dai combattimenti, impegnati nell'implacabile ricerca di veicoli e raggruppamenti di forze naziste da poter attaccare.

Ancora più in alto formazioni di bombardieri lasciavano fitte scie di condensa dietro di loro, nel tragitto verso la Germania, verso le città e le fabbriche di una nazione ormai allo stremo, ma che il Führer continuava a mantenere sotto la sua morsa, nell'attesa di un ormai impossibile quanto fantasioso rovescio delle sorti.

Il campo era enorme, il più grande in cui lo avessero portato fino a quel momento.

Sembrava il quartier generale di una divisione e, a giudicare dal numero di veicoli cingolati che si vedeva, doveva trattarsi di una divisione corazzata.

Lo avevano fatto camminare insieme a centinaia di commilitoni a lui sconosciuti per due giorni e altrettante notti, intervallando la marcia con pause talmente brevi che nessuno di loro riuscì a chiudere occhio. Le guardie invece venivano cambiate a ogni check-point.

Era fisicamente distrutto e incapace di riconoscere di avere ancora dei sentimenti riguardo alla situazione: praticamente si trascinava sperduto, come un bambino troppo piccolo per comprendere, portato a una processione religiosa.

Lungo la strada gli avevano preso quasi tutto: il portafogli, i gradi, il berretto floscio, il poncho.

Sembrava che gli americani fossero in cerca di ricordini da portare in patria quasi fosse stato loro ordinato: la stessa sorte era infatti capitata a tutti gli altri. Nel giro di poche ore le già spersonalizzanti divise da combattimento erano state uniformate fino alla base, sembravano uscite dalla sezione taglio delle fabbriche di produzione. Soldati semplici e ufficiali di rango inferiore camminavano insieme nel grigio dei loro abiti senza più mostrine né accessori.

In ogni caso non c'era più nemmeno la necessità di una qualsiasi forma di gerarchia, non avevano bisogno di nessun ordine oltre a quello urlato in continuazione dagli americani: Muoversi!

Una recinzione di filo spinato era la loro destinazione, un'enorme pianura circondata dal ferro acuminato sarebbe stata la loro caserma per il momento, fin quando non avessero approntato dei campi di prigionia. Gli Alleati ne erano sprovvisti in quelle zone. D'altronde non si aspettavano l'offensiva del mese precedente.

«In fila per uno!» urlava continuamente, in tedesco, con monotona ripetitività, un caporale dell'intendenza che stava in piedi sopra una cassetta di legno, vicino all'ingresso.

All'interno alcuni camerati attendevano i nuovi arrivati, nella speranza di riconoscere qualcuno di familiare con cui condividere la sorte. Grosky non riconobbe nessuno.

Superò i soldati tedeschi all'ingresso e, notata una leggera digressione nel terreno alla sua sinistra, vi si diresse per cercare un angolo in cui riposare. Voleva solo dormire, un'ora o tutta la vita, poco importava, purché avesse potuto chiudere gli occhi e abbandonarsi al sonno che gli mordeva le membra.

Disceso il dislivello però, fu affiancato da un soldato alto e magro, dal volto scavato e i cui occhi tradivano un profondo stato di depressione e stanchezza.

«Camerata» esordì quello toccandogli il braccio.

Grosky rispose con un suono gutturale, quasi impercettibile. Non aveva né la forza né la voglia di iniziare una conversazione.

«Camerata, vuoi vedere se conosci qualcuno?»

«Qui? Non ora, tanto dove vuoi che vadano» rispose proseguendo.

«Intendevo dall'altra parte» indicò oltre la recinzione un luogo coperto alla vista dal terreno in salita. «Di là intendo, dove sono i condannati.»

Grosky si arrestò, guardandolo con stupore

«Condannati? In che senso?»

«Fucilazione. Hanno trovato alcuni camerati con indosso uniformi americane.»

Continuando a fissarlo, mosse alcuni passi nella direzione che l'uomo gli aveva indicato, ancora incredulo.

«Non sento sparare» provò a obiettare, voleva essere lasciato in pace ma non aveva la forza di opporre un serio rifiuto.

«Processo formale e poi al muro, ti giuro: è così da alcune ore.»

Ore? Non aveva senso... quanti uomini avranno cercato di nascondere la propria identità con uniformi nemiche? Di sicuro non così tanti da impiegare tutto quel tempo per punirli secondo il codice marziale.

«Merda!» esclamò accelerando il passo.

Non aveva idea di cosa pensare ma la faccenda non gli tornava chiara. L'uomo lo seguì, senza dire altro. Avrebbe visto da solo.

Finalmente in cima vide la parte del grande campo divisionale che prima non aveva scorto.

Il suo sguardo si posò subito sul muro dell'unica casa colonica della spianata, davanti a lui oltre la recinzione. Era coperto di schizzi di sangue e fori di proiettile, in alcuni punti erano crollati persino i mattoni per la quantità di colpi ricevuti.

Un miscuglio di neve, sangue e fango aveva creato un orribile pantano color ruggine ai piedi del muro. Un gruppetto di soldati americani era seduto vicino alla recinzione che separava le due parti del campo: fumavano e parlavano. Indossavano la tenuta da guerra con i fucili appoggiati ai fianchi o tra le gambe: si trattava chiaramente del plotone incaricato delle esecuzioni.

Dietro il villino a un piano alcune buche riempite di fresco e altre invece ancora da ricoprire indicavano il luogo di sepoltura dei condannati.

«Dove li processano?» il tono era pacato, di fronte all'ineluttabilità di quello spettacolo.

«Laggiù!» rispose il tedesco affiancandosi.

Indicò un gruppo di tende distanti qualche centinaio di metri, raccolte al centro di un'area di sosta per i blindati. Numerosi soldati andavano e venivano, non gli riuscì di vedere i prigionieri però. Decise di sedersi ma fu quasi come se cadesse.

«Skorzeny» disse senza enfasi il suo compagno, sedendosi accanto a lui. «Sono gli uomini di Otto Skorzeny. Hanno combattuto indossando le divise americane, per infiltrarsi prima dell'offensiva. Così almeno dicono altri prigionieri più informati.»

Grosky non rispose, non ce n'era bisogno. Era chiaro che l'azione rasentava il crimine di guerra e la risposta degli Alleati non poteva che essere dura. Avrebbe ordinato la stessa cosa se avesse preso prigioniero un nemico camuffato con una divisa tedesca.

«Dicono anche che, presi dalla rabbia, stiano ammazzando pure quei poveracci che si sono protetti dal freddo con indumenti americani.»

«Non andranno certo per il sottile, immagino che abbiano parecchi conti da saldare con gli uomini di Skorzeny...» rispose Grosky.

Non giudicava nessuno in quel teatro dell'assurdo che aveva di fronte. Provava solo pietà per i tedeschi giustiziati. Avevano obbedito agli ordini. Skorzeny, l'ideatore di quel piano criminale, era l'unico a dover essere fucilato. Probabilmente in quello stesso istante si trovava invece a Berlino, a ricevere medaglie dal Führer.

«Il cane da guardia del piccolo caporale!» Grosky si sorprese di aver pensato ad alta voce e se ne pentì, in fondo non aveva idea di come la pensasse il suo compagno.

«Che vadano al diavolo entrambe!» rispose l'altro sputando a terra. Problema risolto, pensò Grosky.

«Mi chiamo Jurgen Grosky» gli disse allungando la mano.

«Joseph Heineberg» ricambiando il gesto con una stretta frettolosa.

«Fra non molto ne giustizieranno un altro, altrimenti quelli» indicò il plotone americano «di avrebbero mandati via.»

«Non voglio esserci, ne ho abbastanza di sangue da ricordare» rispose Grosky alzandosi e si girò per andarsene.

In quel momento, dalle tende, un altro tedesco venne portato verso il muro.

Hans era scortato da due robusti poliziotti militari ma non ce ne sarebbe stato nemmeno bisogno.

La ferita era peggiorata e la febbre dovuta all'infezione lo stava divorando. Non c'era più nessuna speranza nel suo cuore e si sentiva da ore come morto.

Lo appoggiarono al muro, legandogli le mani a una trave che sporgeva di qualche centimetro dallo stesso. Probabilmente gli chiesero qualcosa: voleva una sigaretta da fumare? Non udì nulla, lo sguardo vuoto perso di fronte a sé.

L'ufficiale aveva già iniziato la sequenza degli ordini al plotone d'esecuzione, schierato in linea, quando gli parve di vedere Grosky, al di là della recinzione.

Non poteva essere.

Guardò di nuovo. Sì era lui. Di spalle, ma ne era sicuro. Sorrise felice, non vedeva più i fucili puntati al suo petto e fece per gridare il nome dell'amico, come se lo avesse scorto in qualche via a Berlino, separati da una strada, su opposti marciapiedi.

Voleva chiamare il suo compagno, avrebbero scambiato quattro chiacchiere, magari bevuto una birra.

Sì! Una birra, ecco cosa ci voleva, aveva anche in mente dove, bastava chiamare Grosky e incamminarsi insieme verso la birreria.

«Jur...» ma gli spari misero fine a tutto.

Grosky sussultò ai colpi, si girò per vedere, ma il corpo afflosciato legato al palo non gli ricordò nessuno: la testa ciondolava piegata da un lato, il volto era coperto. Nulla poteva suggerirgli l'identità del giustiziato.

«Conoscevi?»

«No per fortuna. Andiamocene» disse Grosky sollevato.

«Passiamo di qua, c'è un'altra cosa che devi vedere.»

Proseguirono lungo la cresta, a una curva si trovarono di fronte a dei campi coltivati, una grande pianura agricola devastata dai combattimenti.

Grosky si bloccò, ammutolito.

«Visto?» chiese Joseph notando la reazione.

C'era una distesa di cadaveri, contorti nelle posizioni più grottesche, sparsi in un raggio di centinaia di metri, al di là del perimetro del campo americano.

«Sono i nostri, li hanno lasciati nei campi in cui li hanno uccisi perché sono congelati con il terreno, la notte in cui li hanno massacrati. Forse provvederanno più tardi, con i bulldozer.»

Una distesa di fango, neve e corpi.

«Un inferno» disse Joseph.

«Di ghiaccio» aggiunse Grosky.

Il freddo pungente gli provocò un brivido lungo la schiena. Sorrise a quella sensazione. Era ancora vivo, nonostante tutto.

FINE

Fino alle mura di Babilonia
di Giovanni Melappioni

Corri!
La gamba destra affonda nella neve, la sinistra, già serrata nella stretta ghiacciata, lotta per liberarsi.
Non fermarti!
Ora è la destra a restare bloccata. E il panico non aiuta.
Corri!
Il cervello lo martella, ma non riesce ad avanzare più veloce.
Senti come gridano? Dio, quelle urla. Urlano ancora? Là dietro, urlano? Dio, sì. Quanto ci vuole a morire schiacciati da un carro?

Sembrava che le disperate grida dei suoi compagni si intensificassero invece di smorzarsi con la distanza. Imprecò fra sé, augurandosi che morissero al più presto pur di non udirne ancora le voci. Imprecò più forte, vergognandosi per quel pensiero. Colto da un crampo perse l'equilibrio, finendo a faccia avanti nel manto che lo accolse richiudendosi bianco su di lui.

Quando alzò la testa il silenzio lo frastornò: non appartenevano ai suoi camerati, le voci che lo tormentavano. Erano echi, rimasti nelle orecchie, che giocavano a ripetersi nella sua mente come se l'inconscio volesse spronarlo a muoversi, a fuggire verso un'improvvisa quanto improbabile salvezza. Si rialzò e riprese a incespicare, ogni passo affondando fino all'inguine. Era un tormento camminare in quell'inferno color latte che sembrava aggrapparsi alle gambe come melassa; nonostante fosse il secondo inverno russo che vedeva, ancora non concepiva come potesse la neve, così eterea nella fragilità dei suoi fiocchi, divenire solida come granito una volta posatasi a terra.

L'agghiacciante rombo di un motore lo costrinse a rannicchiarsi. Si guardò intorno, temendo il peggio, ma le propaggini di un folto bosco dai fusti larghi e frondosi lo divideva dai T34 che avevano attaccato la sua compagnia, massacrandola. Il rumore proveniva dall'altra parte, si spandeva nell'aria e frustava le chiome gravi sotto il peso della neve: pareva scuoterle prima di scavalcarle e piombare addosso a lui, facendogli tremare ogni muscolo del corpo. I nervi a pezzi, il respiro corto, ma soprattutto il dolore per lo sforzo ebbero la meglio sulla sua volontà di riprendere a muoversi per mettere quanta più distanza fra lui e i mostri d'acciaio. Si accucciò coprendosi alla meglio con il lenzuolo color panna che portava arrotolato nelle cinghie della buffetteria e attese, senza sapere cosa. Che tutto finisse, l'intera guerra. O anche solo quel capitolo.

In posizione fetale tentò di pregare, ma si rese conto che, anche ora che rischiava di essere ucciso, non poteva fingere l'esistenza di un dio in cui non aveva mai creduto. La pia illusione di ricevere conforto parlando a un essere invisibile, onnipotente e allo stesso tempo inerte, non gli apparteneva nemmeno ora. Un sorriso gli deformò le labbra distrutte dal gelo: il dualismo del dio dei cristiani, capace di tutto e allo stesso tempo vegetativo spettatore delle vicende umane, lo riportò alle lezioni di fisica dell'università. Alla conferenza con Heisenberg non si era perso una sola parola, sognando di poter arrivare a comprendere almeno un decimo di quanto il professore affermava che non si sarebbe mai riusciti a cogliere nella sua interezza. Formule e schemi della meccanica quantistica passavano davanti ai suoi occhi, disegnandosi sul telo gelido che lo ricopriva.

«Ehi!» sentì chiamare, dopo un tempo che non seppe quantificare.

«Ehi, là sotto. Vieni fuori, siamo tedeschi.» Le parole avevano il forte accento della zona di Francoforte, e la voce non aveva il caratteristico suono gutturale che nessun russo era in grado di mascherare quando parlava la sua lingua.

Alzò la testa, scostando con un gesto stanco lo strato di ghiaccio che si era formato sopra il lenzuolo. Due soldati tedeschi lo guardavano, accovacciati, con un sorriso storto e le espressioni stupite. Dietro di loro, a circa una ventina di metri, ce n'erano altri, abbastanza per essere un intero plotone che gli parve un po' troppo eterogeneo nelle uniformi e negli armamenti.

«Cazzo, c'era davvero qualcuno!» esclamò quello a destra, colpendosi la coscia con la mano. Aveva una pistola mitragliatrice stretta al petto.

«Come avrà fatto a vederlo?» si domandò l'altro, altrettanto stupito.

«Vieni fuori, siamo al sicuro» l'uomo con il mitra tornò a rivolgersi a lui.

«Per ora» fece eco l'altro.

«Ero davvero nascosto così male?» domandò alzandosi da terra con circospezione.

«No amico, eri invisibile. Non ti avremmo mai notato.»

«Ma a lui non sei sfuggito» il soldato disarmato indicò uno dei fanti alle loro spalle, intento a scrutare l'orizzonte con il binocolo.

«Chi è?»

«Il capo» dissero, quasi in coro.

«Un ufficiale. Devo fare rapporto, allora. Avete trovato altri della mia unità?»

«Alcuni, ma li abbiamo lasciati dov'erano. Almeno quelli ancora riconoscibili...» fece un gesto eloquente e dall'espressione sembrava non vi fossero stati sopravvissuti.

Confuso si accovacciò, sentendosi vulnerabile a stare in piedi.

«Vieni con noi.»

Li seguì, accusando i dolori degli arti quasi congelati senza fiatare. Non gli sfuggì di notare le divise di diverse altre specialità nel plotone, fra cui alcuni carristi e inservienti non combattenti. Mentre i due ritornavano in mezzo al gruppo di soldati lui deviò, avvicinandosi all'uomo che era stato definito il capo.

«Pensavo fossi morto» lo apostrofò l'uomo con il binocolo, voltandosi verso di lui.

«Pensavo di essermi nascosto meglio» replicò.

«Per i russi eri invisibile. Non da questo lato, però.»

«Come?»

«Il bianco era diverso» rispose l'altro accennando al manto mimetico.

«Mi chiamo Gregor Woss, grazie per avermi recuperato.»

«Feldwebel Jurgen Grosky. Se sarai in grado di usare la tua arma sarà stato un piacere mio tirarti fuori da quel buco» rise sincero.

«Feldwebel? Credevo fossi un ufficiale.»

«Sono l'unico con un binocolo e una mappa; questo fa di me un generale, direi» sorrise divertito.

«Com'è la situazione?»

«In rapido peggioramento. Ivan ha sfondato lungo quasi tutto il fronte. Siamo dietro le loro linee avanzate di qualche miglio. Avanzano veloci» indicò verso ovest dove colonne di fumo indicavano il fronte in quel momento «e se non ci sbrighiamo avremo addosso come sciacalli tutte le unità di rincalzo» si voltò e questa volta puntò il dito a est, dove era possibile notare linee nere contro l'orizzonte: truppe che avanzavano fra le colline e i boschi.

«Siamo in mezzo fra le unità corazzate e la fanteria di supporto?» domandò Woss con un nodo alla gola.

«Sì, ma hai dimenticato che ingenti forze nemiche sono già impegnate nei rastrellamenti. Siamo come acini d'uva in un pudding rosso sovietico, amico mio.» Nonostante la situazione Grosky appariva tranquillo e gioviale. Woss non stentò a comprendere come mai fosse lui a guidare quel manipolo di sbandati. Lui si sarebbe già arreso, o comunque non avrebbe mai accettato la responsabilità di guidare un gruppo armato in quella situazione. Qualunque incontro con il nemico, rimanendo in assetto da guerra come erano, si sarebbe risolto con uno scontro a fuoco. E le probabilità di uscirne vivi erano scarse.

«Come ci muoviamo, generale?» tentò di scherzare, ma risultò acido. Grosky lo fissò e gli occhi, stretti a fessura, sembrarono avvampare.

«Lo deciderò io, e non ci saranno discussioni. Sei libero di provare da solo, tutti lo sono. Ma se rimani con me ubbidirai a ogni ordine. Chiaro?»

«Sì» mormorò.

«Vai da Potsche, è il Gefreiter seduto laggiù» fece un cenno verso il sottufficiale «ridistribuirà le tue munizioni. Non voglio qualcuno pieno di colpi e altri senza. Un numero pari per tutti. Così se ci rimani secco non dovremo trascinarti come uno dei vostri contenitori da lancio.»

Woss si allontanò, raggiungendo il soldato che gli era stato indicato. Questi si voltò a fissarlo, con un mozzicone di sigaretta fatta con carta da imballaggio, dalla quale ciuffi di tabacco si staccavano, sfavillavano e cadevano a terra. Una barba dura gli era spuntata su quello che aveva tutta l'apparenza di essere un viso sempre sbarbato e liscio. A Woss parve un ragazzino, ma osservandolo meglio si rese conto che si sbagliava: le rughe intorno agli occhi e le mani callose e aspre svelavano un'età più matura.

«Quante ne hai?»

«Un caricatore pieno, metà di quello inserito. Due caricatori vuoti.»

«Sfuse?»

«Niente» Woss estrasse il caricatore dalla tasca di canapa e glielo porse.

«Ti sei dato da fare, eh? Sarebbe stato meglio se avessi conservato la tua scorta» rise amaro Potsche, facendo cenno di tenersi le poche munizioni che gli restavano.

«Sai nulla della mia unità?»

«Abbiamo incontrato un'unità di parà poco prima di giungere qui. Forse erano loro.»

«Dove erano diretti?»

«Nello stesso posto in cui andiamo noi, a ovest» alzò le spalle concludendo la frase con uno sbuffo dal naso.

«Di quello possiamo fidarci?» domandò Woss indicando Grosky, ancora intento a fare calcoli e osservare con il binocolo.

Potsche non rispose, lo fissò, penetrandolo con gli occhi di ghiaccio che non accennavano nessun guizzo, nessun movimento. Sembrava un animale sul punto di attaccare e Woss fece un passo indietro, fingendo di sistemarsi meglio sulla neve.

«Di te possiamo?» gli domandò il soldato con la voce sottile e affilata come una lama.

Woss annuì ma non era una risposta alla domanda dell'altro. Si era reso conto che nemmeno lui era certo di potersi fidare di se stesso. Era fuggito davanti ai carri, mentre era certo che Linke li avesse assaltati. A mani nude, se necessario. Sentì lo stomaco torcersi, non era stato in grado di sacrificare la sua vita. Doveva forse biasimarsi? Lo sguardo di Potsche sembrava poter rispondere alla domanda pur senza conoscerla.

«Certo» rispose. L'altro si voltò senza aggiungere nulla, ponendo termine alla conversazione.

Woss si accorse che Grosky lo stava osservando. I loro sguardi si incrociarono senza che lui potesse decifrare l'espressione del comandante.

***

Grosky tornò alla cartina cercando di trovare almeno un punto di riferimento. Non era una cartografia militare, qualcuno l'aveva tracciata sulla spessa carta da pacchi del servizio postale per un uso personale. L'aveva trovata addosso a un capitano morto un paio di miglia a sud del suo settore, dove i russi avevano sfondato costringendo lui e la sua sezione a fuggire. Non riusciva a capire i segni, non c'era una sola parola per poterla orientare. Al centro era disegnata una linea, una strada o un fiume forse, e lui non ne rammentava nessuno nei dintorni. Tornò a scrutare l'orizzonte. I russi continuavano a muoversi e la loro situazione diventava ogni minuto sempre più pericolosa. Era certo di avere il nord alla sua destra in quel momento, sebbene la spessa coltre di nuvole nascondesse la posizione del sole; doveva stimarla in base alla luminosità del cielo.

Lasciò che il binocolo dondolasse appeso alla cinghia attorno al collo, ripose la carta nella giubba e diede un'altra occhiata al paracadutista. A tutta prima sembrava essere fuggito come un codardo per nascondersi sotto la neve, ma non gli era sfuggito il dettaglio delle poche munizioni che aveva con sé. Doveva aver combattuto, e a lungo per giunta. Decise che voleva fidarsi di lui, forse poteva anche aiutarli a orientarsi, dal momento che erano finiti nel settore di competenza dell'unità di Woss. Era necessario confrontare tutti i dettagli a lui noti del terreno con il suo piano di ritirata. Si avvicinò al parà e gli fece cenno di alzarsi e seguirlo.

«Potsche, dove sono Pernass e Fischer?»

«Non sono ancora rientrati.»

«Tieni il tempo da adesso. Se non tornano fra dieci minuti gli andremo incontro.»

Potsche annuì.

«Ho mandato due dei miei a prendere coperte, cibo e lenzuola da un'isba non molto lontano» spiegò a Woss. Il parà non trattenne un'espressione stupita per essere stato messo al corrente di quel fatto.

«Allora» riprese Grosky «ho una specie di carta tracciata a mano da uno che non può più spiegarcela. Dagli un'occhiata, forse sei in grado di aiutarmi» dicendo questo estrasse il foglio marrone e lo distese fra le mani.

«Sembra più un promemoria.»

«È quel che penso anch'io. Non c'è scritto nulla, per evitare che fosse utile ai russi se la trovavano; mi sembra di capire comunque che alcuni segni sono le unità, altri le conformazioni del terreno.»

«Sì ma è tutto molto caotico, troppo personale» Woss strizzò gli occhi, concentrandosi. «Questa era la posizione della mia unità» indicò un ghirigoro sul margine inferiore della mappa.

«Ne sei certo?»

«Sì, guarda» prese un lembo del foglio e lo ruotò di qualche grado, modificandone l'orientamento. «Non è uno scarabocchio, ma un due e un sette intrecciati. Seconda compagnia, settimo battaglione. È la mia unità, anche se forse è meglio che dica era.»

«È. Ho incontrato alcuni dei tuoi che andavano verso ovest. Abbiamo deciso di dividerci per gestire meglio gli uomini e muoverci più in fretta.»

«Chi li guidava?»

«Un Feldwebel, come me. Linke, mi sembra si chiamasse.»

Woss tirò un sospiro di sollievo, qualcuno era sopravvissuto.

«Quindi» Grosky indicò un punto sulla mappa «noi dovremmo essere all'incirca qui.»

«Credo di sì, sentivo ancora i T34 da dietro quegli alberi laggiù; che a occhio e croce sono queste stanghette qui a lato.» Le dita scorrevano sul foglio, quasi fossero in grado, toccandoli, di decodificare segni e numeri.

«Molto bene, siamo ancora troppo vicini al nostro vecchio fronte ma almeno sappiamo dove siamo. Questa linea cos'è?»

Woss si avvicinò di più, alzò lo sguardo, scosse il capo pensieroso poi annuì. «È la seconda linea del fronte, con il settore in cui saremmo dovuti ripiegare se eravamo costretti a farlo.»

«Ma non è orientata nord-sud.»

«No infatti. Il terreno al centro crea una sacca naturale, la seconda linea è stata ipotizzata spezzata in due: sud-sud/est verso ovest e nord-nord/est verso ovest a ricongiungersi in un punto che non è indicato.»

«Un imbuto.»

«Sì, se riusciremo a rischierarci i russi saranno costretti a dividere le forze.»

«Quindi lo sfondamento perderà slancio comunque. Qui» il dito di Grosky si piazzò sopra una macchia nera, fatta da cerchi concentrici e rapidi di lapis.

«Sì, in teoria sì.»

«Significa che saremo in mezzo; lungo la direttrice di arrivo dei rinforzi russi o lungo la strada di un loro ripiegamento.»

«Peggio non poteva andare» Woss sentì le ginocchia farsi molli al pensiero di quello che li aspettava.

«Ce la faremo ugualmente.»

«Davvero?»

«Senza alcun dubbio.»

«Apprezzo l'ottimismo ma...»

«Non è ottimismo, ce la faremo qualunque sia il prezzo da pagare.»

Woss sbuffò.

«Riusciremo a passare perché voglio rivedere i miei figli.» Grosky lo fissò.

Woss sorrise: «Sembra una motivazione sufficiente.»

«Lo è. Non c'è limite al viaggio che farei per rivederli.»

«Fino alle mura di Babilonia» disse Woss annuendo.

«Come?» chiese Grosky.

«Fino alle mura di Babilonia» ripeté Woss. «È una frase vecchia, non ricordo chi la pronunciò, riferita alla forza conquistatrice dei normanni, nel Medioevo. Penso volesse indicare la volontà di non fermarsi mai.»

«Molto bene allora, se è quella la nostra destinazione sarà meglio muoversi, ne abbiamo di strada da fare, fino a Babilonia» gli diede un colpetto sul braccio.

Woss lo guardò allontanarsi. Sentì una strana forza pervaderlo e non era sicuro derivasse dalla consapevolezza che qualcuno dei suoi amici era sopravvissuto. La fiducia estrema e la volontà di Grosky gli avevano riscaldato l'animo congelato dalla disperata situazione. Imbracciò il suo mp40 e si unì al manipolo di disperati.

***

Ore dopo avevano percorso appena due miglia. Grosky ne aveva calcolate almeno sei fino a quello che sembrava essere, sulla mappa approssimativa che stavano usando, un punto di rifornimento tedesco. Non erano certi che il caposaldo non fosse caduto in mano ai russi, ma restava la migliore destinazione verso cui muoversi. I rumori dei combattimenti, lontani e difficili da interpretare, facevano presagire una resistenza organizzata all'improvviso attacco russo. Woss era stato assegnato a una squadra di quattro uomini con una scorta di munizioni e bombe a mano superiore al resto dei soldati. Li guidava un tipo con le spalle strette e un perenne sguardo beffardo; si chiamava Pernass, ed era stato chiaro con la piccola sezione che Grosky gli aveva assegnato: se i russi avessero attaccato il plotone, sarebbero stati i primi a reagire. Erano loro la forza di primo intervento. Woss osservò il ragazzo al suo fianco: una spanna più alto del resto degli uomini, era fisicamente imponente anche se non doveva avere più di diciotto anni; gli avevano dato l'unica mina magnetica che avevano a disposizione. Non ricordava come si chiamasse, forse nemmeno l'aveva chiesto. Sentiva un leggero astio per la soddisfazione che il giovane mostrava per l'incarico ricevuto, pensava fosse uno sciocco. Come tutti i diciottenni, si trovò a pensare. Come quelli che si arruolano volontari nelle forze paracadutate e poi, un giorno, voltano le spalle al nemico e si coprono con un lenzuolo, sperando che l'intero mondo si dimentichi di loro. Passi subito da diciotto a quarant'anni, e a quel punto ti importa solo di sopravvivere, senza badare a quanto questo ti potrà costare: perché ti rendi conto che hai perso tutti quegli anni, che hai perso già troppo.

Non si biasimava per aver cercato un nascondiglio, non aveva abbandonato nessuno perché non c'era più nessuno vicino a lui, e in quel momento credeva di essere l'unico tedesco rimasto su suolo sovietico. Però si domandò cosa avrebbe fatto Grosky. Osservò la schiena dell'uomo che li stava guidando e non riuscì proprio a immaginarselo accucciato nella neve.

Grosky fermò l'unità facendo segno a tutti di abbassarsi. La guerra, prima solo echi sparsi lungo tutto l'orizzonte, stava concentrandosi in un punto sempre più stretto davanti a loro, mano a mano che si avvicinavano alla linea del fronte. Un fitto gruppo di alberi li divideva dalla piana di Ivanovskoye, che secondo Grosky era il grande ovale tracciato a matita sulla cartina. Oltre di essi una colonna di fumo si alzava, scura come pece. Non era un fuoco di legna quello che la alimentava.

«Mezzi in movimento, a nordest.» La voce di Potsche giunse dalle sue spalle; lesto, Grosky alzò il binocolo e confermò l'avvistamento.

«Svelti, in mezzo agli alberi. Sparpagliatevi» gridò gesticolando

con la mano vicino alla coscia. Il gruppo lasciò il piccolo avvalla-
mento ai piedi della collinetta che stava costeggiando e si infilò
nel sottobosco. Non c'erano sentieri o spiazzi, dovettero spezzare
rami e arbusti per farsi largo fino agli alti fusti. Si acquattarono al
suolo, osservando le sagome dei mezzi sovietici farsi sempre più
grandi. Diversi camion percorrevano una strada a malapena visibile in direzione sud. Provenivano dal fronte di combattimento
ed erano quasi tutti privi di teloni. Nei cassoni erano adagiati numerosi uomini, molti dei quali feriti; le fasciature sporche di sangue e le pose scomposte non lasciavano ombra di dubbio.

«Ritorneranno carichi di munizioni» bisbigliò Grosky lasciando
intendere l'interesse per quel carico.

«Siamo troppo lontani dalla carrozzabile per imboscarli sfrut-
tando questi alberi» gli rispose Potsche che aveva intuito il suo
pensiero.

Grosky annuì, non potevano attaccare da quel riparo sicuro.
Erano distanti duecento metri ed erano in tutto meno di cinquanta. Se anche avessero colpito i veicoli, sempre che fossero ri-
passati in tempi brevi e questo non potevano saperlo, lo scopo
non era distruggerli ma catturarli per riequipaggiarsi.

«Andiamo. Il fronte e i nostri non possono essere distanti» si
alzò, imitato dal resto dei suoi. «Sfruttiamo gli alberi, proviamo
a spostarci in direzione nordest.»

«Dov'è il parà?» disse poi a Potsche.

L'altro si guardò intorno e riconobbe Woss poco distante. Indicò il paracadutista.

«Woss» disse Grosky avvicinandosi «hai detto che questa era la
tua posizione. Cosa c'era qua, in questo punto?»

Woss osservò i due quadratini disegnati sulla mappa di Grosky
e rifletté per alcuni istanti.

«Potrebbe essere l'isba che abbiamo superato nell'attestarci,
due giorni fa.»

«È sulla nostra linea di movimento. Puoi descrivermela?»

«Un edificio grande, in legno massiccio, con due piani e un sot-
totetto; qualche piccola costruzione per gli animali, un ampio spa-

zio vuoto tutt'intorno. Sta su una specie di sperone roccioso, in cima a una collina che separa due boschi. Uno dovrebbe essere questo dove siamo ora, l'altro confina con la strada per Plotesti, che poi prosegue dritta fino a Leningrado.»

«Merda.»

«Ora sarà presidiata, la lasciammo in piedi com'era, nel ritirarci» aggiunse Woss, annuendo alla frustrazione dell'altro. La costruzione era fra loro e la loro meta. Se i russi avevano fortificato la zona, quella fattoria sarebbe stata un grosso ostacolo.

«Sarà un problema. Da lassù ci pisceranno in testa e non possiamo lasciare prima la copertura degli alberi, non con quella strada trafficata.»

«No, infatti. Però il sentiero che portava in cima aveva una curva strettissima dal nostro lato. Se procediamo dritti verso la fattoria potrebbe coprirci fin sotto il costone.»

«Ma poi dovremmo uscire allo scoperto per superare la casa» fece notare Grosky, mostrando il disegno che aveva sostituito agli schizzi sulla cartina. «Sembra non ci sia alternativa.»

«Il punto sarebbe qui» indicò Woss.

«Se usciamo dal bosco ci prenderanno. Se andiamo lungo la nostra strada troveremo quella isba presidiata...»

«Non va bene per nulla.»

«Raggiungere Babilonia non è una passeggiata, a quanto pare» scherzò amaro Grosky.

«Già.»

Grosky si allontanò pensieroso. Fece alcuni passi poi si arrestò. Alzò lo sguardo e richiamò tutti intorno a sé. Quando gli furono vicini spiegò la situazione. Nessuno disse nulla, le difficoltà che li attendevano erano chiare a tutti.

«L'unica nostra speranza, se non vogliamo consegnarci a Ivan, è di assaltare un punto di osservazione fortificato, eliminare i sovietici e proseguire poi rapidi come il vento.»

«Avvicinarci sarà facile, con la copertura della collina» si affrettò a dire Woss. Grosky annuì.

«È così. Possiamo arrivare a ridosso del complesso, ma poi

quello che ci aspetta è una fottuta lotteria. Potremmo non trovare nessuno così come un corpo d'armata intero.»

«Quel punto domina la vallata, è probabile che ci sia qualcuno» sottolineò Potsche.

«Allora tenetevi pronti a tutto» concluse Grosky. «Non c'è altro modo. Chi volesse arrendersi lasci le sue armi ed esca dal bosco in direzione della strada. Là i sovietici lo troveranno presto. Tutti gli altri, in marcia dietro di me.»

Lo seguirono tutti, la prospettiva di essere catturati – per il momento – era ancora più spaventosa della consapevolezza di dover combattere.

***

L'isba era una capanna di tronchi con il tetto di tegole di legno al posto dell'onnipresente paglia marcia che sembrava essere l'unica copertura per le case dei russi, e due piccoli stabbi di fango per animali che con tutta probabilità erano finiti requisiti da uno dei due schieramenti. Grosky si era fuso con il terreno innevato, osservava da tempo il luogo, valutando punti deboli e zone da evitare. Woss era riuscito a contare una ventina di soldati russi, distratti e annoiati, che si avvicendavano fra le latrine e le due buche con le mitragliatrici alzate al cielo. Fumavano senza sosta e giocavano a carte. Non c'erano bottiglie né altri contenitori. Niente vodka! Imprecò fra sé.

Nonostante i racconti nelle retrovie sui fiumi di quel liquore miracoloso che seguiva i soldati dell'Armata Sovietica, ne girava molto meno di quanto si era portati a pensare. Una volta avevano trovato un caposaldo, secondo le informazioni ben presidiato, occupato solo da cadaveri. I soldati erano tutti morti dopo l'esperimento di distillazione attraverso il radiatore di un camion. Si erano avvelenati con i peggiori intrugli per sopperire alla mancanza di alcool, affetti da una cronica astinenza.

Perfino Woss, che aveva cercato di mantenersi sempre lucido e di evitare di annebbiarsi con alcol e droghe, non aveva resistito molto una volta giunto al fronte. Quando non bevevano era solo per cause di forza maggiore, come in quel momento: erano privi di quasi tutto l'equipaggiamento di sussistenza, figurarsi liquori e birra. E come lui anche gli altri che osservavano avevano intuito che non avrebbero trovato molto con cui bagnare la gola e annebbiare la mente, in quella dannata isba.

Gli ordini di Grosky giunsero tramite Potsche.

«Ci dividiamo in due gruppi, voi seguite me» disse loro, bisbigliando. «Ci infiliamo da questo lato, copriamo gli altri e poi assaltiamo.»

Woss studiò il percorso che l'Obergefreiter aveva indicato: dovevano costeggiare la collinetta e risalire poi fra la fattoria e un covone di paglia marcia. A quel punto, se non fossero già stati ingaggiati, dovevano coprire l'avanzata di Grosky e del resto dell'unità con le mg, che avrebbero a loro volta fornito fuoco di supporto per farli assaltare. Sembrava semplice, a parole.

Potsche scivolò agile attraverso la coltre di neve, seguito dagli altri. Il tratto non era difficile e la pendenza forniva loro sufficiente copertura. In breve, silenziosi come solo la disperazione era riuscita a renderli, arrivarono a ridosso della posizione prestabilita. Si acquattarono e puntarono le armi. Quando il capo pattuglia avesse iniziato a sparare, loro si sarebbero uniti al fuoco; quello era il segnale.

La prima raffica che partì dalla pistola mitragliatrice di Potsche sforacchiò il giubbotto di pelle del soldato che aveva puntato. L'imbottitura esplose dai fori e l'uomo cadde senza emettere un suono. Woss e gli altri ne seguirono l'esempio e i russi, terrorizzati, si ritirano proprio nella direzione da cui sopraggiungevano Grosky e il grosso dell'unità. Non furono presi prigionieri, non c'era tempo per potersi occupare dei sovietici che si erano arresi.

«È fatta» disse Grosky, tirando il fiato. Due dei loro erano morti, alcuni erano rimasti feriti ma non in maniera grave. «Organizziamoci alla meglio e vediamo che succede nelle prossime ore, poi agiremo di conseguenza.»

Detto questo estrasse una sigaretta dal taschino e la fumò con la stessa intensità con cui avrebbe fatto l'amore con sua moglie, una volta tornato a casa.

***

Una raffica attraversò la spianata e colpì la parete ovest dell'isba, alzando una nuvola di schegge dove il legno andò in frantumi. Alcuni colpi di mortaio esplosero sparsi senza arrecare molto danno, ma riuscirono ad atterrire tutti quanti.

«Al coperto, sparpagliatevi!» il grido venne dalla prima fila, dove gli uomini si erano già allargati.

«Pernass! Pernass, muovi il culo!» gridò Grosky sovrastando ogni altro rumore.

Appena udito l'ordine di Grosky, Woss era scattato dietro al Gefreiter, che rapido si era spostato dalla modesta copertura del recinto di legno, diretto verso una deformazione naturale del terreno alla loro destra.

«Bene poppanti» disse Pernass «tocca a noi.»

Procedette con la schiena china, percorrendo l'intero costone. I sovietici intanto avevano rallentato il ritmo del tiro con le armi corte, fuori gittata, ma avevano intensificato il fuoco con i mortai. L'imprecisione iniziale fu salvifica per la raffazzonata unità di Grosky; i tedeschi riuscirono a trovare riparo nella cengia che la neve non aveva ricoperto, proprio a metà fra la cima del crinale, dove l'isba veniva colpita senza sosta, e la pianura sottostante, attraverso la quale i sovietici stavano assaltando.

La squadra di Pernass aveva già studiato quel percorso, pensato da Grosky proprio per contrastare un simile attacco, ma nei piani tutto era rivolto a fermare un assalto da nord o da est, ossia dalle retrovie russe, e non da ovest, dove c'era la linea del fronte. Dovettero improvvisare.

Una gragnuola di colpi li investì facendo schizzare neve e pietre sulle schiene di Woss e dei suoi compagni. Häßler, il ragazzone con la mg, si alzò tentando una vana risposta. Sparò a casaccio, obbligando il resto della squadra a fermarsi; Pernass lo colpì con il calcio della pistola mitragliatrice bloccando la raffica.

«Che cazzo fai?»

«Io...»

«Fallo di nuovo e ti ammazzo!» Non c'era enfasi, o rabbia, nelle parole. Sembrava una semplice istruzione meccanica che però ebbe il potere di far sembrare il gigante Häßler non più alto di un fanciullo. Tutti compresero che Pernass non avrebbe esitato a trasformare la minaccia in realtà. Woss provò una stretta allo stomaco, intuendo che quell'uomo avrebbe davvero goduto nell'uccidere.

Ripresero a muoversi con rapidità verso la linea russa che li aveva ingaggiati. Alle loro spalle gli altri avevano iniziato a sparare, creando una base di fuoco imprecisa quanto quella russa. L'unica loro possibilità era che i sovietici continuassero a insistere con i mortai per eliminarli, senza avanzare verso di loro. E senza avere a loro volta squadre di assaltatori in aggiramento. Se così fosse stato non c'era alcuna speranza che la minuscola sezione di Pernass potesse fermarli. Mentre Woss rifletteva su quell'eventualità un grido, forte ma dalle parole incomprensibili, proruppe da un punto davanti a loro. Pernass si fermò, sorridendo crudele e leccandosi le labbra. Si addossò al monticciolo di terra e neve che li proteggeva alla vista e tese le orecchie.

«Ci siamo» disse, eccitato, senza che nessuno degli altri potesse intuire cosa stava accadendo.

«Che facciamo?» chiese Woss.

«Quando mi alzo, fatelo anche voi. E sparate a qualsiasi cosa somigli a un porco bolscevico» sussurrò, sgranando gli occhi esaltati.

Woss e gli altri si guardarono. Erano arrivati dietro le linee nemiche? Possibile?

«Hurrà Stalino!» Il grido di prima!

Woss lo udì bene questa volta, chiaro e terribile. I russi lo usavano per incitarsi caricando in massa, una delle loro prassi tattiche. Correvano addosso al nemico incuranti delle perdite e lo sommergevano con il loro numero. Per quanti ne venivano uccisi, altri sembravano venire vomitati dalla terra. E se la marea rossa ti sommergeva, non c'era alcuna speranza di potersi arrendere.

«Assaltano» mormorò Häßler.

«Assaltano i nostri» precisò Pernass, ridacchiando.

«Che facciamo?» bisbigliò Woss, sentendo il terrore che come un veleno gli scorreva nelle vene e bloccava gli arti e il respiro. Non poteva vederli ma li sentiva. I russi stavano avanzando verso Grosky passando a ridosso del loro nascondiglio. Ansimavano, gemevano, si incitavano a vicenda nella loro lingua violenta e gutturale. Se avesse sporto un braccio oltre il bordo del costone avrebbe potuto toccarli.

«Li ammazziamo tutti» gridò Pernass alzandosi in piedi e iniziando a sparare con calma e precisione, quasi fosse a una normale sessione di tiro al poligono.

***

«Due compagnie, almeno. Per ora niente veicoli» disse Grosky osservando la linea del bosco davanti a loro.

«Vengono da ovest. Siamo diventati così importanti? Vale così tanto questa cazzo di isba puzzolente?» domandò Potsche stupefatto.

«Non credo ci stiano attaccando per il fastidio che abbiamo creato. Se così fosse avrebbero coordinato meglio l'utilizzo di forze di prima linea» lo guardò alzando le sopracciglia, come spiegando qualcosa di ovvio.

«Cazzo... Ripiegano» Potsche capì. Grosky sorrise amaro, annuendo.

«Esatto. Ripiegano dal fronte e con tutta probabilità pensano pure che li abbiamo accerchiati. Per quanto sia assurdo, sono nella nostra identica situazione.»

«Ritornano dietro le loro linee, combattendo.»

Stavolta Grosky ridacchiò.

«Cristo Santo» Potsche si passò una mano sulle guance ispide, sorridendo amaro «Pernass? Sarà in posizione?»

«Non lo vedo» Grosky distolse lo sguardo dal binocolo e controllò l'orologio che aveva al polso, sotto la copertura di cuoio. «Sono passati dieci minuti, se non è in posizione li hanno ammazzati perciò tanto vale...» non terminò la frase, non occorreva.

Si mosse carponi accanto a Deier, che aveva finito di installare la mg sul treppiedi.

Il soldato si voltò a guardarlo ma non disse nulla. Non aveva aperto il fuoco mentre il resto della compagnia sparava a intervalli regolari verso bersagli troppo distanti per poter avere la pretesa di centrarli.

«Dal limitare degli alberi laggiù» indicò Grosky con le dita della mano unite «verso destra per trenta gradi. Attendi il mio ordine.»

Deier annuì, fissando lo sguardo sul settore di tiro che gli era stato assegnato. Avrebbe spazzato l'intera zona creando una muraglia di piombo. Fischer, l'altro mitragliere piazzato al limitare opposto al suo, venne istruito da Potsche.

Grosky girò lo sguardo intorno: avevano perso la maggior parte dell'equipaggiamento pesante, potevano contare solo sulle armi personali e tre mitragliatrici mg34, una delle quali forse era andata perduta con la squadra di Pernass. Si domandò se il paracadutista fosse di nuovo nascosto sotto la neve. Non sapeva bene perché, ma quando l'avevano trovato il suo primo pensiero era stato che doveva dare a Woss un'altra possibilità. Perché lui l'aveva avuta, una seconda possibilità, quando al battesimo del fuoco non era riuscito ad alzare la testa, quando tutto ciò che voleva era tornare a casa da sua moglie e dai suoi bambini. Quando il sergente della sua unità lo scrollò per farlo riprendere provò un odio viscerale, vedendo in lui l'incarnazione stessa della guerra, dell'obbligo di uccidere, della volontà di dittatori, governi, popoli. Tutto concentrato nelle urla e nelle spinte del sottufficiale che voleva farlo combattere. Vedergli la testa esplodere, colpito mentre ancora gridava, ebbe l'effetto di scuoterlo. E l'idea che quell'uomo non sarebbe morto se lui avesse compiuto il suo dovere si radicò così in profondità da rendere il resto satellite di quel concetto. Voleva solo tornare a casa, lo voleva anche ora, ma aveva maturato una concezione diversa di se stesso e della guerra. Non avrebbe permesso al destino di giocare da solo la sua mano con la propria vita e con quella di chi aveva intorno; piuttosto avrebbe rilanciato ogni volta, alzando la posta, azzardando ma senza più mollare. Era così che sarebbe ritornato a casa da tutto ciò che per lui importava. Forse laggiù, fra le braccia della moglie, nella sua officina di falegname, nel salotto con i bambini, quella testa che esplodeva sarebbe scomparsa. O almeno avrebbe smesso di essere pesante come una colata di cemento, nella sua memoria.

Il grido a Stalin si faceva sempre più chiaro mentre la marea di sovietici in tenuta beige avanzava nella neve precipitandosi contro di loro. Ancora pochi istanti e li avrebbero travolti. Le due sezioni alle mitragliatrici attendevano nervose un suo ordine, il resto degli uomini aveva continuato a sparare con le armi personali, senza sortire alcun effetto sulla massa di nemici che li caricavano come indemoniati. Grosky si domandò se non dovesse ordinare di aprire il fuoco in quell'istante, senza attendere Pernass. Una voce nella testa si ostinava a ripetergli che lui e la sua squadra erano già morti.

Spara Jurgen! Spara!

Attese, non era ancora il momento. Non avrebbero ottenuto molto dalla lunga distanza.

Dai l'ordine!

Tirò il fiato, pronto a gridare di ricacciare la marea umana ma, con uno sforzo immane, attese ancora.

Pernass, dove diavolo sei?

In quell'istante la minuscola squadra di Pernass aprì il fuoco, dal lato destro della spianata, contro i nemici scioccati dall'improvviso rovescio degli eventi. I russi istintivamente si ammassarono, qualcuno iniziò a replicare al tiro, ma a quel punto Grosky diede l'ordine e l'intero contingente prese ad avanzare sparando; i tedeschi discesero il crinale sotto il lato ovest dell'isba, in un contrattacco che non lasciò scampo.

***

Woss osservò Pernass alzarsi in piedi con terrificante lentezza, prendere la mira contro i nemici che erano così vicini da poter sentire l'odore della vodka con la quale li avevano blanditi prima dell'assalto. Pernass sparava davvero come se fosse al poligono, senza apparente cura per se stesso. Con gesti meccanici e privi di qualsiasi indugio svuotava il caricatore. Quando si fermò per sostituirlo, i loro occhi si incrociarono per un attimo. Tanto bastò a Woss per alzare a sua volta la testa e partecipare a quel massacro.

Inquadrò il primo russo e tirò il grilletto: uno spruzzo di neve congelata si alzò dall'uniforme dell'uomo, che cadde scompostamente. Il mirino si posò sul successivo: di nuovo il dito premette il grilletto, il colpo strappò via il cappello di feltro del russo insieme a metà della testa. Con metodo Woss incamerava un nuovo colpo, uno dietro l'altro, e si prendeva la libertà di mirare qualche istante. Ogni volta che agiva sulla leva ed espelleva un bossolo, un russo cadeva a terra per non rialzarsi più. Häßler, vicino a lui, iniziò a fare fuoco, assordendolo con le potenti raffiche della mg. Woss dovette piegarsi per il dolore all'orecchio. Anche Pernass fu obbligato a lasciare la postazione di tiro mentre il mitragliere falciava qualsiasi cosa davanti a loro.

Piegati nel canale, il Gefreiter e il paracadutista si fissarono negli occhi. La follia di Pernass, evidente nei guizzi maniacali dei suoi occhi, non spaventava più Woss, piuttosto era uno sprone a lasciarsi andare a quell'orgia di morte. Con un gesto del capo Pernass gli indicò di muoversi lungo lo stretto fosso, per poter proseguire l'aggiramento. I russi non riuscivano a coordinarsi, i più distanti non avevano compreso di essere sotto attacco dal fianco, mentre quelli che in qualche modo avevano capito il pericolo erano in totale confusione e sparavano a casaccio ora verso un lato, ora di fronte a loro. Woss e il Gefreiter riuscirono a portarsi alle spalle della fiumana di sovietici all'assalto e da quella posizione continuarono a sparare finché non rimase nessuno da colpire.

«Con queste ci assicureremo che i feriti non muoiano assiderati» gli disse Pernass aprendo la sacca con le bombe a mano. Aveva un sorriso malato stampato in volto, a dare enfasi a ogni sua azione.

«Prendi, e lancia con cura.»

Woss armò la spoletta sotto il manico di legno della granata e la lanciò dove gli era parso si fossero accucciati un paio di nemici illesi. Pernass non attese che si depositasse il fumo che già si era alzato per lanciarne un'altra. Nell'istante in cui lasciò andare l'ordigno, una fiammata densa e concentrata investì la loro postazione. Pernass lanciò un urlo rotolando a terra, la divisa in fiamme all'altezza delle spalle e la testa ustionata. Woss si schiacciò con la schiena contro il bordo del fosso, terrorizzato dal lanciafiamme in azione sopra di lui, pochi metri alla sua sinistra. Un russo si affacciò circospetto, con il bocchettone della terribile arma che colava liquido incandescente. Fu questione di una frazione di secondo: il russo voleva finire Pernass ma all'ultimo si era accorto di Woss. Nel tempo che gli occorse per puntare la bocca del lanciafiamme, il paracadutista era riuscito a estrarre la pistola dalla fondina. Woss sparò quattro, cinque, sei colpi. Scaricò l'arma contro il nemico che si ritrasse.

Pernass aveva smesso di urlare, o almeno così parve a Woss, le cui orecchie erano piene solo del pulsare frenetico del sangue. Non sapeva se aveva colpito il servente al lanciafiamme. Si ritrovò a puntare la pistola senza accorgersi che era scarica. Quando un secondo spruzzo di fuoco proruppe oltre il bordo del fossato si gettò a terra, e si allontanò strisciando. Sentì i tonfi dei soldati che saltavano dentro lo stretto canale alle sue spalle. Uno sparo, e uno schiocco a pochi centimetri dalla sua testa. Un altro ancora, il proiettile sibilò sopra di lui. Si voltò con uno scatto, non era sotto tiro, non c'era nessuno. Altri colpi, ma stavano tirando a caso, sperando di colpirlo da lontano, senza alcun desiderio di rincorrerlo lungo quel tunnel a cielo aperto. Udì Pernass gridare di rabbia, come una bestia feroce che, stretta in un angolo, avesse deciso di attaccare i cacciatori. Altri spari, e grida. In tedesco stavolta. Raffiche misurate si alternavano a colpi di fucile e di pistola. Woss tirò su la testa e vide Grosky e il resto dell'eterogenea unità che guidava, caricare giù dal crinale sulla cui cima troneggiava la fattoria crivellata di colpi. Un'esplosione azzurra e lo spostamento d'aria incandescente lo distolse dalla vista dei compagni che correvano verso di lui. I serbatoi del lanciafiamme erano stati centrati e il russo aveva smesso di essere un pericolo. Respirando profondamente ricaricò la pistola, più utile del lungo kar98 in quello spazio ristretto, e andò alla ricerca di Pernass. Lo trovò che colpiva un sovietico con la vanga da trincea. Aveva perso quasi tutti i capelli e la pelle su un lato della faccia era nera e raggrinzita. Nonostante sembrasse ignorare il dolore, era chiaro che le ustioni erano molto gravi. Fu Grosky a fermarlo quando aveva ormai decapitato il cadavere del russo, ma non accennava a smettere di colpire. Woss si allontanò di qualche passo per poi lasciarsi scivolare a terra, esausto. Un pianto liberatorio lo fece sussultare, mentre tentava di trattenere i singhiozzi che gli raschiavano la gola.

«Dobbiamo andarcene subito» sentì dire a Potsche.

«Torniamo all'isba» rispose Grosky, e Woss sentì la nota di incertezza nelle parole. Si alzò e percorse il terreno che lo separava dal gruppo comando. Li trovò nel punto in cui Pernass aveva massacrato il russo: in piedi, con le armi in spalla, fumavano osservando la linea dell'orizzonte, verso est. Grosky percepì la presenza del paracadutista, si voltò e gli fece un cenno con il capo.

«Se torniamo all'isba finiremo per farci intrappolare in quel buco.» Potsche guardò Woss, sperando che intervenisse in suo favore nella discussione.

«Non possiamo andarcene in giro di notte. Abbiamo ancora mezz'ora di luce, forse meno. Se anche i russi stanno ripiegando non è detto che i nostri stiano correndo loro dietro come mastini.»

«Non sembravano truppe di prima linea, quelle che abbiamo affrontato» disse Woss, tossendo per schiarire la voce impastata dal pianto di prima.

«No, infatti» concordò Grosky. «Questo era personale di retrovia, rincalzi spaesati e feriti leggeri. Se i nostri continuano a suonarle a Ivan, fra poco verremo investiti da una forza ben più combattiva. Siamo lungo la loro via di ripiegamento, era chiaro questo fin dall'inizio.»

«Arriveranno da quegli alberi, è laggiù che si gioca la partita ormai» disse Woss, avvicinandosi a loro mentre indicava la zona boscosa. In lontananza i rumori dei combattimenti ricordavano un temporale distante ma in rapido avvicinamento.

«E vuoi rimanere lungo la loro strada?» insistette Potsche, rivolto a Grosky.

«Meglio nell'isba che in campo aperto, basta discutere!»

Potsche si erse sulla schiena, gesto che fece irrigidire Grosky. Con lentezza compì due passi verso l'uomo, fronteggiandolo. Gli occhi brillavano sotto l'ombra dell'elmetto. I due si fissarono per alcuni istanti, tesi come la pelle delle loro guance.

«Credo sia meglio raccogliere quante più armi e munizioni dai cadaveri, se vogliamo resistere» disse Potsche, rinunciando alla prova di forza e accettando l'ordine.

«Fate presto» gli rispose il comandante, dandogli un colpetto sulla spalla per comunicargli che non v'era alcun risentimento da parte sua.

«Andiamo, diavolo verde[1]» Potsche lo invitò a seguirlo e Woss, tirando il fiato, scavalcò lo sperone di roccia e neve finendo in mezzo alla piana dove i corpi dei soldati russi uccisi macchiavano la coltre immacolata ovunque girasse lo sguardo. Quanti ne avevano ammazzati, si domandò incredulo.

«Prendete tutto, presto!» gridò il vice di Grosky, afferrando più fucili alla volta. Ritornarono alle loro postazioni carichi di armi leggere e munizioni. Mezz'ora più tardi il sole aveva lasciato l'orizzonte e il buio della notte iniziava ad avvolgerli. Non c'era riposo per loro, impegnati com'erano a fortificare le anguste

---

1. Soprannome dei paracadutisti tedeschi.

buche nelle quali cercare protezione in caso di attacco. Altri, sotto la guida di Grosky, crearono una rudimentale barricata lungo il lato corto dell'isba, quello che guardava alla spianata piena di cadaveri e dalla quale si aspettavano l'arrivo di altri sovietici. Aprirono dei varchi nella parete, per creare postazioni di tiro. A mezzanotte erano esausti ma avevano fatto tutto quanto in loro potere, ora dovevano solo aspettare. Woss era tre buche dietro quella più avanzata, dove Häßler si era posizionato con la sua mina magnetica, la mitragliatrice e quanti più nastri era riuscito a far entrare nell'esiguo spazio ai suoi piedi. L'orizzonte si illuminò dietro la linea degli alberi in fondo alla piana. Bagliori gialli intermittenti si accendevano qua e là, non molto distanti fra loro e in rapida sequenza. Woss sapeva cosa fossero e sentì rimestarsi gli intestini: artiglieria di grosso calibro, e in grande quantità, stava aprendo il fuoco contro di loro.

***

In un istante il mondo perse di solidità, tutto divenne tremore e boati assordanti. Non c'era nulla di percettibile con umana sensibilità nell'inferno che li investì: non grida di compagni, non odori, il tatto non funzionava, l'equilibrio se n'era andato. C'era solo la martellante sensazione di essere oggetto dell'ira di chissà quali dei, e come formiche sotto il sasso di un fanciullo crudele, inerti e senza speranza, si richiusero su se stessi. Anche i pensieri si disintegravano mentre la terra si alzava verso il cielo in colonne altissime che oscuravano le stelle e le esplosioni devastavano i timpani al pari degli animi. C'era solo una parola, un nooooo! disperato, ululato, continuo. Un no alla morte, all'annientamento totale. Un no, non ora. Mai, se possibile, o anche solo domani, ma non ora. No! Gridavano le loro menti al fato cieco che ne strappò via più della metà, di quelle pallide vite, solo nella prima salva. Non c'era nulla che potessero fare, se non cercare di scomparire nella terra gelata sperando di riuscire a scamparla. Durò ore, forse solo minuti.

A un tratto, durante una pausa, Woss si convinse che non fosse affatto accaduto. Che la terra che lo sommergeva fosse solo un incubo. Doveva essersi addormentato, aspettando i russi. Non c'era altra spiegazione. Alzò la testa, intorno a lui sembrava non esserci più nessuno. L'isba era scomparsa. Non guardò meglio, non focalizzò. Preferì osservare il niente che lo circondava e convincersi che si fosse svegliato da un'altra parte, lontano da tutto ciò che lo spaventava. Era in mezzo al nulla e trovava quella sensazione catartica. Socchiuse gli occhi, sentendo la pesantezza delle palpebre gonfie come pustole.

Quando li riaprì vide le tacche di mira del suo fucile. Lo teneva puntato verso il buio della notte. Un bossolo saltò fuori quando ricaricò. Stava sparando, o meglio, una parte di lui lo stava facendo, quella istintiva che non era stata piegata dalle bombe e che aveva preso il controllo del suo corpo. Strinse gli occhi e questa volta vide i russi contro i quali il fucile era puntato. Rischiata dai lampi dei razzi illuminanti sparati dai tedeschi, una marea di uomini correva verso di loro. Woss li maledisse, vedendoli decisi a spezzare quello che ritenevano un accerchiamento e invece era solo un manipolo di disperati che voleva tornare a fottere puttane e fumare sigarette nudi sui cessi da campo. Sparò contro quei bastardi che non l'avevano capito e volevano ucciderli tutti. E così fecero anche gli altri, i pochi sopravvissuti.

Uccidevano i sovietici che non si fermavano e, incapaci di rallentare, urlavano inneggiando alla loro versione di Hitler. Woss cambiava caricatori su caricatori e i russi non finivano. Häßler non aveva sparato un solo colpo ma non era codardia, constatò sentendosi sollevato. Häßler non c'era più: nel cratere dove prima era la sua postazione, solo terra smossa e neve disciolta erano rimasti. «Buon per lui» disse, scacciando la ragione che premeva per fargli notare l'assurdità di tutto. Non c'era posto per lei, in quel momento. Voleva tornare a casa, era l'istinto a governarlo. Si alzò, non c'erano più nemici sulla lunga distanza, stavano risalendo la china, erano sotto di loro. Vuotò l'ultimo caricatore. Girò il fucile e attese, tenendolo come una mazza, che qualcuno osasse venire a contestare la sua volontà di tornare a casa vivo. Combatterono corpo a corpo, o forse no, forse semplicemente li uccise mentre lo sorpassavano senza smettere di correre. Non lo ricordò mai, per tutta la vita. La memoria ritornò a funzionare nel momento in cui Grosky, distrutto dalla fatica e coperto di sangue, gli fu sopra per tamponargli la ferita alla gamba. Sorrideva, il Feldwebel.

«Siamo vivi!» gridava.

«Lo siamo?»

«Sono arrivati i nostri! Siamo vivi!» ripeté il comandante. «Sta' fermo, non è grave» gli disse poi, rivolgendo lo sguardo alla coscia del paracadutista. Woss guardò giù e vide parte del muscolo aperto, una ferita profonda ma non dolorosa. Sentì le forze venirgli meno.

«Non abbandonerò più i miei compagni» mormorò.

«Cosa?» gli domandò Grosky, distratto dall'arrivo di un semicingolato che non si curò di evitare i numerosi morti di ambo gli schieramenti e li schiacciò sotto la sua mole. Grosky rideva ora, e gesticolava: «Qui, un medico» rideva come un ragazzino a una fiera di paese. Woss invece era certo di essere sul punto di morire. Disperato si morse le labbra, convinto di non poter tornare dai suoi compagni. Li aveva lasciati e doveva tornare da loro. Doveva. Perse i sensi.

«Presto» disse Grosky ai sanitari che si avvicinarono «salvatelo, non può morire ora.»

«Non morirà» lo rassicurò uno dei due.

«Feldwebel Jurgen Grosky?» domandò una voce alle loro spalle, dal punto in cui si stavano radunando i rinforzi.

«Sono io» rispose alzandosi.

«È un eroe, lo sa?»

«Grazie signore, ma era mio dovere agire come ho fatto» disse Grosky riconoscendo un ufficiale nel suo interlocutore.

«Ottimo, ha ragione. Adesso raduni i suoi uomini. Partirete subito.»

«Partiremo... ora?» si era atteso ben altre parole.

«Immediatamente. I russi battono in ritirata e noi dobbiamo ammazzarne quanti più possibile. Problemi, Feldwebel? Ha qualcosa da obiettare?»

«No signore. Nulla che non mi garantirebbe un plotone tutto per me» fece una smorfia, salutò con la mano all'elmetto e si voltò.

Woss aveva ripreso conoscenza e, ancora stordito, cercò Grosky con occhi appannati. Si congedarono senza proferire parola, giurando soltanto con uno sguardo d'intesa che si sarebbero incontrati alla fine dell'incubo. Presso le mura di Babilonia, o giù di lì.

Ringraziamenti

Prima di tutto vorrei ringraziare i miei lettori. Non già per una scontata formula di apertura e cortesia, che vede l'autore moralmente obbligato a menzionare coloro che gli permettono di essere tale. Più semplicemente perché nei primi ringraziamenti che ho scritto per questa opera non ne avevo, di lettori. Era la mia prima esperienza in assoluto e se ora siamo arrivati alla ristampa de L'Ultima Offensiva è proprio grazie a tutti quei coraggiosi che hanno preso in mano il romanzo e si sono fidati di me. Grazie della fiducia, non credo ci sia bene morale più prezioso. Vorrei ringraziare la mia famiglia, il cui supporto solido come roccia ha fornito ben più di un appiglio durante le situazioni di stallo della mia vita letteraria e non solo.

Luca e l'agenzia Scriptorama tutta, perché sono loro che credendo in me e lavorando con me hanno fatto sì che le mie storie e i miei mondi uscissero dai numerosi cassetti nei quali li avevo relegati. Benedetta, Rino, Matteo, Silvio, i miei primi lettori in assoluto. Grazie ragazzi: dei consigli, delle critiche, del supporto! Si dice che se si vuol far ricordare qualcosa, in uno scritto, bisogna metterlo in fondo. Ecco, allora l'ultima riga, la più importante, è per loro: Gabriela, Elisa e Nicole. A loro appartiene il mio cuore.

Abbiamo aggiunto un racconto. Una storia che vede protagonisti Jurgen Grosky, fra i principali attori di questo libro, e Gregor Woss, che invece avrà il suo palcoscenico principale nel secondo romanzo, ad oggi in attesa di pubblicazione e che ha già ottenuto il plauso della giuria del premio letterario La Giara, nel luglio 2014, vincendo il secondo posto assoluto. Si tratta di due personaggi che, per vari motivi, rappresentano molto per me, e mi auguro che possano rimanere insieme ai lettori anche dopo che avranno finito di leggerne le storie.

Civitanova Marche, 24 luglio 2014

Sommario

Dello stesso autore, per Kindle:

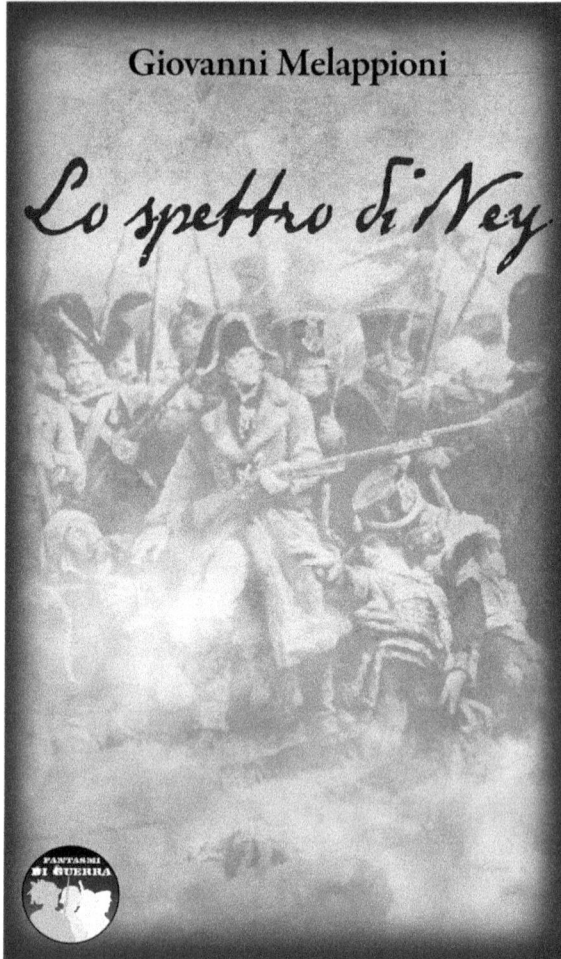

Giovanni Melappioni

Lo spettro di Ney

Cercalo su Amazon
(smartlink: http://amzn.to/WCX6nZ)

Di prossima pubblicazione
Missione d'onore
di Giovanni Melappioni

La storia di una squadra di paracadutisti tedeschi alle prese con una missione dietro le linee nemiche durante lo sbarco alleato in Sicilia, si intreccia con quella di Ines e Cosimo, due giovani fratelli che sognano di lasciare l'isola per inseguire un futuro migliore, lontano dalla violenza del padre. Una storia di coraggio, fratellanza e cameratismo, dove il sacrificio non è una forma di riscatto, ma l'unico modo per affermare la propria etica umana.

**Il romanzo premiato nel 2014
dalla Rai Radiotelevisione Italiana con
la Giara d'Argento
con la seguente motivazione:**

«L'autore riesce a raccontare in modo inusuale, senza pregiudizi, i tedeschi e la loro presenza in Italia, mettendo tutti i personaggi del romanzo in una continua "emergenza etica". La guerra è raccontata in modo molto dettagliato grazie alle competenze storiche dell'autore, ma in una logica ribaltata in cui ognuno è sempre sul punto di abdicare ai propri valori e dove la vittoria più grande è invece mantenersi saldi alla propria umanità. Melappioni riesce a trovare una chiave interessante, facendo slittare la missione d'onore da un contesto puramente bellico ad un piano morale.»

Sei un appassionato di Storia?

Vuoi lasciare un commento sul libro che hai appena letto e interagire con l'autore?

Iscriviti al gruppo Facebook L'ultima offensiva

facebook.com/groups/ultimaoffensiva

Lightning Source UK Ltd.
Milton Keynes UK
UKHW021254070322
399687UK00009B/865

9 781291 958096